LE RÊVEUR DE L'ÉCLUSE

DU MÊME AUTEUR

Le Roi Basil, Buchet-Chastel, 1991

La Folle aux chats, Pierron, 1992

Une femme empêchée, Belfond, 1994, réédition Pierron, 1999, et France Loisirs. Prix Erckmann-Chatrian. Prix Sully-Olivier-de-Serres. Adapté pour la télévision en 1997 *(La Femme du veuf)*

L'Oreille de nacre, Anne Carrière, 1997, et GLM

La Faute de Claire, Anne Carrière, 1999, et GLM. Prix des conseils généraux de Lorraine

Leocadia, Pierron, 2000

Stella, Pierron, 2001

L'Enfant de l'autre, Presses de la Cité, 2004, Pocket, 2007, et GLM

L'Or blanc des pâturages, Presses de la Cité, 2005, Pocket et GLM

L'Enfant de la dernière chance, Presses de la Cité, 2006, et GLM

Le Choix de Pauline, Presses de la Cité, 2007, et GLM

La Petite Louison, Presses de la Cité, 2008, Pocket et GLM

Petite Mère, Presses de la Cité, 2009, et GLM

Tout ce qui ne vous tue pas vous renforce.

Un très grand amour,
Franz-Olivier GIESBERT

A ma fille Armelle
A mes fils Arnaud et Frédéric
A mes belles-filles Nadine et Véronique

1

Debout devant l'écluse, les mains dans la poche ventrale de son tablier de satinette noire qui l'enveloppait presque tout entière, chaussée de sabots de bois aux semelles cloutées, Léone regardait la péniche, – elle pensait et disait le plus souvent : le bateau –, qui s'avançait lentement en vue de se présenter au plus juste pour la manœuvre. Le moteur tournait au ralenti, laissant entendre ainsi le sifflement de l'eau déchirée comme une étoffe par la proue. C'était une « avalante », une péniche hollandaise, comme il en passait quelquefois, qui portait le double nom de *Maria Johanna*. La ligne de flottaison, au ras du niveau de l'eau, n'apparaissait qu'en pointillés selon le jeu des clapotis, donnant à penser qu'elle était sans doute chargée de pierres de construction, si rares dans ce plat pays né de la mer, sans montagnes ni collines. Léone sourit en pensant à P'tit Louis, son gamin, qui se refusait absolument à comprendre pourquoi des tonnes de pierres ne faisaient pas couler une péniche, alors qu'un seul caillou, lancé de sa main dans la même profondeur d'eau, s'enfonçait direct. Même l'instituteur, croquis à l'appui, n'avait pas encore réussi à le convaincre.

Quand la péniche s'immobilisa devant les portes de l'écluse, dans le bruit du remous provoqué par l'arrêt, Léone s'approcha. C'était une forte femme à l'aube de la cinquantaine, le corps et les membres robustes, les cheveux grisonnants enroulés en chignon sur la nuque, une figure de campagnarde simple et joviale.

Sur la *Maria Johanna*, une grande femme blonde au teint vif, la batelière, commençait à dérouler les cordes. Elle salua d'un sonore « Hoi ! ». Léone lui répondit et entreprit de tourner la manivelle, lentement, régulièrement, sans à-coups, pour ouvrir les portes du sas dans lequel le bateau se glissa, parfaitement manœuvré par l'homme, un géant blond à la tignasse épaisse. D'une enjambée alerte, la femme sauta du bateau pour attraper les cordes qu'il lui lança et les fixer aux plots d'amarrage. Elle sortit de sa poche le livret de bord qu'elle tendit à Léone qui y apposa le tampon attestant du passage. Puis celle-ci se dirigea vers l'autre extrémité du sas, et ouvrit cette fois les vantelles qui allaient permettre à l'eau de s'écouler, jusqu'à l'équilibre avec le niveau de l'aval. Le bateau, moteur toujours au ralenti, se mit à descendre doucement, maintenu par les cordes qui se déroulaient au fur et à mesure. Quand le niveau fut atteint, la batelière largua les amarres, c'est-à-dire qu'elle dénoua les cordes et les renvoya à bord, puis elle descendit par la petite échelle métallique fixée contre la paroi du sas. Léone reprit la manivelle pour ouvrir les vantaux, le batelier relança le moteur et la péniche sortit de l'écluse, reprenant rapidement son rythme jusqu'à la prochaine.

— A la prochaine !

C'est aussi ce que Léone cria au couple de Hollandais en guise d'au revoir.

Il y avait du trafic sur cette voie d'eau, le canal de l'Est branche Nord, qui relayant les tronçons de la Meuse navigable traversait le département d'une extrémité à l'autre, des confins de la Meurthe-et-Moselle et des Vosges aux Ardennes. Une connexion avec le canal de la Marne au Rhin permettait en outre d'élargir l'activité vers le Bassin parisien et le grand Est, jusqu'à Strasbourg. Dans le nord de la Meuse, le canal cédait la place au fleuve, pour la traversée de la Belgique et des Pays-Bas, jusqu'à l'embouchure où il mêlait ses eaux à celles du Rhin.

Ce trafic n'était cependant pas continu. Parfois plusieurs péniches se succédaient à un bon rythme, mais le plus souvent, entre deux « bassinées », c'est-à-dire deux manœuvres, s'écoulaient des temps morts, plus ou moins longs.

Avant de s'éloigner, Léone vérifia d'un regard, de part et d'autre de l'écluse, qu'aucun bateau ne s'annonçait dans l'immédiat.

Il était approximativement cinq heures, cinq heures de l'après-midi comme on disait à la campagne, étant donné que les cadrans des réveils et des horloges n'étaient numérotés que de un à douze.

P'tit Louis n'allait pas tarder à rentrer de l'école, s'il n'avait rien fait de nature à lui valoir une retenue. Non. Après avoir suivi la route depuis le village pendant quelques centaines de mètres, il déboulait tout juste sur le chemin qui bifurquait pour mener à l'écluse. Culotte courte, tablier – les garçons portaient alors des tabliers pour aller à l'école, comme les filles, mais les leurs étaient des blouses ou des sarraus informes, gris ou noirs –, chaussettes en tire-bouchon sur les galoches, sac au dos, béret en tête, avec cette mèche couleur de ficelle qui s'en échappait toujours et lui tombait sur les yeux. Treize ans à l'automne, P'tit Louis. Drôle de gamin…

— Tu viens d'en passer un, manLéone ?

— Oui.

— Un quoi ?

— Un hollandais.

— Si y en a un autre bientôt, tu me laisseras faire, tu veux bien ?

— Non. Ton père a dit que tu ailles chercher de l'herbe pour les lapins, deux brouettes. Prends ton goûter et file.

— Il est où, lui ?

— J'en sais rien. Tu feras attention, il a aiguisé la faux.

Il n'était pas rare que ce soit Léone qui assure le service de l'écluse. Elle ne pouvait cependant pas se dire éclusière, le métier n'étant pas féminisé, du moins officiellement. L'administration de la navigation n'y reconnaissait que des hommes, dont le recrutement s'avérait plutôt facile. Des fils y succédaient à leur père, comme Maurice Champart, son mari. Ou bien des gars étaient attirés par les avantages de la profession, réputée laisser pas mal de liberté malgré les obligations, des amoureux de la nature, tentés par une vie au bord de l'eau, au service de l'eau. Les uns comme les autres ne devaient cependant pas ignorer que si l'administration savait fermer les yeux sur quelques entorses à l'exercice même de la fonction, en revanche elle ne se montrait pas très généreuse envers ses employés. Autrement dit, le facteur, porteur du mandat mensuel, ne s'éternisait pas à recompter les billets, ce qui n'empêchait pas Maurice de trinquer avec lui.

Il suffisait d'un apprentissage rapide auprès d'un ancien chevronné si on n'était pas de la partie, d'un contrôle des capacités, et on devenait éclusier. Puis on était logé dans une de ces petites maisons, toutes semblables, comme celles des gardes-barrières le long des voies ferrées, situées le plus souvent à l'écart des villages, et désignées elles-mêmes par le terme d'écluses. Si le logement n'était pas très spacieux, un large terrain entourait la maison, et l'éclusier pouvait l'aménager à sa guise, en jardin, en verger, voire en enclos pour y élever quelques animaux. Pour tout dire, à la campagne, les employés de la navigation ne passaient pas pour les plus malheureux.

Et ce n'était pas Maurice qui aurait prétendu le contraire.

Faire passer les péniches, avec ce que cela supposait de manipulations et de contact avec les bateliers, il s'y connaissait et il aimait. Petit homme rond, et cependant alerte, aux bras courts mais puissants, aux gestes toujours précis et efficaces, selon sa propre expression, de jour il ne savait pas rester sans rien faire. Avec l'aide de Léone il cultivait un vaste jardin, entretenait un modeste élevage, quelques volailles et lapins, deux ruches, et en plus de cela il allait volontiers « prêter la main » à des paysans du village qui ne le payaient pas en argent mais en nature. Un brave homme, ce Maurice Champart, estimé de tous. Un peu porté sur la bouteille, parfois, oui, mais peut-on parler d'un défaut quand c'est pour l'intéressé une affaire de convivialité, de partage de moments de détente, bien gagnés après le travail. Alors ses acolytes se limitaient à le charrier en l'appelant ces jours-là « l'écluseur » de Martinpré.

Léone était toujours devant l'écluse quand P'tit Louis la rejoignit, en finissant d'engloutir une tartine qui avait été large, épaisse et abondamment garnie de confiture. Il avait gardé son béret mais ôté son sarrau qu'il convenait de tenir propre pour toute la semaine.

— Il est où, le père Maurice ?

— Où veux-tu qu'il soit, sinon au village ? Mais chez qui, je t'ai déjà dit que j'en savais rien.

Le gamin alla chercher dans l'appentis accolé à la maison, qui contenait tout le matériel de bricolage et de jardinage de Maurice, ainsi que les réserves de nourriture, la brouette et la faux dont la lame fraîchement aiguisée lançait des éclairs.

— Fais attention, lui rappela sa mère, coupe bien au ras du sol, que la lame ne ripe pas sur l'herbe au risque de revenir vers toi.

— Oh, manLéone, qu'est-ce que tu crois, je sais faucher !

Il s'engagea sur le chemin de halage qui longeait le canal, au bord duquel poussaient de hautes herbes dont les lapins, faute de mieux, trèfle odorant ou luzerne craquante, ou encore éclats sucrés de betterave, faisaient leur ordinaire. Léone le regarda s'éloigner, jeta un coup d'œil du côté du village, mais ne voyant rien venir elle soupira un coup, puis sans s'inquiéter elle rentra dans la maison où l'attendait toujours quelque tâche domestique.

Maurice Champart et Léone, née Guillet, s'étaient mariés sur le tard, la trentaine pour elle et quelques bonnes années de plus pour lui. Un mariage qui l'avait bien arrangé, parce qu'il avait perdu ses parents et vivait seul à l'écluse. Comme un vieux garçon sans histoire.

Léone, elle, avait vécu une expérience, pas vraiment un drame de la vie, mais une aventure douloureuse. Elle était une forte fille qui trimait dur à la ferme familiale, mais qui aimait s'amuser le dimanche, sortir, danser, et rêver, comme toute demoiselle, de la rencontre qui ferait d'elle une femme heureuse. Les choses ne s'étaient pas passées comme prévu et espéré. Elle s'était laissé séduire par un beau garçon qui n'était en fait qu'un cavaleur et s'était joué d'elle. Elle s'était donnée à lui, mais avant même qu'elle réalise la conséquence de cette faiblesse, elle avait compris qu'il ne l'aimait pas, puisqu'il était déjà passé à une autre conquête. Ses parents ne lui avaient pas pardonné d'avoir fauté, et encore moins d'avoir été abandonnée, ce qui excluait toute réparation. Que s'était-il passé au juste chez les Guillet ? Personne ne l'avait su exactement, ce genre d'affaires étant du ressort des familles, toujours est-il que les voisins avaient beaucoup entendu crier chez eux, puis que Léone avait disparu pendant quelques semaines, puis réapparu, et qu'ensuite elle semblait avoir perdu le goût des sorties et de la danse. Au fil des années, cet épisode au relent de scandale avait cessé d'exciter les curiosités, relayé par d'autres, affaires d'amour, d'argent, d'héritages, qui constituaient l'essentiel du terreau des faits divers.

Léone n'avait cependant pas l'intention de demeurer éternellement à la ferme. Sachant qu'elle avait peu de chances de se marier par amour, elle avait accepté les avances et la demande de Maurice Champart, plus âgé qu'elle, mais qui passait pour un brave garçon, c'est-à-dire honnête, sérieux et pas méchant. Elle l'avait rencontré à l'occasion d'une noce qui réunissait des connaissances de l'un et de l'autre. Le jour de leur mariage, ses parents, du moins par-devant, avaient fait comme si de rien n'était, mariant leur fille comme il se devait, avec robe blanche, cortège et grand-messe. Après tout, seules comptaient les apparences, et Léone n'était pas la seule à déposer son bouquet au pied de la Vierge sans avoir la conscience tranquille.

Une fois installée à l'écluse de Martinpré, elle avait trouvé auprès de Maurice un cadre et une manière de vie dont elle s'était contentée, jusqu'à les adopter, les apprécier et s'en satisfaire. Côté sentiments et relations intimes aussi, pour lesquels son bon sens campagnard l'avait ralliée à l'idée que la meilleure façon de ne pas être malheureux consistait à se contenter de ce qu'on avait et à ne pas rêver de ce qu'on ne pouvait avoir...

Mais plus de cinq années s'étaient écoulées sans que s'annonce une grossesse. Léone se demandait si cette affaire devenue lointaine n'y était pas pour quelque chose... Tant de suppositions, pour la plupart fantaisistes, et certaines ne s'échangeant qu'à voix basse, couraient sur les raisons pour lesquelles des femmes tardaient à se montrer fécondes. Quant à Maurice, il l'ignorait : le village où vivaient les Guillet étant éloigné de Martinpré de plus de vingt kilomètres. Sa femme n'était plus vierge ? La belle affaire ! A son âge, il n'avait pas à faire le difficile, lui-même en avait connu d'autres, et si celui ou ceux qui avaient révélé l'amour à Léone ne l'avaient pas épousée, tout le bénéfice était pour lui...

Puis surprise, un jour Léone avait confié à son éclusier de mari qu'elle « attendait ». Et l'enfant était né, ce petit Louis auquel ils ne croyaient plus guère, à vrai dire lui plus qu'elle. Car il avait fini par se persuader qu'il devait être en cause, parce qu'à presque cinquante ans, et il les faisait bien, il avait peut-être passé l'âge de devenir père. Tant et si bien qu'un doute l'avait saisi : Et s'il n'était pas de moi...

Pas de lui ? Quelle idée ! Mais de qui alors ? Léone ne quittait pratiquement jamais l'écluse et ses abords, ou alors pour des lieux où elle ne rencontrait que des connaissances, l'église, les commerces, et quand ils allaient plus loin, jusqu'à Stenay par exemple, c'était ensemble. Et même si par hasard elle avait pu croiser un autre homme, mal intentionné, comment la soupçonner d'une telle conduite ? Sa jeunesse était loin, elle n'était ni coquette ni même belle femme, plus intéressée par sa maison, sa volaille et son jardin que par la bagatelle.

Mais il s'avisait, au fur et à mesure que l'enfant se développait et grandissait, qu'il ne leur ressemblait guère, ni à lui ni à Léone, avec sa large bouche, ses grandes mains, et ses cheveux drus pas vraiment blonds, « filasse »... Il n'y avait ce genre-là ni chez les

Champart ni chez les Guillet, ou alors ça remontait à des générations passées. Allons, il devait se faire une raison, chasser les mauvaises pensées, assumer carrément cette paternité qui au fond lui manquait. Il avait donc fait plus qu'accepter cet enfant dans sa vie, il s'y était attaché, et il l'aimait bien, le petit. Son fils.

Pourtant, un jour, au petit Louis qui l'appelait naturellement papa et qui avait alors quatre ou cinq ans, pas plus, il avait fait une curieuse proposition.

« Tu ne crois pas que je suis un peu vieux pour un papa ? J'ai passé l'âge ! On me prendrait plutôt pour un grand-père, pas vrai ? Appelle-moi donc Maurice, comme moi je t'appelle Louis ! Allez, gamin, on fait ça entre hommes maintenant !

— J'oserai pas, p'pa...

— Mais si t'oseras ! Allez, essaye un coup pour voir !

— Je vais essayer... Maurice. »

Ça n'avait pas été facile, à cause de l'habitude, on pourrait même dire de l'instinct de l'enfant, et aussi du sentiment de risquer d'être moins aimé, même si les démonstrations de tendresse, déjà, étaient rares. Mais peu à peu il s'était pris au jeu, et il avait composé un vocabulaire intermédiaire, père Maurice, puisqu'on disait comme ça pour tous les hommes, le père Jacques pour le facteur, le père Isidore pour le garde champêtre, et manLéone pour ne pas faire de différence entre ses parents, ajoutant même : Et moi je serai P'tit Louis !

« En voilà des façons ! s'était étonnée Léone.

— C'est lui qui veut, le père Maurice. »

Elle s'était alors vaguement inquiétée. Pourquoi donc Maurice ne voulait-il plus être appelé papa ?

Pour lui cela ne pouvait pas avoir de rapport avec le passé. Car jamais le moindre incident, la moindre allusion, le moindre indice n'avait été de nature à éveiller des soupçons en lui. Son âge alors ? Peut-être pensait-il tout simplement se rapprocher de son gamin par cette familiarité, qui par la suite n'avait pas changé grand-chose à leurs rapports, et même rien du tout. Et les années qui s'étaient écoulées depuis avaient finalement apporté la preuve que Maurice avait eu une drôle d'idée, une lubie en somme, rien de plus.

Par la fenêtre située au-dessus de l'évier où elle lavait des légumes, Léone aperçut, sur le chemin de halage, une masse verte qui s'avançait lentement, et derrière laquelle n'apparaissait que le béret de P'tit Louis. Elle sourit. Maurice avait dit deux brouettes, mais le gamin avait tout entassé en un seul chargement. Elle le connaissait. Ce n'était pas par paresse, pour s'éviter un deuxième aller-retour, d'ailleurs il devait peiner à pousser la brouette surchargée, au sommet de laquelle elle voyait maintenant osciller la faux plantée dans la verdure. Non, le but de P'tit Louis, c'était de montrer qu'il était fort, et capable, comme Maurice, « entre hommes ».

— Drôle de gamin…

Elle faisait souvent cette réflexion, toujours avec davantage de tendresse que d'étonnement. Mais cet après-midi-là, qui pourtant ne différait en rien des autres, elle ajouta :

— Faudra pourtant bien que je lui dise, un jour…

Elle sortit, regarda du côté du village. Maurice arrivait, la roue avant de son vélo un peu contrariée par quelques légers écarts. Il avait bu un verre de trop, pas de quoi être vraiment ivre, juste un peu gris, comme d'habitude.

— Allons, c'est pas méchant...

C'était vrai. Maurice ne dépassait jamais les limites, et jamais il n'avait le vin mauvais.

Si quelqu'un s'était avisé de demander à P'tit Louis s'il était heureux, il aurait trouvé la question franchement étonnante. Bien sûr qu'il était heureux ! Puisqu'il n'était pas malheureux. Des enfants malheureux, il n'en connaissait pas vraiment, mais il savait qu'il en existait : orphelins, infirmes, délaissés, maltraités... Ses camarades du village étaient heureux aussi, comme lui. Une taloche de temps en temps, méritée souvent, quelques corvées, le père saoul certains soirs, ce qui n'était pas son cas avec le père Maurice, mais celui de quelques gamins de son âge. Il n'y avait pas là de quoi se déclarer malheureux.

Oui, tous heureux, ou à peu près, ces petits campagnards de la fin des années trente, qui vivaient sans le savoir l'achèvement de cette période de reconstruction et d'activité intense de l'après-guerre, alors qu'une autre guerre, hélas, aiguisait déjà ses couteaux dans l'ombre.

Heureux parce qu'il n'y avait pas beaucoup de différences entre eux, qu'ils soient enfants de paysans, d'ouvriers, ou même de commerçants ou d'employés. Pour tous la nourriture était à base des produits du terroir, un mot qui ne désignait alors que les lieux familiers de production locale, l'habillement le plus souvent cousu et tricoté par les mains des grand-mères, des mères et des sœurs, les tabliers et les sarraus obligatoires masquant ce qui était un peu plus beau pour les uns, un peu moins réussi ou soigné pour les autres. Dans les bourgs et les villes, sans doute, une bourgeoisie, réelle ou se prétendant comme telle, faisait davantage ressortir une notion de classe, beaucoup moins sensible, voire ignorée dans le monde rural.

Ces enfants fréquentaient le même type d'écoles, où régnaient des maîtres en blouse grise et des maîtresses aux méthodes énergiques, qui cependant ne choquaient personne parce qu'elles étaient proches de celles des parents, et où les apprentissages de base s'enrichissaient de quelques solides valeurs morales et pratiques. Quand ils sortaient à midi, et que les portes et les fenêtres étaient ouvertes, dans les rues ils recevaient par bouffées les odeurs chaudes des repas qui mijotaient sur le coin des cuisinières, odeurs de potée à base de lard et de viande de cochon, de choux, de poireaux, d'oignons, de pommes de terre rissolées qui leur donnaient des faims de loup. Et le soir ils se hâtaient tous, attendus le plus souvent pour quelques menus travaux, entre le goûter et les devoirs. Leurs moments de liberté, ils les partageaient encore, se regroupaient et investissaient les rues des villages pour de gigantesques parties de cache-cache ou de gendarmes et de voleurs. Ou bien ils s'en allaient au bord des ruisseaux et des chemins à la recherche, selon les saisons, de baies sauvages, de grenouilles, pour les plus hardis de fruits à marauder, d'oiseaux à dénicher, pour les plus délicats de fleurs, muguet, violettes, iris d'eau, qui faneraient doucement sur les tables de cuisine ou les bureaux de l'école.

Participant aussi largement au bonheur de cette vie dans la simplicité, la rusticité, mais aussi l'abondance et la sécurité, il y avait les jours de fête, qui eux aussi se ressemblaient dans leur cause et leur déroulement. Fêtes de villages, pour honorer les saints patrons des paroisses, saint Vincent à la grappe de vigne, saint Denis dont la statue attestait qu'il avait survécu à la décapitation puisqu'il portait sa tête sous son bras, saint Pierre aux liens et tous les autres. Fêtes familiales, baptêmes, communions, mariages, toutes fournissaient des occasions de grands rassemblements qui commençaient par les célébrations religieuses et se prolongeaient dans la bombance et la joie.

Ainsi, pour la communion solennelle de P'tit Louis, l'année précédente, en 37, Léone et Maurice avaient rameuté tous les membres de leurs deux familles, non seulement les oncles et tantes du héros du jour, peu nombreux, mais aussi et surtout une ribambelle de cousins et cousines qu'il ne connaissait pas tous, comme par exemple ce couple descendu de Belgique. Le souvenir en était revenu à l'esprit de manLéone, dont la famille avait ses origines lointaines dans ce pays.

Pour toutes ces fêtes il s'agissait de respecter des convenances, presque des rites. Le passage chez le coiffeur la veille, coupe pour les hommes et les garçons, frisettes pour les femmes et les filles. L'achat d'une robe, d'un complet, d'un manteau, d'un chapeau, ou à défaut un bon rafraîchissement des anciens, quand ils pouvaient encore paraître convenables, en dehors des considérations de mode pour celles et ceux que l'âge dispensait de s'en préoccuper, ou qui par nécessité ou radinerie préféraient éviter la dépense.

« On n'est pas chez les riches ici, disait manLéone quand en prévision de tels événements elle passait en revue les vêtements de sortie de son mari et de son garçon, mais pas non plus chez les indigents, il ne s'agit quand même pas de mettre n'importe quoi. Voyons ce qui peut encore aller. »

Et elle les accusait, l'un de prendre du ventre, l'autre de grandir trop vite, tantôt plus des jambes que des bras, tantôt le contraire.

Les messes de fête duraient plus longtemps que les offices ordinaires et personne n'y manquait. Au moment de la quête, ces jours-là, des billets se mêlaient aux pièces. Quant aux repas, du midi, du soir, ceux du jour et du lendemain, qualifiés de déjeuners et de dîners comme en ville, ils étaient véritablement pantagruéliques, et si les plats étaient généralement concoctés à base des produits habituels, en plus de leur abondance il s'y ajoutait quelques fantaisies, dans les accommodements, les sauces, la présentation et les appellations. Sur les menus, calligraphiés à la main, à la plume et à l'encre violette comme à l'école, par celui ou celle qui se révélait le plus habile, la langue de bœuf devenait « la faucheuse des prés », le coq « le roi de la basse-cour », la salade « les délices des limaces ».

Les souvenirs de ces réunions se conservaient précieusement. Les menus, qui permettaient de reprendre des idées. Les photos, encadrées sur les buffets de salles à manger, les cheminées, les tables de nuit, entassées dans des boîtes en carton. Photos étrangement semblables, les physionomies mises à part, qui amuseraient certainement beaucoup les générations futures. Bébés engoncés dans des amas de laine et de dentelle, ou au contraire nus comme des vers sur des carrés de fourrure. Communiants figés comme des piquets, gênés par la raideur de leur premier costume à culotte longue et par la panoplie d'objets à porter dignement, le brassard, le chapelet, le missel, le cierge. Mariés tournés légèrement l'un vers l'autre, entourés de tous leurs invités, les vieilles toutes en noir, les vieux toujours barbus et moustachus, le chapeau melon à la main, les jeunes perchés derrière sur des bancs, tout un monde sur son trente et un, tous prenant la pose en attendant que l'artiste, la tête enfouie sous le drap noir, les immortalise sur le papier.

La même uniformité se retrouvait dans le choix des cadeaux, pour lesquels la tradition ou l'utilité, ou les deux, l'emportaient sur la fantaisie. Aux bébés des timbales d'argent, des épingles de bavoirs, des médailles protectrices. Aux mariés de la vaisselle, des couverts rangés sur du velours dans une ménagère, du linge. Aux communiants des objets de culte, parfois, oh, merveille, un stylo, une montre !

Une montre... Pour sa communion, P'tit Louis en avait rêvé, sûr et certain pourtant que ni son parrain, ni sa marraine, ni personne dans la famille, n'était susceptible d'une telle largesse. Il avait reçu un réveil, dont il n'avait d'ailleurs aucun besoin, en digne fils de son père Maurice qui prétendait avoir dans la tête une horloge aussi fiable que celle du clocher. Mais qui se déréglait dans certains lieux, corrigeait manLéone, au café par exemple... Il avait eu aussi, dans un cadre de bois verni, une représentation de la Sainte Vierge tenant l'Enfant Jésus dans ses bras, que sa mère avait accrochée au-dessus de son lit en lui recommandant de leur faire une prière chaque soir, ce qui n'avait duré que quelques jours. Plus quelques bricoles vite oubliées ou perdues.

De ce mode de vie imposé par la ruralité attachée à ses valeurs, à ses traditions, maintenu aussi par le fait que les moyens de communication étaient encore limités, découlait une forme de résignation qui souvent n'était pas subie, mais acceptée, parce qu'elle s'accompagnait du sens du partage, de l'entraide, le tout dans une monotonie et une simplicité plutôt rassurantes.

Pour la famille Champart, il y avait toujours, le soir, entre le souper et le coucher, un moment de calme pendant lequel ils parlaient peu. Qu'auraient-ils eu d'ailleurs à se dire, puisque chaque jour qui s'achevait était semblable à celui qui l'avait précédé comme à celui qui le suivrait ? A part quelques détails qui ne méritaient pas d'être rappelés. Mais c'était cette constance, justement, que savouraient Maurice et Léone. Le contentement du jour bien rempli, la satisfaction de n'avoir manqué de rien, d'avoir été tranquilles, dans tous les sens du mot.

Chaque fois que le temps le permettait, ils s'installaient tous les trois sur le banc, sur le seuil de la maison.

— Y a pas à dire, c'est beau… répétait chaque soir Maurice qui parlait des abords de l'écluse avec une fierté de propriétaire. Hein, P'tit Louis, que c'est beau ?

Il n'avait pas à convaincre le garçon. Celui-ci aimait le coup d'œil qu'on avait de l'écluse, et reconnaissait le privilège de vivre à l'écart du village, de jouir constamment du spectacle de la nature, sans maisons mitoyennes, sans bâtiments d'aucune sorte à même de le réduire ou de le cacher. Le chemin de halage, simple chemin de terre bordé de verdure et de fleurs au rythme des saisons, en particulier quand s'épanouissaient les buissons d'aubépine et les églantiers. L'eau, toujours la même puisqu'il s'agissait du canal, mais à la couleur et aux reflets changeant au fur et à mesure que l'heure avançait, que la nuit tombait. Et le petit peuple des rives dont quelques bruissements ou cris dénonçaient un reste, ou au contraire un surcroît d'activité. Envols tardifs d'oiseaux, ululements de rapaces nocturnes, clapotis soudain déclenchés par des bagarres ou des amours de rats d'eau ou autres rongeurs aux mœurs aquatiques.

L'hiver, la veillée, plus courte, se faisait dans la cuisine, où le décor, bien que dépourvu de fantaisie et de recherche, se révélait chaleureux. La grosse cuisinière à bois ronronnait doucement et brûlait sa dernière charge de bûches qui permettrait de la retrouver tiède et de la ranimer facilement le lendemain matin. Les deux buffets, l'un de bois sombre, bas et ventru, l'autre à deux corps, plus clair, étaient en permanence chargés de quelques photos, d'un fouillis de journaux, de travaux de couture ou de tricot en cours, de petits bibelots sans valeur. Près de l'un d'eux était accroché le téléphone, un gros appareil à manivelle, qui permettait de communiquer, rarement, avec les services. Le long d'une étagère s'alignait, par ordre de taille, une rangée de boîtes en faïence décorée, dont l'une servait de tirelire à P'tit Louis. De la lampe à abat-jour de porcelaine dont on pouvait régler la hauteur par un système de poids à chaînettes, tombait une lumière douce qui dessinait un rond clair sur la toile cirée aux motifs dilués par les essuyages. C'est autour de la table, libérée de ses fonctions du jour, qu'ils s'installaient pour se livrer chacun à ses occupations du soir. Léone cousait souvent, étalait des tissus qu'elle coupait et faufilait, puis cllc se levait pour aller s'asseoir derrière sa machine à coudre, héritée de sa belle-mère, qu'elle actionnait du pied tout en commandant d'une main le travail de l'aiguille et en dirigeant son ouvrage de l'autre, le tout dans un ronronnement doux parfois entrecoupé de secousses quand la pédale s'emballait. Maurice se roulait une cigarette, dépliait le journal, lâchait parfois un commentaire, ou piquait du nez…

« Tu t'endors, père Maurice, disait P'tit Louis.

— Mais non, c'est qu'un petit passage à vide. Occupe-toi de tes affaires. »

Les affaires de P'tit Louis, c'était un devoir à achever, une leçon à repasser, ou bien il feuilletait d'un œil distrait l'almanach Vermot de l'année en cours qu'il avait déjà lu et relu. En réalité, il occupait plutôt son esprit à réfléchir, parce qu'il constatait en lui une anomalie qui le distinguait des autres, et en premier de ses parents.

« Te v'là encore en train de rêver, disait Maurice quand il voyait que le gamin ne tournait plus les pages de l'almanach ni de ses livres.

— Non, je suis fatigué, j'ai sommeil.

— Alors va te coucher. On ne tardera pas non plus, nous. »

P'tit Louis se levait, tendait sa joue à manLéone pour le baiser du soir, Maurice lui serrait la main, « entre hommes », et il filait au lit où ses pensées continuaient souvent à le tenir encore un peu éveillé.

On était donc en 1938 et P'tit Louis achevait son avant-dernière année d'école, puisque deux ans plus tôt le ministre Jean Zay avait décidé d'allonger d'un an la scolarité primaire, une mesure qui n'avait pas été du goût de tout le monde, certains parents n'attendant que le moment de faire participer leurs enfants aux travaux familiaux. Une année de plus ou de moins, P'tit Louis, ça lui était égal. Il ne raffolait pas de l'école, mais ne s'y déplaisait pas non plus, et sans doute serait-il présenté, et peut-être même reçu, l'année prochaine, au certificat d'études.

De toute façon, son avenir était tracé, il savait ce qui l'attendait. Aider manLéone et le père Maurice dans toutes leurs tâches jusqu'à ce que la vieillesse, la vraie, celle qui ne se contenterait plus de les faire soupirer et se frotter les reins, les atteigne, et jusqu'à ce que lui-même soit devenu un homme et ait accompli son service militaire pour devenir à son tour l'éclusier en titre de Martinpré. Combien d'années pour en arriver là ? Une dizaine, raisonnablement...

De toute évidence, la question de sa compétence ne se poserait pas. Il n'avait que treize ans et déjà son père le laissait parfois manœuvrer à sa place, et même manLéone qui n'avait pas formellement autorité en la matière, mais l'un comme l'autre restaient à proximité pour venir le seconder en cas de problème. Les règles à respecter, il les connaissait par cœur depuis belle lurette : ne pas faire les choses à la va-vite, se déplacer avec précaution sur la passerelle des vantaux, tenir fermement la manivelle, bien l'enclencher, la tourner régulièrement, ne surtout pas la lâcher, ne pas courir le long du sas. Il connaissait aussi bien les horaires de fonctionnement des écluses, variables selon les saisons, avec une amplitude plus grande du début du printemps au milieu de l'automne. Il pouvait énumérer les rares jours d'interruption du trafic sur l'ensemble du réseau navigable, Noël, Pâques, 11 novembre, 1er mai, 14 juillet, les cas exceptionnels d'arrêt ou de restriction de la circulation, forte sécheresse réduisant le tirant d'eau, crue, gel, ou encore travaux, on parlait alors de chômage pour le canal comme pour les écluses. Oui, comme disait fièrement Maurice, le P'tit Louis il était déjà calé, et fort pour son âge, bien que plus développé en taille qu'en épaisseur.

Mais plus que le travail lui-même, ce qui lui plaisait, c'était l'ambiance, la découverte, la fréquentation d'un milieu différent du sien. Les bateliers et les éclusiers avaient besoin les uns des autres pour leur travail, ils étaient complémentaires, se côtoyaient constamment, mais il y avait entre eux une différence énorme. D'un côté les gens de l'eau, de l'autre les « d'à terre », comme les désignaient les premiers. Les uns toujours de passage, les autres fixes, cloués sur place. Et ça faisait gamberger P'tit Louis, tous les éléments insolites de ces vies au fil de l'eau.

Oh, bien sûr, ces gens-là n'étaient pas aussi étranges que ceux qui peuplaient les pays lointains dont l'instituteur, cartes et gravures à la clé, expliquait la situation et les mœurs. Que les Esquimaux qui vivaient dans des igloos et mangeaient du foie cru, et même des yeux de phoque. Que les Touaregs qui traversaient le plus grand désert du monde avec des caravanes de dromadaires. Ou que les Pygmées pas plus grands que des enfants de dix ans qui chassaient à la sagaie dans les forêts profondes de l'Afrique équatoriale ! Mais n'empêche, il y avait dans leur vie assez de singularité pour susciter chez lui un mélange d'envie et de crainte. Envie de les suivre, de partager leur quotidien, pour voir, pour savoir. Crainte de s'éloigner du havre si tranquille et rassurant de l'écluse.

Les rapports entre les gens de la terre et ceux de l'eau n'étaient pas limités au côté matériel, à savoir au franchissement des sas. Des liens se tissaient. Des bateliers, fidèles à des parcours, non par goût personnel mais parce qu'ils trouvaient aisément du fret à transporter dans la région, passaient et repassaient régulièrement et devenaient des familiers. Des bords de la terre ferme à ceux des péniches on nouait des conversations, on liait connaissance, on s'échangeait les noms, les prénoms, on parlait des familles. Les femmes se confiaient des recettes de cuisine. On faisait même un peu de commerce. Maurice et Léone tiraient de leur jardin et de leur petit élevage plus que de quoi se nourrir. Un panier de pommes de terre, une volaille rapidement saignée et plumée, le temps de la bassinée, des fruits de saison, du miel, étaient ainsi passés à bord, contre un peu d'argent. Maurice rappelait parfois qu'au début de sa carrière se pratiquait encore occasionnellement le troc, les bateliers offrant en paiement un peu de charbon, par exemple, prélevé sur leur cargaison.

Du charbon, il ne s'en transportait plus guère dans la région, c'étaient surtout des matériaux de construction, du sable de Moselle, du ciment, de la pierre, du minerai destiné aux industries, du bois pour les papeteries, ou encore de la soude.

Une caractéristique des péniches que P'tit Louis aimait bien, c'était qu'elles avaient toutes un nom. Alors que les maisons n'en avaient pas, ou alors seulement pour désigner leur fonction : la mairie, le presbytère, l'écluse, l'école. Les péniches portaient des prénoms, le plus souvent de femmes, la *Rolande*, la *Jeanne*, la *Maria*, ou elles s'appelaient *Liberté*, *Persévérance*, *Confiance*. Certains noms lui étaient inconnus, la *Baïse*, le *Destrier*. Il avait recours au dictionnaire, s'il n'osait pas interroger le batelier, ou si le père Maurice avouait son incompétence. Certaines péniches avaient le même nom, un en particulier : *Solvay*. Il y avait longtemps que P'tit Louis l'avait remarqué et interrogé son père, qui lui avait expliqué que ces péniches-là n'appartenaient pas à ceux qui les utilisaient, mais à des compagnies qui les employaient et les payaient. Le mot de compagnie avait à son tour entraîné une question et une réponse, déjà plus difficile, car si Maurice savait beaucoup de choses, il peinait parfois à les exprimer.

« Des compagnies, ben... des groupes de gens quoi... des richards... qui possèdent des mines, des usines... Solvay, c'est le nom de la compagnie, leur truc à eux, c'est la soude.

— C'est quoi, de la soude ? »

Maurice avait un moyen, toujours le même, de se tirer d'un tel mauvais pas, en renvoyant la balle dans l'autre camp.

« Ben tu sais bien, de la soude, quoi ! »

L'instituteur de Martinpré, lui, heureusement, avait des réponses pour toutes les questions.

Comme tous les enfants d'éclusiers, P'tit Louis était déjà monté à bord, à plusieurs reprises. Le plus souvent le temps de la manœuvre, cueilli par les bras solides du batelier au ras du sol si la péniche était une avalante, ou invité à descendre par l'échelle s'il s'agissait d'une montante. Immobile, dans ces cas-là, il suivait des yeux la progression ou la régression du niveau de l'eau, dont le bouillonnement résonnait entre les murs noirâtres. Le spectacle et l'impression étaient bien différents, vus ainsi, de l'intérieur du sas.

Parfois, une péniche s'amarrait au bord du canal, à proximité de l'écluse. L'arrêt pouvait être dû à un incident, mais le plus souvent à un besoin d'approvisionnement. La batelière, un panier au bras, se renseignait auprès de Léone et allait jusqu'au village où le café faisait aussi office d'épicerie, et où des fermières pratiquaient la vente au détail de leurs produits, du lait, des œufs, des légumes.

Les bateliers s'octroyaient aussi, si leur temps n'était pas trop compté, des moments de détente, en particulier quand ils étaient avec leurs enfants. Car ceux-ci, quand ils atteignaient l'âge scolaire, se trouvaient confiés à des grands-parents, ou à des gens qui les prenaient en pension, contre une rétribution, comme ceux qui accueillaient les enfants de l'Assistance publique, ou encore placés dans des internats.

P'tit Louis, qui était alors en vacances lui aussi, filait aussitôt vers le bateau amarré où immanquablement on allait au-devant de son désir.

« Tu veux monter, bonhomme ? Fais attention, vas-y doucement sur le gamberet ! »

Le gamberet, c'était la passerelle mobile, juste posée entre la péniche et la terre ferme, que le moindre faux pas pouvait faire vaciller. Les enfants du bord, qui y avaient tous passé leur petite enfance, prenaient un malin plaisir à l'épater, courant sur le gamberet et les coursives, l'incitant à les imiter et riant de ses précautions, et lui s'en voulait de se sentir un peu gauche alors qu'il aurait pu leur en remontrer dans bien des domaines sur la terre ferme.

Ils lui posaient des colles, aussi.

« Tu sais comment ça s'appelle, ça ? Devine à quoi ça sert. »

C'est ainsi qu'il avait enrichi son vocabulaire et ses connaissances en matière de navigation. Les écoutilles, le macaron, la gaffe, le bachot...

Ils lui faisaient visiter la péniche, la cabine étroite où ils devaient se serrer pour manger, celles où ils dormaient, la cambuse où la mère préparait le repas. Son univers à lui n'était déjà pas si vaste, en particulier la cuisine qui servait aussi de salle à manger et de cabinet de toilette, en tout cas moins que dans les fermes où les grandes tables de chêne lui paraissaient immenses, mais on y avait ses aises. Sur les bateaux tout était petit, mais toujours propre et coquet. Il y avait des rideaux bien blancs, des bibelots sur les meubles, et parfois même des pots de fleurs.

Des livres aussi, car il fallait passer le temps. Il regardait les femmes qui puisaient l'eau du canal avec la tinette au bout d'une corde, qui étendaient le linge qui sécherait en claquant au vent.

« Tu sais nager ? » lui avait lancé un jour un gamin qui avait presque une tête de moins que lui.

Il n'avait pas su mentir.

« Oui... un peu... euh... enfin non... »

En effet, la plupart de ces gaillards de la campagne, qui traînaient souvent au bord des ruisseaux et de la Meuse, qui allaient à la pêche et parfois même se risquaient à traverser le fleuve sur des radeaux faits de joncs, ne savaient pas tous nager. Et ceux qui savaient le devaient généralement à des incidents, comme des renversements de radeau, qui les obligeaient à se débrouiller, et à patauger jusqu'à la rive.

« Moi je sais, avait crâné le gamin, tu sais comment j'ai appris ? C'est papa qui m'a accroché au bout de la gaffe, avec un torchon noué autour de ma taille, pour que j'apprenne les mouvements. Tu veux qu'on lui demande de t'en faire autant ? »

P'tit Louis avait décliné l'offre, mais accepté de prendre place à bord du bachot, cette petite barque qui se trouvait sur toutes les péniches, et de laquelle sautaient allègrement les petits nageurs.

Un autre jeu, quoiqu'un peu risqué, lui paraissait cependant accessible, au point de s'y essayer : la sauterelle. C'était une perche fixée à un mât et qui pivotait horizontalement. Elle servait à descendre de la péniche quand celle-ci était proche du bord, non amarrée, et même encore en marche. Un simple coup de pied en prenant appui sur le bateau projetait le sauteur sur la rive. Les enfants, eux, se contentaient de l'utiliser à l'amarrage, mais ce n'était pas si facile, surtout pour un apprenti...

Un jour, le propriétaire d'une péniche qui passait régulièrement, un Belge, du nom de monsieur Kleps, un brave homme à l'accent très prononcé et dont les poches contenaient toujours des friandises, avait proposé à P'tit Louis de l'emmener jusqu'à la prochaine écluse, distante d'à peine deux kilomètres. Le bateau, un avalant, était entré dans le sas, et Maurice s'apprêtait à le faire descendre.

« Je peux emmener votre fiston pour une petite croisière, une fois, monsieur Champart ? Je vois bien qu'il a envie de jouer au batelier. Allez, moussaillon, hop ! »

Installé à l'avant, près du batelier qui tenait le macaron, P'tit Louis avait le cœur battant. La péniche prenait de la vitesse, il voyait l'eau se fendre à l'avant, et à l'arrière, en se retournant, le beau sillage ourlé d'un peu d'écume. Il connaissait parfaitement le paysage, il aurait pu énumérer les noms des propriétaires des prairies qui bordaient le canal, dans lesquelles paissaient des vaches. Cependant il lui semblait découvrir un autre territoire, comme s'il entamait un véritable voyage. Le batelier lui avait confié le macaron, prétextant qu'il voulait aller voir ce que faisait la patronne dans la cambuse. La péniche filait droit et n'avait pas besoin d'un guide, mais P'tit Louis avait ressenti une grande fierté à seulement tenir le macaron de ses deux mains crispées.

« Tiens, avait dit en riant le batelier à l'approche de l'écluse suivante, donne donc un coup de corne, des fois que la mère Sauret se serait endormie en plein jour. »

P'tit Louis la connaissait, la mère Sauret, qui comme manLéone remplaçait souvent son mari. Elle n'était pas non plus du genre à dormir en plein jour. Elle arrivait pour la manœuvre.

« Qu'est-ce que tu fais là toi ? s'était-elle étonnée en découvrant le gamin droit comme un I sur la péniche. C'est-il que tu t'en vas visiter la Belgique, ou que tes parents ne veulent plus de toi ?

— Rien de tout ça, madame Sauret, c'était juste un petit tour gratuit, je le débarque ici, il n'aura plus qu'à repartir chez lui à pied. »

En effet P'tit Louis, après avoir suivi la manœuvre jusqu'au bout et salué son ami belge, avait repris le chemin de halage, avec les poches remplies de chocolat et des idées plein la tête, des idées qui comme toujours se contrariaient. Et si j'avais refusé de descendre ? Et si le père Kleps m'avait gardé sur son bateau, pour me faire une farce ? Mais faut que je me dépêche, j'ai les lapins à soigner, et ma récitation à apprendre pour demain. Il courait vers la maison, mais s'imaginait encore sur la péniche.

« Ah ! v'là le navigateur ! s'était écrié Maurice, moqueur, en le voyant débouler, on est quand même mieux sur la terre ferme que sur l'eau, pas vrai ? »

Un soir d'hiver, vers les dix heures du soir, depuis longtemps les volets étaient fermés et l'éclusier et sa famille couchés. P'tit Louis dormait. Il avait été réveillé soudain par des coups frappés à la porte. Maurice ne dormait sans doute pas encore, il avait répondu aussitôt.

« Oui, oui, on arrive ! »

Il y avait eu des bruits, le père devait s'habiller, puis des pas, puis une autre voix d'homme, et tout de suite après celle de Maurice encore, qui disait cette fois :

« Léone, relève-toi vite, y a des gens dans le besoin ! »

P'tit Louis avait sauté de son lit et rejoint dans la cuisine ses parents et l'inconnu, qui paraissait affolé.

« ManLéone, c'est qui ? Qu'est-ce qui se passe ? »

Maurice, tout en vérifiant le niveau du pétrole dans la lanterne qu'il était allé décrocher dans la remise, avait répondu :

« Retourne te coucher, c'est pas une affaire qui regarde un gamin comme toi. »

ManLéone préparait des choses dans un panier, jetait son châle sur ses épaules.

« C'est un petit bébé qui arrive un peu plus tôt que prévu. Ton père a raison, recouche-toi, je vais refermer la porte et prendre la clé.

— Un petit bébé ? Où ça ?

— Sur la *Georgette.* »

La *Georgette*, c'était, bien sûr, une péniche que la famille Champart avait vue s'amarrer non loin de l'écluse à la tombée du jour. Elle serait la première à passer le lendemain matin.

ManLéone savait que la batelière était grosse, d'un troisième enfant. Comme pour les précédents, elle pensait rester à terre pour mettre celui-ci au monde, et la péniche de son mari, si son programme le permettait, s'amarrerait pour quelques jours à proximité du lieu de naissance. Et voilà que ce bébé déboulait en catastrophe, avec deux bonnes semaines d'avance...

En marchant sur le chemin de halage, derrière Maurice qui tenait haut la lanterne et près de Léone qui s'efforçait de presser le pas, l'homme les renseignait.

— Elle allait on ne peut pas mieux, grosse bien sûr mais elle vous portait ça comme si ça ne lui pesait pas. Je voulais l'aider pour la soulager, elle ne voulait pas. J'suis pas malade, qu'elle me répondait. Un peu avant qu'on décide de s'arrêter pour la nuit, elle a rempli une tinette qu'elle a remontée sans mal. Est-ce qu'elle a perdu l'équilibre ? Ou glissé ? Ou trébuché ? Elle avait l'habitude, pourtant, mais cette fois-ci elle est tombée. Sur le coup elle n'a rien ressenti, elle s'est relevée, elle est revenue dans la cabine, on a même mangé, mais au moment de se coucher ça s'est déclaré. Des douleurs, qu'elle a bien reconnues. Je vais accoucher, qu'elle m'a dit, et on dirait que le petit est pressé.

Il n'y avait pas de sage-femme à Martinpré, la plus proche habitait à plus de six kilomètres. L'enfant n'aurait pas attendu le temps de l'aller-retour. Des femmes « d'à terre » accouchaient d'ailleurs souvent sans sage-femme : soit elles étaient prises de court, parfois pour avoir volontairement négligé les prémices de leur délivrance, à cause de leur travail qu'elles ne voulaient pas laisser en plan ; soit elles estimaient pouvoir se passer de ses soins. Car il y avait toujours dans la famille ou le voisinage une tante ou une grand-mère qui à force d'assister aux accouchements en savait autant, du moins le croyait-on, et de surcroît ne se faisait pas payer.

La cabine de la *Georgette* était partagée en deux chambrettes. En se penchant sur le lit où grimaçait la batelière, Léone pensait aux deux enfants couchés derrière la mince cloison, réveillés par les allées et venues, troublés par l'attente de ce petit frère ou de cette petite sœur qui voulait naître sur le bateau.

La délivrance semblant imminente, Léone avait soutenu et guidé la mère dans ses efforts, avant d'accueillir dans son giron tendu de linge blanc l'enfant, un garçon. Le batelier n'avait pas assisté à la naissance de ses deux premiers, nés chez sa belle-mère. Cette fois, impressionné par l'événement, le courage de sa femme et l'efficacité en apparence tranquille de l'éclusière, tassé dans un coin, osant à peine regarder la scène, il n'avait été d'aucune utilité. Au premier cri du nouveau-né, il avait rejoint les deux aînés. Quant à Maurice, il était resté sur la péniche, mais à l'avant, le plus loin possible de la cabine. Par pudeur et discrétion, sans doute, mais encore et surtout dans cette attitude si répandue chez les hommes de sa génération et de son milieu, qui consistait à penser que si eux étaient à l'origine de la vie, le fait de la donner, dans le sang et la douleur, n'appartenait qu'aux femmes.

Au milieu de la nuit, Maurice et Léone étaient rentrés à l'écluse, où P'tit Louis ne s'était pas manifesté. Le lendemain matin, le batelier avait emprunté le vélo de Maurice pour se rendre chez le médecin le plus proche qui était venu dans l'après-midi s'assurer de la bonne santé de la mère et de l'enfant. Il avait fait un bref arrêt pour féliciter Léone de ses soins. Le père, muni des papiers d'usage, avait ensuite déclaré la naissance à la mairie de Martinpré. Et le surlendemain, en début de matinée, la *Georgette* s'était présentée à l'écluse pour continuer son chemin, contrainte de devoir accélérer sa vitesse pour livrer sa cargaison sans retard. Le batelier, redevenu gaillard, avait une fois de plus remercié Maurice et Léone, émue de voir sourire la batelière, déjà rétablie, debout sur le seuil de la cabine, son poupon emmitouflé dans ses bras, flanquée des deux autres bambins.

Naître sur une péniche... P'tit Louis avait tardé à s'endormir cette nuit-là, réfléchissant à ce qui le tourmentait déjà et continuerait à lui suggérer longtemps des interrogations.

« Je suis né où, moi ? avait-il demandé à ses parents, à l'âge où les enfants commencent à se préoccuper du pourquoi et du comment de leur existence.

— Né où ? Ben ici, chez nous ! avait répondu Maurice, étonné, presque outré. Où donc que tu aurais pu naître puisqu'on est d'ici !

— Même qu'on était drôlement contents, depuis le temps qu'on t'attendait ! » avait ajouté manLéone.

Il s'en souvenait, de ces paroles. On est d'ici. Etre de quelque part, c'était important, capital même. Quand on rencontrait quelqu'un pour la première fois, on voulait tout de suite savoir : Vous êtes d'où ? Quand on apprenait qu'un garçon ou une fille du village allait se marier, on s'interrogeait de la même façon : d'où était le futur ou la future, avant de s'intéresser à toute autre chose.

Etre d'ici. C'est-à-dire du lieu fixé ou par la naissance, ou par l'installation et la fondation d'un foyer. Naître chez soi, dans son pays, c'est-à-dire son village, dans sa maison, c'était bien. On pouvait prétendre ainsi avoir des racines.

Naître... Mais mourir ?

Mourir aussi. Dans son lit. P'tit Louis savait pour l'avoir bien des fois entendu que c'était le souhait de ceux qui par l'âge se savaient proches de la grande échéance. On plaignait doublement les malheureux qui n'avaient pas le réconfort de fermer les yeux sur les lieux familiers où s'était déroulée leur vie. Ceux qui mouraient dans des accidents, ou à l'hôpital, parce qu'ils avaient dû se résigner à s'y laisser emmener, ou pire encore, n'avaient pas pu donner leur assentiment. Mais ces malheureux-là, on les ramenait tout de même chez eux pour l'ultime adieu.

De même qu'un enfant pouvait naître dans un lieu de hasard, un homme pouvait-il mourir n'importe où, là où ses pas l'avaient emmené, sur un territoire qui n'était pas le sien, étant donné qu'il venait de nulle part, qu'il n'avait aucun point d'attache ? Un vagabond par exemple...

Le hasard voulut qu'une telle affaire se produisît, non loin de l'écluse. A peine un mois plus tard.

« J'ai encore aperçu un "trimard" sur le chemin de halage », avait dit Maurice, la veille, après avoir fait passer la dernière péniche de la journée.

Et plusieurs fois il était allé à la fenêtre pour voir si le bonhomme rôdait encore dans les parages. Mais la nuit était tombée.

« Pauvre diable, avait dit manLéone, il ne va pas faire chaud cette nuit, je me demande où il va coucher.

— T'en fais pas pour lui, va, il saura bien pousser une porte de grange pour se couler dans le foin. »

Encore un trimard... On n'en voyait pourtant pas souvent, de ces vagabonds qui passaient par ici, de village en village, préférant les chemins de campagne aux routes plus fréquentées. Le mot encore, dans la bouche de Maurice, comme de ceux qui l'avaient peut-être vu avant lui, n'avait rien à voir avec la fréquence, c'était une façon d'exprimer avec quels yeux on regardait généralement ce genre d'individus. Qui étaient-ils ? Des pauvres diables, en effet, en rupture avec leur milieu, leur famille, la société. Des gars qui sortaient de prison, celle de Charleville par exemple, tout là-haut dans les Ardennes, et qui descendaient en suivant le cours de la Meuse. Ne les désignait-on pas d'ailleurs aussi par le terme de réprouvés, comme les bagnards dont les derniers avaient quitté la France en juillet de cette année 38 ? Un terme bien exagéré pour la plupart d'entre eux, généralement inoffensifs, mais qui payaient aussi pour les exactions commises par quelques-uns, des vols, voire des crimes, qui s'incrustaient dans les mémoires et justifiaient la méfiance à leur égard. Il en était aussi certains qui avaient choisi cette façon hasardeuse de vivre pour se sentir libres de toute attache, de toute dépendance. Des sortes de fous, en somme, qui allaient eux-mêmes au-devant de la misère.

Plus que les hommes, les femmes s'apitoyaient sur eux, et plus d'une leur tendait un quignon de pain, parfois enrichi d'un morceau de lard ou de fromage. Mais elles refermaient aussitôt leur porte, avec un haussement d'épaules qui signifiait qu'elles ne pouvaient pas faire davantage.

Le lendemain matin, P'tit Louis n'avait pas oublié le trimard, et la première chose qu'il avait faite sitôt levé avait été de soulever le rideau, sans apercevoir le bonhomme qui après une nuit de bivouac avait probablement repris son bâton de vagabond.

C'était un jeudi. Vers le milieu de la matinée, pour être libre en vue d'une équipée entre garnements, il prit la brouette et la faux et s'en alla à l'herbe aux lapins sur le chemin de halage, vers l'amont. Passant à proximité d'un bosquet très touffu, il eut la surprise d'en voir débouler un renard que le bruit de ses pas et de la brouette avait alerté. L'animal devait être occupé à dévorer une proie. Un lièvre peut-être, ou seulement un oiseau, ou une souris. P'tit Louis était curieux de tout. Il s'approcha du lieu du crime supposé, écartant les branches de ses mains tendues, mais soudain il s'arrêta, figé. Là, tout près, étendu sur le dos, il y avait un homme. Le trimard ! Il avait les yeux ouverts. Mais il ne bougeait pas. Il ne bougeait plus. Il était mort.

— Oh merde, laissa tomber P'tit Louis. Salaud de renard, qu'est-ce qu'il faisait à côté ?

Abandonnant sur le chemin la brouette et la faux, il prit ses jambes à son cou vers l'écluse en criant :

— Père Maurice ! ManLéone ! Le bonhomme ! Le trimard !

Maurice sortit le premier.

— Ben quoi le trimard ! Tu l'as vu ? Il t'a parlé ? Il ne t'a rien fait, j'espère !

— Non, rien... Il est là-bas, dans le buisson... mort...

— Mort ! Mais qu'est-ce que tu racontes, mon garçon ?

— C'est vrai, père Maurice, vrai de vrai, j'te jure, j'ai bien vu !

Ce fut toute une histoire. P'tit Louis envoyé dare-dare, avec le vélo de son père, chercher le maire du village, sans oublier de lui dire de téléphoner aux gendarmes pour qu'ils rappliquent au plus tôt. Puis, Maurice et Léone partirent, sur le chemin de halage, comme pour l'accouchement de la batelière, se hâtant, bien que moins pressés d'arriver auprès de celui qui n'avait plus besoin d'eux.

— Faut pas le toucher, Léone, et encore moins le bouger, attendons le maire, c'est lui qui doit constater la chose.

Il arrivait, le maire, sur sa moto, et derrière lui bon nombre de curieux, des hommes, ce genre de spectacle ayant plutôt tendance à effrayer les femmes, plus quelques gamins qu'elles n'avaient pas pu retenir. Bientôt les gendarmes firent leur apparition dans leur Juvaquatre. Ils renvoyèrent les curieux à leurs affaires, embarquèrent le mort à l'arrière de leur voiture, firent une halte à la mairie pour un peu de paperasse, et emmenèrent le malheureux vers le terme de son pauvre destin qui intriguait P'tit Louis.

Il ne se joignit pas à ses camarades cet après-midi-là, mais resta dans les jambes de ses parents, à les harceler de questions.

— Dis, père Maurice, ils l'ont emmené où, le trimard, les gendarmes ?

— Comment veux-tu que je le sache ? J'ai pas été avec eux !

— Il sera enterré où ?

— Ben dans un cimetière, pardi !

— Oui, mais où ?

— Ils vont peut-être lui trouver de la famille quelque part, s'il avait des papiers. Mais qu'est-ce que ça peut bien te faire ? Et où ? Et où ? Tu me saoules, à la fin, avec tes questions.

P'tit Louis remit ça auprès de sa mère.

— Dis, manLéone, ceux qui sont tout seuls, où on les enterre quand ils sont morts ?

— Faut bien leur trouver une place quelque part, ne serait-ce que dans une fosse commune.

— Alors plus personne ne se rappellera de lui ? Nulle part ? Jamais ?

ManLéone elle-même finit par l'envoyer promener.

— C'est pas des questions pour des enfants, ça. C'était qu'un pauvre diable, n'y pense plus.

Les trimards n'avaient rien à voir avec les mariniers, mais s'ils excitaient eux aussi les pensées de P'tit Louis, c'était pour la même raison. Leur vie en mouvement. L'ailleurs qu'ils côtoyaient. Naître sur un bateau ou mourir dans un buisson, pour lui ça sentait un peu, beaucoup, l'aventure…

S'y ajoutaient les romanichels, qu'on appelait aussi bien les bohémiens, ou encore les camps-volants. Pas des solitaires, ceux-là, au contraire, des tribus entières, qui voyageaient ensemble, dans des roulottes, trois, quatre à la file, parfois davantage, tirées par des chevaux. Quand ils avaient jeté leur dévolu sur un lieu pour s'y arrêter, généralement pour plusieurs jours, il fallait bien les accepter. Ils ne s'installaient pas dans les villages, mais à l'écart. A Martinpré, c'était au bord du chemin de halage, derrière un rideau de saules, dans une friche à l'abandon dont personne ne connaissait plus les propriétaires. La famille Champart se trouvait ainsi aux premières loges pour les voir passer vers leur halte.

Les romanichels dételaient les chevaux, qu'ils mettaient à paître, les attachant à des arbres ou à des piquets de pâture. Des roulottes sortaient les femmes et des ribambelles d'enfants, qui partaient aussitôt à la recherche de bois sec pour allumer des feux sur lesquels fumeraient bientôt des chaudrons.

Ces soirs-là, Maurice veillait tout particulièrement à la fermeture des dépendances, notamment des clapiers et du poulailler, car la réputation de voleurs de poules qui poursuivait les camps-volants n'était pas qu'un procès d'intention. Bientôt passait devant l'écluse, à la recherche d'un point d'eau potable, un homme noiraud menant un cheval au dos chargé de bidons. Maurice lui indiquait la fontaine du village, où coulait en toutes saisons une eau des plus fraîches. A l'écluse, l'eau était tirée d'un puits, et parvenait sur l'évier de la cuisine au moyen d'une pompe à balancier qui exigeait du muscle et de la patience. Les jours de lessive et de grande toilette, heureusement hebdomadaires, P'tit Louis était mis à contribution pour remplir la lessiveuse de manLéone ou la grande bassine de zinc. Pas question donc de faire entrer le romanichel qui aurait mis trop de temps pour remplir tous ses bidons.

Dès le lendemain apparaissaient les femmes. Des noiraudes, elles aussi, aux longs cheveux, aux yeux de braise, qui d'après Léone voyaient clair même la nuit et faisaient d'un seul regard l'inventaire de toute une pièce, vêtues d'oripeaux qui leur tombaient jusqu'aux chevilles. Pendus à leurs jupes, des enfants, les yeux noirs écarquillés sous leur tignasse emmêlée, parfois pieds nus comme leur mère. Celles-ci avaient à leurs bras des paniers, remplis de quelques marchandises dont elles faisaient commerce, de la dentelle, des boutons. Des paniers, elles en vendaient aussi, tressés par les hommes, de tailles et de formes variées, qu'elles portaient alors sur leur dos, réunis en grappe par une courroie qui leur labourait l'épaule.

« Pas chers, les paniers, madame, pas chers. Solides. »

Solides, oui, il fallait le reconnaître, les romanichels avaient la main pour les tresser. Pas chers... L'osier, c'était bien connu, ils le récoltaient eux-mêmes dans des endroits humides qui avaient été autrefois de véritables oseraies. Ces paniers, c'était ce qu'elles vendaient le plus facilement, à la campagne on en a toujours besoin, Léone en achetait quelquefois.

« C'est pas cher, madame. Donne un peu quelque chose en plus pour les enfants. Un peu de lait, du sucre... »

Elles attrapaient la main qui leur tendait l'argent et la retournaient, paume en l'air.

« J'te dis la bonne aventure, madame. Pour cent sous. »

ManLéone dégageait sa main.

« J'le sais, ce qui m'attend. Pas besoin de me raconter des histoires. L'amour, la fortune... comme si j'allais croire à des bêtises comme ça, à mon âge... »

Les femmes finissaient par s'éloigner en direction du village, où elles feraient une halte au café-épicerie, affolant la patronne qui devait à la fois les servir et les surveiller. Dans les rues les bohémiennes faisaient se fermer des portes, soulever des coins de rideau. Quand on ne leur ouvrait pas, elles frappaient à plusieurs reprises, elles lançaient des sorts. Elles menaçaient du malheur. La bonne aventure à l'envers.

Des mères disaient que les romanichels volaient des petits enfants, pour empêcher les leurs de sortir. C'était faux, ils en avaient déjà bien assez, mais entretenir cette légende participait de l'état d'esprit à leur égard.

Le soir, des abords de l'écluse, à travers le bouquet d'arbres, P'tit Louis entrevoyait le rougeoiement des brasiers, les silhouettes qui se penchaient sur les chaudrons. Il s'approchait un peu, pas trop près, juste pour mieux voir. Et pour entendre. Les voix rauques des hommes, celles des femmes, criardes. Plus tard, après le souper, il ressortait avec Maurice et ensemble ils écoutaient encore un peu. Autour des feux déclinants ça parlait, ça riait. Parfois les hommes chantaient et les femmes tapaient dans leurs mains.

« Ils en font un raffut, maugréait Maurice. On voit bien qu'ils ne travaillent pas, ils ne sont pas fatigués.

— Mais si ils travaillent, ils fabriquent des paniers.

— T'appelles ça travailler, toi ? Tresser de l'osier assis le cul par terre !

— On les appelle des bohémiens parce qu'ils viennent de Bohême, j'ai vu sur une carte à l'école où ça se situe, mais pourquoi ils ont quitté leur pays ?

— P'têtre qu'ils en ont été chassés, ou bien qu'ils ont voulu aller voir ailleurs si c'était mieux, ou... Te v'là encore avec tes questions, t'as qu'à demander au maître d'école ! (Qu'est-ce qu'il croyait, le père Maurice, que c'étaient les élèves qui posaient les questions, qui choisissaient les sujets ?) Allez, on rentre, il est l'heure de se mettre dans les draps.

— Encore un peu, père Maurice...

— Ben va donc coucher avec eux puisqu'ils t'intéressent tant que ça ! »

Aller coucher avec les romanichels, non, quand même pas. Mais voir de tout près leur installation, ça oui, il aurait bien aimé. Comme il se plaisait à découvrir la vie à bord des péniches, quand il était invité à y mettre les pieds.

ManLéone prétendait que les bohémiens mangeaient des hérissons. Comment le savait-elle pour l'affirmer ainsi, allant jusqu'à inviter P'tit Louis à constater lui-même qu'après leur passage on n'en croisait plus guère ? Manger des hérissons... et les piquants ? Comment les dépouiller, comment les faire cuire ?...

Puis un matin la caravane se reformait, les chevaux attelés, les femmes et les enfants dans les roulottes, elle repassait devant l'écluse, et s'en allait rejoindre la route qui les emmènerait plus loin. Savaient-ils quelle serait leur prochaine escale, ou se laissaient-ils guider par le hasard ?

Souvent les romanichels possédaient plus de chevaux qu'il n'en fallait pour tirer les roulottes, car ils en faisaient le commerce, concurrençant ainsi les maquignons, alors nombreux à la campagne. Ces marchands de bestiaux, chevaux et bovins, visitaient régulièrement les fermes, vêtus de leur blouse grise dont la poche s'enflait d'un portefeuille rebondi, car toutes les transactions s'effectuaient en liquide, avec de grands billets pliés en deux. Ils avaient la réputation d'être durs en affaires et roublards, c'est pourquoi des paysans se hasardaient à traiter l'achat ou la revente d'un cheval avec des romanichels, se croyant ainsi, pas toujours avec raison, en position de force pour le marché.

Il était arrivé à P'tit Louis de voir un cheval attaché à l'arrière d'une roulotte se retourner vers le bivouac que le convoi venait de quitter, comme s'il partait à regret, comme s'il aurait préféré rester ici, travailler, paître toujours dans le même pré, se reposer dans la même écurie, s'enraciner. Et puis non, la bête, fataliste, secouait plusieurs fois la tête et s'en remettait à son destin de vagabonde.

Les chevaux, P'tit Louis les aimait, ces indispensables serviteurs et amis des hommes. Du moins de la plupart de ceux qui travaillaient avec eux. Car il y avait, hélas, des maîtres bien peu reconnaissants envers ces forces de la nature, qui entendaient imposer leur loi d'hommes réputés supérieurs aux bêtes par une injuste violence.

« Les imbéciles », rageait le père Maurice quand il voyait des paysans frapper leurs chevaux, trop chargés, ou apeurés, ou simplement énervés par des piqûres de taon.

Les chevaux, qui participaient encore à tous les travaux agricoles, avaient apporté aussi leur contribution à la batellerie, à une époque qui n'était pas si lointaine, puisque Maurice et Léone l'avaient connue, et que même P'tit Louis se souvenait en avoir vu, parmi les derniers sur la branche Nord du canal de l'Est. C'était pour eux qu'avaient été aménagés le long de toutes les voies d'eau les chemins de halage.

Maurice parlait volontiers de ce temps-là, et P'tit Louis l'écoutait passionnément. Des chevaux, il en fallait généralement quatre pour tirer une péniche, attelés deux par deux. Le plus important c'était le bon coup de collier au départ, pour le démarrage, après ça allait tout seul.

« Tout seul, quand même pas, père Maurice. C'est lourd, une péniche.

— Oui, mais l'eau ça porte. Mais il y avait le vent, des fois, de front, qui demandait des efforts. »

De même que les paysans, à la charrue, à la herse, au rouleau, parcouraient les champs de long en large comme leurs chevaux, les bateliers ou quelqu'un de leur famille marchaient avec eux, tenant le meneur à la bride, au rythme de cinq à six kilomètres à l'heure.

« Toute la journée ?

— Presque, oui. Il y avait les arrêts aux écluses pour se reposer un peu, abreuver les chevaux. »

Tous les bateliers n'étaient pas riches, ni même aisés, aussi certains utilisaient des mulets, voire des ânes. Il ne s'agissait pas seulement de faire travailler ces bêtes, il fallait aussi les entretenir, les nourrir. L'herbe des rives n'y suffisait pas, d'où la nécessité d'acheter et de stocker dans la péniche du foin, de la paille, de l'avoine. Le soir, elles étaient dételées, soignées, laissées à terre si le temps le permettait, parquées dans des pâtures d'occasion ou attachées à des arbres. Mais il y avait à bord une écurie, sommaire bien sûr, pour les abriter du froid, de la pluie, de la neige, où elles se serraient comme le batelier et les siens dans leurs chambrettes.

Bêtes et gens sur le même bateau, sur la même galère, tout proches, l'idée enchantait P'tit Louis.

Les gendarmes qui avaient la charge de contrôler les bateliers sur le plan administratif étaient habilités aussi au contrôle des animaux, à leur état général, à leur nourriture, à l'absence de blessures, et pouvaient verbaliser en cas, heureusement rares, de non-respect des règles.

« C'est pour tout ça, vois-tu, expliquait Maurice, que les bateliers se sont mis à utiliser les services des loueurs de chevaux qui se sont répartis le long des voies navigables.

— Comme pour les diligences ?

— Oui. Ça leur faisait moins de soucis, moins de dépenses, et plus de place sur le bateau. Mais changer de chevaux à chaque relais, c'était pas comme travailler toujours avec les mêmes. Une bête, n'importe laquelle, quand elle a un maître, à plus forte raison un bon, elle y tient, elle l'aime. »

Puis la motorisation avait fait son apparition, fin des années vingt, début des années trente. D'abord, les loueurs avaient remplacé leurs chevaux par des tracteurs, bien avant que les paysans des régions de polyculture et d'élevage sur de petites exploitations ne s'y intéressent à leur tour.

« Le bruit des tracteurs, ça changeait du pas des chevaux, et l'odeur du gas-oil, de celle du crottin. Sans compter que le crottin, les éclusiers le ramassaient comme engrais pour leur jardin ! »

Et dire qu'avant, bien avant les tracteurs et les chevaux, Maurice ne l'avait pas vécu, c'étaient les hommes, la bricole à l'épaule, qui halaient les bateaux, parfois secondés par leur femme, leurs enfants.

« Comme les esclaves qui avaient construit les pyramides d'Egypte ? » s'étonnait P'tit Louis.

A cela près que là-bas, aux confins du désert, les pierres étaient énormes, le soleil brûlant, et les fouets toujours prêts à s'abattre.

La motorisation avait ensuite gagné les bateaux eux-mêmes, les rendant autonomes, avec leurs propres moteurs à gas-oil, racontait encore Maurice. Cela avait entraîné des différences, donc des tensions entre les bateliers, pour des questions de vitesse, de rentabilité, de concurrence jugée déloyale, de bruit, de peur causée aux chevaux. Les gros, déjà, menaçaient d'écraser les petits, de les « couler », l'ironie du terme était humiliante.

« Et nous, les éclusiers, admettait-il, on n'était pas toujours neutres dans l'affaire, on accordait des fois la priorité aux automoteurs parce que leur passage était plus rapide et plus facile. On en a entendu, tu sais, des engueulades en ce temps-là, tout s'y mélangeait, l'argent, les moqueries, les jalousies, les insultes, même les affaires personnelles, et la politique ! On se faisait traiter de vendus quand on demandait à un batelier d'arrêter ses chevaux le temps de passer une ou deux autres péniches, à moteur celles-là. Et puis un jour on revoyait le même bonhomme se pointer avec un automoteur, tout fier d'avoir pu franchir lui aussi le pas du progrès. Et qu'est-ce qu'on faisait ? On le complimentait. »

La disparition totale de la traction animale avait fait débaptiser officiellement les chemins de halage qui n'en étaient plus, mais la nouvelle appellation, chemins de service, n'existait et n'existerait très longtemps qu'en principe.

Les bateliers, tous motorisés, avaient ensuite connu d'autres problèmes, qui les avaient amenés à s'organiser, à se grouper en syndicats. Même à faire grève, en 36, pour que soient établies et respectées des règles équitables, comme le tour de rôle intégral sur les lieux de chargement, et le respect des heures de navigation.

« A Bougival, sur la Seine, près de Paris, ça chauffait, le fleuve était complètement bouché, on voyait des photos sur les journaux. Mais nous, par ici, on n'a pas connu ça, c'est resté plutôt tranquille, et ma foi tant mieux. »

Tranquille, décidément, il l'aimait bien ce mot-là, le père Maurice...

L'homme s'avançait sur le chemin de halage, en direction de l'écluse, d'un pas rapide malgré la charge qui lui courbait le dos. Simplement, pour ne pas dire pauvrement, vêtu, les pieds chaussés de sandales de cuir avachies, la tête couverte d'une chéchia de feutre qui avait dû être rouge. C'était l'automne, la fin du mois d'octobre, qui s'il aime certaines années jouer les prolongations de l'été sait aussi bien se faire annonciateur de l'hiver. Cet après-midi-là, en effet, soufflait un petit vent coupant qui faisait friser la surface du canal, et Maurice avait ressorti ses grosses moufles de cuir pour effectuer les manœuvres de la journée. P'tit Louis, son cartable ballottant dans son dos, courait derrière le bonhomme. Il le connaissait, car il appartenait lui aussi à la catégorie de ceux qui le faisaient rêver.

Il était arrivé à Martinpré en début d'après-midi, annoncé à grands cris par les premiers gamins qui l'avaient aperçu et s'étaient portés à sa rencontre pour lui faire escorte.

— V'là le sidi ! V'là le sidi ! Sidi Bel Abbès couscous cacahuètes !

Le maître avait dû faire preuve de toute son autorité pour les faire entrer en classe et obtenir d'eux un semblant d'intérêt pour les leçons et exercices de l'après-midi. Quand il les avait rendus à leur liberté, il leur avait interdit de se remettre à la recherche de l'homme et donné l'ordre de rentrer directement chez eux. Le sidi avait fini sa tournée du village, qu'il achevait toujours par l'écluse. P'tit Louis avait donc seul le privilège de pouvoir le rejoindre sans braver les recommandations du maître.

Ils arrivèrent ensemble et le gamin se précipita pour ouvrir la porte. Ses parents cassaient une petite croûte sur le coin de la table.

— Tiens, v'là le sidi ! Je pensais bien qu'on allait te revoir avant l'hiver, dit Maurice. Léone, débarrasse la table, qu'il pose son barda. Mais t'as peut-être faim, monzami ?

— Non, patron, merci. Seulement un peu d'eau, par charité.

Pendant que Léone lui remplissait un verre, il s'approcha de la table et pivotant de côté y fit glisser son chargement.

— T'en as donc pas marre de courir les routes ?

Maurice, comme tous les hommes, tutoyait d'emblée tous ces trimards, camps-volants et marchands ambulants de toutes sortes et se permettait des familiarités, souvent douteuses, affirmant ainsi son statut d'homme établi au ventre plein et à la conscience tranquille. Les femmes, elles, par une retenue propre à leur sexe plus que par respect et compassion, ne se risquaient pas au tutoiement, préférant, si elles jugeaient le vous trop distingué pour leur interlocuteur, s'adresser à lui à la troisième personne. Ce que fit Léone.

— Alors, qu'est-ce qu'il a de nouveau à nous montrer aujourd'hui, c't homme-là ?

C'était toujours à peu près la même marchandise. Du linge de maison, draps, serviettes, torchons, qui n'avaient rien à voir avec son pays d'origine, l'Algérie, où le mot de sidi n'avait rien de péjoratif ni de moqueur, du linge qu'il achetait en France à des grossistes. En revanche, les tapis et descentes de lit étaient fabriqués là-bas, du moins l'affirmait-il. Là-bas, à Mostaganem, où il retournait chaque année, par bateau, en hiver, auprès de sa famille, sa « smala », qu'il faisait vivre.

— Alors, tu vas bientôt aller revoir tes enfants et ta moukère ? lui dit Maurice.

— Comme tu lui parles ! lâcha Léone.

— Ben c'est comme ça qu'ils disent, chez eux. Hein, camarade ?

— Oui, patron.

Léone achetait toujours un peu au sidi. Cette fois elle choisit une demi-douzaine de torchons et une descente de lit pour la chambre de P'tit Louis.

Celui-ci regardait intensément l'homme. Son visage, anguleux, sec, cuivré. Ses yeux au regard noir, intense, enfoncés tout au fond des orbites, dans lesquels devaient dormir tant d'images extraordinaires de son pays. Ses pieds, à la peau brune, presque noire, ses orteils déformés, aux ongles cabossés de corne, des pieds qui ignoraient le confort et la protection des

nais ça se voyait, ça s'entendait. Les hommes
emmes étaient soudés par la même passion
vigation. Les parents qui devaient se séparer
enfants pour leur scolarité en souffraient.
ommeil aidant, P'tit Louis capitulait. Ses
l'aimaient, à leur façon, comme il était. Sur-
nLéone, mais c'était normal, les femmes sont
rtées sur les sentiments que les hommes, elles
moins à les montrer. ManLéone par exemple
noquait jamais de ses cheveux filasse, qu'elle
it même, oui elle les caressait, quand elle venait
ui laver, de les lui couper, en laissant toujours
ande mèche qui barrait constamment son front
renvoyait en arrière d'un mouvement de tête.

iens, dit Maurice à P'tit Louis, un soir de l'été
qui t'intéresses tellement aux gens qui viennent
ırs, tu vas sûrement bientôt en voir, et pas des
ceux-là, pas des sidis ni des camps-volants.
res ! Paraît qu'on est bien protégés par la ligne
ot, mais depuis le temps qu'il prépare son coup,
itler, leur Führer comme ils disent les Fridolins,
avis ils se ficheront pas mal d'une rangée de
ates.

ıtôt les événements allaient lui donner raison.

chaussettes et des brodequins ; son accoutrement, un drôle de pantalon flottant serré aux chevilles qui dépassait d'un ample manteau de laine brune et rêche qui avait gardé un peu de l'odeur de la toison des moutons de là-bas.

Le sidi n'était pas un vagabond. Il possédait des papiers, qu'il avait un jour montrés à Maurice, qui attestaient de son identité : Benjahadi, Ahmed, né à Mostaganem. Il ne dormait pas à la belle étoile, ni derrière les meules ni dans les granges, mais dans les plus modestes chambres des petites auberges de campagne où le moindre profit, d'où qu'il vienne, ne se refusait pas.

Léone lui tendit l'argent qu'il enfouit dans la poche de son curieux pantalon, puis il rassembla son barda qu'une torsion de son corps renvoya sur son dos, il salua le patron, la patronne et le petit jeune homme, et reprit le chemin de halage, accompagné jusqu'à l'embranchement avec la route par P'tit Louis qui aurait eu tellement de questions à lui poser qu'il préféra se taire et marcher seulement un peu à ses côtés.

Ce soir-là, évidemment, il réfléchit et rêva longtemps avant de trouver le sommeil.

Sidi bel Abbès couscous cacahuètes... L'enchaînement des mots aux sonorités insolites faisait se tordre de rire ses camarades, tous loin de penser qu'ils pouvaient être aussi injurieux, et sans doute davantage, que les « andouille, pouilleux, blanc-bec et autres bigleux » qu'ils s'envoyaient à la figure entre eux. Cette dérision déplacée, lui la ressentait. Cette idée, cette certitude même, si répandue pour ne pas dire unanime, que ceux qui présentaient une différence avec les gens d'ici leur étaient inférieurs, il ne la partageait pas. Pourquoi se moquer, se méfier de certaines personnes, les mépriser, sans d'abord chercher à les connaître et à les comprendre ? Sa curiosité pour l'ailleurs, cette envie de bouger, de voyager, de découvrir d'autres façons de vivre s'y ajoutant, il déduisait de ses réflexions qu'il n'était pas comme les autres. Comme s'il n'était pas d'ici. Pourquoi ?

Tant et si bien que tout comme Maurice avait douté de sa paternité, lui en arrivait à se demander s'il était bien son fils et celui de manLéone, qu'il ne dissociait évidemment pas.

Il savait qu'il était né plus de cinq ans après leur mariage, sa mère lui avait confié que son arrivée avait été une surprise. Et cette volonté de Maurice de ne pas être appelé papa.

Pas leur enfant ? Non, ça lui paraissait impossible. Il les aimait, se sentait bien auprès d'eux.

Puis le doute reprenait le dessus, lui suggérait des réponses.

Je suis un enfant qu'ils ont recueilli et fait passer pour le leur, se disait-il. Un gamin de nulle part qu'ils ont trouvé. Mais où, comment trouver un enfant, sans le voler, tout de même, ça ils n'auraient pas osé, honnêtes comme il les connaissait. Qui vole un œuf vole un bœuf, répétait si souvent manLéone, par exemple quand il rapportait une pomme chipée dans un verger. Alors qui vole un enfant…

Tiens, je suis peut-être un petit romanichel, oublié volontairement ou non par une tribu qui en comptait tellement qu'elle n'était pas à un près. Mais non, ça ne tenait pas, ils étaient tous noirauds, les romani-

chels, sans exception, les yeu
mate, tout le contraire de lui.

L'enfant d'une pauvresse, d
ManLéone lui avait raconté
des hommes qui trimardaient,
femmes, rarement mais elle en
de village en village, fuyant on
toute évidence quelque chose d

« Une fois, elle avait dit, j'en
un bébé dans les bras. Pas ici
en plein hiver, sur la place.
reux… »

Mais non, ça ne collait pas
généreuse qu'ait pu être manl
raison avec les autres femmes
bien affirmer qu'à l'origine de la
il y avait le vice, et que le vice
sûrement encore ça se transr
même elle aurait été émue par l
et le dénuement de l'enfant, elle
folle pour introduire le ver dans l
famille.

Et puis tiens, pourquoi pas, s
couple de bateliers, tout simplen
peau, des blonds de cheveux,
comme lui, avec des grands bras e
il y en avait, ceux qui venaient du
de Hollande. Encore un peu il
emmailloté, passant des bras d'un
manLéone, à la faveur d'une bass
tations secrètes.

Non, encore une mauvaise pist
les gens de l'eau, c'était sacré ; n

disait,
et les
de la n
de leur
Le
parents
tout m
plus p
hésiten
ne se
caressa
de les
cette g
et qu'i

— T
39, to
d'aille
drôles
Des p
Magir
leur H
à mo
casem

Bie

2

Novembre 1945. L'effroyable séisme de la Seconde Guerre mondiale avait cessé. Du moins le bruit, la fureur, l'horreur des armes nouvelles et des ignominies des hommes. Le monde enregistrait quantité de bouleversements de tous ordres, politiques, économiques, stratégiques, humains, surtout humains.

Maurice et Léone retrouvaient leur place de petites gens tranquilles et pouvaient dire : On s'en est pas mal tirés... Pas sans difficultés, bien sûr. Pas sans peur. Ni états d'âme. Ni velléités de patriotisme. Ni faiblesse, au nom de la prudence et de la sécurité. Comme bon nombre de citoyens, en somme.

Dès 39, les transports avaient été placés sous le régime de l'exploitation militaire, mais l'hiver 39-40, inclus dans la période de la drôle de guerre, particulièrement rigoureux, avait été plutôt favorable aux bateliers, en raison d'une forte demande de charbon domestique. Toutefois, après l'offensive, les choses s'étaient durcies. En zone occupée, par l'intermédiaire des directions régionales, la navigation était sous tutelle des autorités allemandes, et pouvait se trouver contrainte à des réquisitions, les bateaux comme les équipages, avec menace de sanctions en cas de refus. Et les péniches, comme les écluses, pouvaient être touchées par les bombardements, ce qui se produisit en divers endroits dans la dernière année du conflit.

Comme beaucoup de Français de toutes professions, des bateliers s'étaient servis de l'aspect particulier de leur métier pour berner l'ennemi, jouant le rôle de passeurs de messages ou d'hommes, avec souvent la complicité des éclusiers. Celle de Maurice n'avait été que passive. Jamais il n'avait été sollicité ou entraîné, de force ou par surprise, dans une participation active à des faits de résistance à haut risque. Il lui avait suffi de fermer les yeux sur des actions qu'il devinait ou dont il recevait la confidence. Aussi pouvait-il répéter sans mauvaise conscience qu'il ne s'en était pas mal sorti. Il avait gardé les mains propres.

Quant à P'tit Louis, cette période pour le moins troublée l'avait changé, mais sans faire encore de lui un homme. Malgré les restrictions et certaines difficultés d'approvisionnement, il avait grandi, à peu près harmonieusement, c'est-à-dire que ses bras et ses jambes avaient vaincu le déséquilibre de leurs proportions qui contrariait manLéone. Sa voix avait mué. On l'appelait maintenant Louis.

Il avait vécu ces quelques années comme les autres garçons du village, plus en adolescent attardé qu'en ébauche d'adulte. Car on se contredisait facilement à la campagne où les traditions avaient toujours eu la vie dure, et avec elles les à-priori et les idées reçues. Ainsi, si on reconnaissait aux jeunes, dès qu'ils avaient quitté l'école, l'aptitude au travail, même dur, ce qui entraînait des abus, on leur refusait le droit au chapitre pour tout ce qui était jugé important, donc du ressort des adultes, les vrais, et plus particulièrement des chefs de famille, les hommes. D'où cet étonnement, cette stupeur même, d'apprendre après la guerre que, parmi les héros qu'elle avait engendrés, certains avaient au moment de leurs actes de bravoure, de leur sacrifice, seize, dix-sept, dix-huit ans. Des gamins…

Ce n'était pas l'héroïsme, mais l'inconscience, qui avait poussé Louis à participer à quelques audaces en compagnie de ses copains. Comme eux il avait écrit, avec des bouts de bois noircis au feu, des insultes aux occupants dans des endroits bien visibles, des murs, des ponts. Après le débarquement de Normandie il avait tracé le V de la victoire.

Une fois, ces grands gamins avaient tout de même eu chaud. Un soir, au moment du repli des Allemands chassés par les Alliés, fin 44, ils avaient entendu, venus de la grange d'une ferme isolée qui n'était plus habitée mais servait uniquement de resserre pour la paille et le foin, des bruits de voix gutturales, des cris, des rires, et des explosions qui n'évoquaient pas des armes, mais des bouteilles de mousseux, comme en ouvraient leurs pères les soirs de fête. En fait de mousseux, c'était bel et bien du champagne, car quelques heures plus tôt, dans la traversée de Reims, participant à des exactions et des saccages pour se venger de leur humiliation de fuyards, ils avaient dérobé dans une cave quelques cartons du précieux breuvage. Se croyant à l'abri, hors de la vue de leurs chefs, ils faisaient disparaître à grand bruit le fruit de leur rapine. L'œil collé aux interstices de quelques planches disjointes, les garçons les regardaient, en se poussant pour se chiper la vue. Soudain, la porte, qui déjà ne tenait plus guère, avait cédé, et ils s'étaient retrouvés projetés dans la grange, les uns chancelants, les autres carrément étalés. Les vertus du champagne avaient heureusement effacé toute agressivité chez les soiffards hilares, qui avaient invité leurs visiteurs à partager leur beuverie. Pas plus que les autres, Louis ne connaissait le goût du champagne, et les circonstances n'étaient pas à la dégustation. Il avait dû attraper la bouteille que lui tendait un Fritz et en boire au moins la moitié au goulot, sous de fortes bourrades. Il était rentré à l'écluse non seulement tard, mais en plus malade. Encore plus malade qu'ivre. ManLéone, qui avait entendu ses pas, était sortie et l'avait trouvé plié en deux, vomissant au coin du jardin.

« Louis, qu'est-ce qui t'arrive ? T'aurais pas bu, des fois ?

— Non, c'est les choux de midi, je les ai pas digérés.

— Les choux ? Qu'est-ce qu'ils avaient, mes choux ? »

Ailleurs, il y eut d'autres imprudences, parfois sans conséquence, comme ces grenades volées et mises à feu, plus tard, dans une clairière, et qui ne firent heureusement que du bruit. Mais les journaux relataient trop souvent des accidents stupides dans lesquels des jeunes gens se retrouvaient affreusement brûlés, perdaient une main, un bras, les yeux, ou la vie.

C'était un soir de novembre 45. Dans la cuisine, Léone et Louis attendaient Maurice pour le souper. Il était parti depuis le début de l'après-midi.

Il s'absentait de plus en plus souvent, de plus en plus longtemps. A pied ou avec son vélo. Il allait au village, comme il l'avait toujours fait, mais ce n'était plus pour aider les paysans. Léone en avait décidé ainsi. A son âge, disait-elle, il pouvait bien se dispenser d'aller prêter la main aux autres, il avait bien assez de son propre travail. Le métier d'éclusier pouvait paraître facile, mais il n'en était rien, elle était bien placée pour le savoir, elle qui l'avait si fréquemment remplacé et le remplaçait encore au besoin. La manivelle, le froid, l'humidité, tout ça vous fatiguait le dos, les épaules, les mains, vous éreintait de douleurs.

Louis avait vingt ans, et dans l'attente de son service militaire, c'était lui, maintenant, qui allait « faire des heures », le vocabulaire avait suivi le changement de génération, le principe aussi, puisqu'on le payait, modestement, en argent. Le reste du temps il assurait le travail de l'écluse, mais son père était toujours l'éclusier en titre et il ne voulait pas lui donner le sentiment de prendre sa place avant l'heure.

Maurice n'allait donc plus au village que pour le plaisir, c'est-à-dire le café, pour y retrouver quelques vieux joueurs de belote. Le vin et les alcools en général étaient soumis au régime des tickets qui n'avaient pas encore été supprimés, mais dans de nombreuses caves dormaient des quantités d'eau-de-vie de mirabelle distillée avant la guerre. Alors, après la belote, tantôt chez l'un, tantôt chez l'autre, les joueurs de cartes faisaient une petite pause. C'était ce qui chiffonnait Léone. Son bonhomme rentrait désormais souvent pompette. Gentil toujours, mais pompette, voire carrément saoul.

Léone décida de se mettre à table. Elle ferait réchauffer la soupe du père quand il arriverait. Elle regardait sans arrêt la pendule, se retenait d'envoyer Louis jusqu'au village. Elle avait dit la semaine précédente à Maurice :

« Faudra-t-il un jour que ton fils aille te faire honte pour que tu rentres à l'heure et de sang frais ? »

Il l'avait mal pris, et pour la première fois l'avait rabrouée durement, avant de lui jurer de bien se tenir à l'avenir.

A dix heures du soir, pourtant, n'y tenant plus, elle envoya Louis, qui trouva le café fermé, porte et volets, comme toutes les maisons du village. Pas de Maurice, pas de vélo.

Plus contrariée qu'inquiète, Léone supposa que ses acolytes, le jugeant incapable de rentrer chez lui, l'avaient transporté pour la nuit dans une grange, qu'à cette heure il devait ronfler comme un sonneur dans le foin, qu'il ne serait pas fier le lendemain et que ça lui servirait de leçon. Louis prit quand même la lanterne pour aller inspecter les dépendances de l'écluse, au cas où Maurice aurait choisi d'y dormir pour éviter des reproches.

Le lendemain matin, toujours pas d'éclusier. Pendant que Léone assurait le premier passage, Louis retourna au village. Les compères de Maurice s'étaient remis des excès de la veille et la tournée des granges et des écuries se révéla vaine.

Au retour, passablement inquiet, il passa soigneusement au crible les bords du canal, tout en chassant de son esprit l'idée qui aurait été plausible pour tout autre que son père. Mais non ! Un éclusier ne se noie pas dans un canal, à plus forte raison dans son canal à lui !

Pourtant… en y regardant de plus près, la trace du vélo était en partie visible sur le gravier du chemin. Elle zigzaguait… mais là, elle s'approchait sacrément du bord… non, Maurice avait redressé le guidon. Et puis tout d'un coup un zigzag, encore, un fameux… et hop ! tout droit vers la rive ! Des joncs froissés, un éboulis…

— ManLéone, le père Maurice il est tombé dans le canal !

— Il en est ressorti ?

— Non, je crois qu'il y est encore.

Il fallut se rendre à l'évidence, Maurice s'était bel et bien noyé dans le canal. Et il s'agissait maintenant de l'en sortir. Une péniche arrivait, côté aval. Par de grands gestes, Louis fit comprendre au batelier qu'il devait s'amarrer à la rive, puis il fonça jusqu'au village prévenir le maire. Le batelier, devinant une noyade, accourait, sa gaffe à la main.

Léone criait :

— C'est mon homme, c'est mon homme !

— Le père Champart ! Oh ma pauvre femme…

Il proposa de harponner le corps de Maurice.

Louis revenait déjà, suivi du maire et de quelques hommes. Tout de suite chacun y alla de son idée.

— Le harponner, oui !

— Un corps de noyé, c'est plein d'eau, c'est lourd. Si j'allais chercher mon cheval et des chaînes pour le sortir ?

— Le scaphandre, cria Léone, je veux le scaphandre ! Est-ce qu'on repêche un homme comme on repêcherait une bête, avec un crochet et des chaînes ?

Louis appela le service de la navigation et demanda qu'on leur envoie le scaphandrier que sa mère, confondant dans le même mot l'homme et son équipement, appelait le scaphandre.

Il n'était pas basé loin, il arriva bientôt, accompagné de son assistant dont le rôle consistait à le harnacher puis à veiller à la ventilation de son appareil.

Le tandem qu'ils formaient était connu des éclusiers, parce qu'ils étaient chargés de certains travaux qui nécessitaient l'immersion. Ils participaient à l'inspection et aux éventuelles réparations des rives quand le canal était mis en chômage, rarement, ce qui en faisait à chaque fois un événement qui interrompait le trafic et attirait des curieux. Ils intervenaient en cas d'accidents, concernant des animaux, ou des hommes. Maurice avait raconté bien des fois à Louis l'embardée inexplicable d'une grosse limousine qui avait défoncé la barrière de protection et arraché un bosquet de jeunes saules avant de plonger dans le canal, à moins d'un kilomètre d'ici. L'affaire avait fait du bruit, les victimes étant quatre personnalités de la région, des élus qui venaient de participer à un banquet à Verdun.

La première fois que P'tit Louis avait vu le scaphandrier, il n'avait que quatre ou cinq ans, et la transformation de l'homme en une sorte de monstre à carapace d'où sortaient des tuyaux, à tête ronde aux gros yeux de verre cerclés de métal et aux pieds lestés de semelles de plomb, l'avait fait se réfugier dans les bras de manLéone. Et depuis cette découverte jamais le scaphandrier n'était redevenu totalement à ses yeux un homme comme les autres.

Là, l'homme changé en monstre bienfaisant se laissait couler dans un gargouillis de bulles à l'endroit où Maurice et son vélo avaient plongé. Le canal n'était pas très profond, l'opération n'avait rien à voir avec les recherches d'épaves de bateaux dans les abîmes, comme en relatait parfois le journal. Mais c'était encore plus impressionnant, dans ces circonstances tragiques.

Bientôt il remonta. Louis n'avait pas encore pleuré. Mais quand il vit son père, dégoulinant, entre ces bras énormes, il fondit en larmes, réalisant ce qu'était cet abandon extrême dont personne ne se relève.

C'était le soir du troisième jour. Maurice reposait dans le cimetière de Martinpré, à côté de ses parents. Léone et Louis étaient assis de part et d'autre de la table, fatigués, lessivés, de corps et d'esprit, par ces journées terribles qui ne leur avaient accordé que quelques heures de sommeil, à tour de rôle. Car tout ce qui suivait la mort se faisait encore à la maison. La toilette, les visites, les veillées. Il fallait accueillir le monde, dire et redire comment ça s'était passé, remercier, tenir le coup sous les avalanches de bons sentiments.

« Ma pauvre Léone, qu'est-ce que vous allez faire sans lui, depuis le temps que vous étiez ensemble… »

Combien de fois les avait-elle entendus, ces mots. Au point d'en être abrutie. De se contenter à la fin de hocher la tête. De n'avoir plus de larmes ni de paroles. A la cause de l'accident, personne n'avait fait allusion. Le noyé ne méritait que respect et discrétion.

Il avait reçu les hommages des bateliers, celui qui avait été le premier témoin de la découverte du corps, bientôt suivi par deux autres qui avaient amarré leur bateau en apprenant ce qui s'était passé. En tenue de travail, leur casquette de marin sous le bras, impressionnés et raides, ils avaient salué le corps de l'éclusier encore allongé dans la grange, tel qu'il avait été sorti du canal, dans l'attente des formalités, constat, certificat, dans l'agitation désordonnée des premiers moments. Léone courait de tous les côtés, donnait des ordres : Faut le curé, faut le médecin ! Puis elle se laissait choir sur une chaise en gémissant : Maurice, mon pauvre homme… La solidarité se manifestait bien vite dans ces cas-là, si bien qu'il n'était pas encore midi quand Maurice toiletté avait été couché sur son lit, avec autour de lui les objets rituels.

Il avait reçu l'hommage du village, dans l'église et au cimetière, celui de ses supérieurs, des délégués du service de la navigation, de ses collègues. Tous, dans des allocutions, avec les mots d'usage ou ceux du cœur hachés par la difficulté à s'exprimer, avaient vanté ses qualités d'homme, de citoyen, d'éclusier.

Et voilà, c'était fini, il n'y avait plus que la mère et le fils. Celui-ci avait tenu à assurer lui-même le service de l'écluse pendant ces trois jours, par respect pour son père.

Ils n'avaient même pas soupé, ils n'avaient pas faim.

— Je rangerai tout ça demain matin, répéta Léone pour la troisième fois.

Tout ça, c'était, sur la table, la cafetière et les tasses, la bouteille de mirabelle et les petits verres, des biscuits secs dans des assiettes, les restes de ce qu'elle avait servi aux proches qui avaient raccompagné à l'écluse la veuve et son fils.

Cependant Léone ne bougeait pas. Louis voyait son visage creusé par les larmes versées au cours de ses trois jours. Sans doute craignait-elle le moment où elle allait devoir s'allonger seule dans le lit si longtemps partagé avec Maurice. Elle levait de temps en temps les yeux vers son fils, paraissait hésitante.

Elle se décida enfin.

— Tu penses à ton père, hein ? Il t'en a appris des choses, peut-être pas autant que le maître d'école, mais des autres choses, le travail, l'honnêteté, la droiture.

Louis hochait la tête, ému.

— Et pourtant, continua-t-elle, faut que je te dise...

— Que tu me dises quoi, manLéone ?

Elle hésita encore, puis :

— C'est Maurice qui t'a élevé, avec moi, oui, mais... mais c'était pas lui ton père, je veux dire... ton vrai père.

Un étrange et double sentiment s'empara d'abord de Louis. Maurice n'était pas son père... Ainsi donc sa réflexion, son imagination, ses rêves ne l'avaient pas trompé ! Il en conçut une sorte de joie. Il ferma les yeux. Mais la peine qu'il éprouva au défilé des images derrière ses paupières, Maurice saluant de la main un batelier ami, Maurice sorti de l'eau par le scaphandrier, Maurice couché sur son lit de mort, raide dans son plus beau costume, ces images repoussèrent bien vite cette joie, la rendant injuste, indécente même.

Léone le laissa accuser le coup, se reprendre, avant de continuer.

— Je te rassure, il ne l'a pas su. Je peux donc dire que je ne lui ai pas menti. Si j'avais parlé, je lui aurais fait du mal, je nous en aurais fait à tous les trois. Mais pour ma conscience, à toi, mon garçon, je devais la vérité.

Louis resta encore un long moment silencieux, avant de poser la question :

— Mon père, alors, si c'était pas lui, c'était qui ?

— Ton père, c'était un gars du Nord, un caberlot.

— Un quoi ?

— Un caberlot. C'est comme ça qu'on appelait en ce temps-là les gars qui voyageaient pour les travaux agricoles. Mon père en embauchait tous les ans deux ou trois pour piocher les pommes de terre et démarier les betteraves. Ils restaient une semaine, des fois un peu plus, et ils allaient continuer ailleurs. C'étaient des gars qui ne tenaient pas en place, disait mon père, ils aimaient bien cette vie-là. Ils couchaient dans les granges si on n'avait pas de lits à leur offrir. Ils parlaient avec un accent, ils aimaient rire. Quand j'étais gamine, j'allais leur porter à boire et à manger aux champs. Quand mes frères et moi on a été assez grands pour travailler, on en a plus vu chez nous. Puis je me suis mariée avec Maurice et j'ai quitté la ferme de mes parents.

Elle marqua une pause, taisant du coup les circonstances de ce mariage, sa première faute, ce qu'elle avait entrepris de révéler à son fils ne lui imposant tout de même pas la vérité totale sur sa vie.

— Je me suis bien habituée à la vie à l'écluse. Maurice était gentil, mais il ne rigolait guère. Ce qui faisait que je m'ennuyais un peu. Et puis on espérait un enfant qui ne venait pas. Alors pour me changer les idées je suis retournée une fois chez mes parents. C'était le moment des caberlots, mon père en avait repris, parce que mes frères étaient à l'armée, pour leur service. Il y en a eu un qui a su me faire rire, et de là, d'une chose à une autre... enfin tu comprends... Quand tu t'es annoncé, Maurice est tombé des nues, depuis le temps qu'on attendait, et vu les drôles d'idées qui circulaient encore à l'époque, il se croyait trop vieux pour être père. Je te l'ai dit, que ton arrivée a été une surprise, tu te rappelles ? Voilà, mon garçon, je voulais que tu saches, maintenant tu sais.

Il savait. Et restait totalement calme. Sans surprise apparente, sans signe de colère. Il ne jugeait pas sa mère. Que connaissait-il de la vie pour s'en accorder le droit ? Des mots lui revenaient à l'esprit : Appelle-moi Maurice, comme je t'appelle P'tit Louis, entre hommes. Maurice avait-il douté ?

Il n'était pas son père, mais jamais il ne s'était senti aussi proche de lui qu'en cet instant. Il ne lui avait jamais dit qu'il l'aimait, ça ne se faisait pas, « entre hommes », et c'était trop tard.

Léone le regardait, dans l'attente d'une réaction.

— Ça ne change rien, manLéone, dit-il, ni avec lui ni avec toi.

Elle se leva, fit réchauffer un reste de café, lui en proposa, qu'il refusa. Elle se rassit en face de lui. Il vit qu'elle avait à nouveau les yeux baignés de larmes.

— Mon père, le caberlot, dit-il doucement, il s'appelait comment ?

— Je ne sais plus. Les autres l'appelaient le Grand Flandrin.

Si, elle connaissait son prénom, comment l'oublier, après une telle aventure. Il s'appelait Louis. Le révéler à son fils aurait été trop cruel, pour elle, et pour lui.

— Je lui ressemble ?

— Oui. Tu as de lui tes grandes mains, tes grands pieds. Et tes cheveux, c'est les mêmes que les siens.

3

Quinze ans plus tard, Léone était toujours de ce monde, septuagénaire. Louis, la trentaine largement entamée, était encore célibataire. Léone perdait un peu la tête. Louis ne rêvait plus d'ailleurs.

La disparition de Maurice avait eu pour conséquence immédiate sa nomination comme éclusier en titre à Martinpré. Bien que cet avenir eût été tracé pour lui depuis son enfance, il en avait ressenti une véritable fierté à laquelle le fait de lui succéder n'était pas étranger. Désormais chef et soutien de famille, il avait été dispensé du service militaire, mais n'en était pas moins devenu un homme aux yeux de tous.

Alors que le contraire eût été possible, la révélation de manLéone n'avait fait que renforcer son attachement et son admiration pour l'homme simple et droit qu'il ne pouvait pas considérer autrement que comme son père. L'autre, le caberlot, l'homme du Nord qui ne tenait pas en place, s'il lui avait fourni enfin l'explication de son désir de connaître l'ailleurs, n'avait pris que peu de place dans sa tête, et pas du tout dans son cœur. Sa ressemblance physique avec lui, bien sûr, l'avait quelque peu troublé, au début. Mais qu'y pouvait-il, sinon accepter le fait une fois pour toutes et se dire que si cela n'avait pas porté préjudice à la famille jusque-là, il n'allait pas commencer à en faire une histoire. Jamais plus il n'avait questionné Léone à son sujet, jamais il n'avait éprouvé l'envie de le connaître. Le chapitre était clos, Maurice était son père, point final. Et s'il avait fait couper cette longue mèche qui lui tombait sur les yeux, c'était parce qu'à force elle le gênait et qu'il n'avait plus l'âge de cette coiffure de gamin.

La vie et le travail à l'écluse s'étaient petit à petit réorganisés, dans la monotonie et la tranquillité. L'ombre de Maurice les avait longuement accompagnés, et jamais complètement quittés. Il leur avait été difficile d'exprimer la sensation de vide qui va de pair avec toute absence définitive, à la fois par pudeur et par crainte de ces mots qui sonnent si faux, quand ils sont dits par des gens qui n'ont pas connu de deuil intime, et si justes, donc cruellement émouvants, dans la bouche de ceux qui savent. On pourrait croire parfois, en les voyant continuer à vivre apparemment comme avant, que les gens simples ne ressentent pas les choses comme les autres, ceux qui savent, ou croient savoir, manier les mots. Il n'en est rien. Les sentiments existent, mais ils restent à l'intérieur, et ils font leur œuvre, à leur manière. Le caberlot, dont Louis connaissait l'existence, et l'autre n'avaient pas empêché Léone et Maurice de former un couple, dans lequel l'estime et le quotidien réellement partagé avaient remplacé l'amour, ou plutôt lui avaient donné une autre forme, peut-être plus solide. Dans les premiers temps de son deuil, des mois, même quelques années, Louis comprenait qu'elle voyait Maurice partout, dans ses regards. Sur sa place vide à la table, dehors sur le banc, où même seule elle ne s'asseyait jamais au milieu. Sur ses vêtements de travail toujours accrochés dans la remise. Sur lui, le fils, quand il manœuvrait, qui ne ressemblait pas au père, et pour cause, mais qui effectuait les gestes qu'il lui avait transmis. Puis le temps pour elle avait transformé l'absence et le chagrin en une douce mélancolie, tandis que son esprit s'embrumait peu à peu. Elle oubliait et mélangeait les noms, les dates, les souvenirs. Certains jours pourtant, des jours semblables aux autres, sa mémoire lui revenait, elle citait alors des faits avec des précisions étonnantes.

« Oui, à ta communion, la cousine de Belgique avait un chapeau vert, avec l'arrière relevé et le devant rabattu sur le front, un drôle de chapeau, je la revois, la cousine, comme si c'était hier. Et toi, tu t'en rappelles aussi ? »

Non, Louis ne se souvenait pas du chapeau vert de la cousine…

Elle insistait :

« Mais si ! Même qu'il y avait une plume sur le côté ! Elle croyait nous épater avec ça. »

En ce tout début des années soixante, sur la branche Nord du canal de l'Est, comme sur la plupart des voies navigables, le trafic n'était guère plus important, en nombre de bateaux, qu'avant la guerre. Car si l'activité économique s'était intensifiée, d'autres moyens de transport, le chemin de fer, et davantage encore la route, étaient en pleine extension. La vitesse devenait un atout qui n'allait plus cesser de peser sur les relations de toutes sortes, notamment commerciales. Si les bateliers commençaient à se poser des questions sur l'avenir de leur profession, la menace ne semblait toutefois pas imminente. Il y avait encore du travail pour eux. Dans les régions de production céréalière, par exemple, les paysans s'étaient groupés en coopératives, comme ailleurs d'autres pour le lait, ou le vin. Des silos avaient été construits le long des canaux et de la Meuse navigable. Le grain amassé pendant les moissons en descendait en coulées dorées, dans une odeur chaude de paille et de poussière, et remplissait le ventre des péniches amarrées à leur pied.

La vie des bateliers n'avait guère changé, mis à part quelques améliorations dans le domaine du confort. Cependant on sentait que le mouvement général d'accélération les titillait aussi, comme en témoignait l'apparition sur les péniches de voitures, les rapprochant ainsi des gens « d'à terre » et de leurs facilités.

Et comme en tout il y a des contraires, la vie au fil de l'eau commençait à tenter des amateurs de calme et de temps oublié, pour quelques jours ou quelques semaines.

« Qu'est-ce que c'est donc que ce petit bateau-là ? » s'était étonnée Léone un matin.

Elle allait faire ce jour-là la découverte de la navigation de plaisance, deux mots dont la fusion lui parut surprenante, et même choquante. Pour elle qui connaissait bien la vie des bateliers, en apparence facile, comme s'il n'y avait qu'à se laisser glisser, mais en réalité une vie rude, qui imposait des sacrifices, la « singer », elle avait employé ce mot, lui avait paru déplacé. Il y avait sur ce petit bateau un homme et une femme, d'âge moyen, tous les deux vêtus de pantalons blancs et de maillots rayés, coiffés de casquettes, le nez chaussé de lunettes de soleil, Léone disait « des lunettes noires », des tenues qu'elle avait jugées ridicules. Et dire que pour ces gens qui se promenaient sur l'eau, le travail des éclusiers était le même que pour les vrais bateliers, qui travaillaient, eux.

Elle avait dû s'y faire, car le nombre des bateaux de plaisance croissait d'année en année, chaque été en amenait davantage, Louis en faisait le compte. A la fin des années cinquante ils n'étaient pas loin de représenter le dixième du trafic, déjà. Il se doutait que ce chiffre augmenterait, mais sans aller jusqu'à penser que cinq décennies plus tard, ce qui est peu à l'échelle du temps, les chiffres s'inverseraient et qu'un seul passage sur dix concernerait une péniche commerciale. Léone n'en voulait plus aux plaisanciers et appréciait même la vue de ces petits bateaux qui attendaient parfois d'être deux pour demander le passage. Elle allait jusqu'à s'approcher du sas et entamer la conversation avec ces originaux qui s'en amusaient gentiment.

Le même revirement de mentalité s'était effectué à la campagne en faveur des adeptes du camping à la ferme. Les premiers qui avaient demandé à planter leur tente ou à garer leur caravane dans un pré ou un verger, se déclarant ravis de découvrir la vie champêtre, voire d'y participer, avaient été considérés comme de doux dingues qui se faisaient de la vie des paysans une idée bien éloignée de la réalité. Puis on s'était apprivoisés de part et d'autre. Ces vacanciers-là, comme les navigateurs de plaisance, étaient dans l'air du temps, dont la nature est de passer, donc de changer.

Etait-ce à cause de Léone, de la nécessité de devoir vivre avec elle et la protéger, que Louis n'avait pas encore trouvé, ni même cherché, la femme qui accepterait de partager sa vie d'homme ? Elle déraillait de temps en temps, ne savait pas quel jour on était, cherchait vainement le nom du passant qui l'avait saluée le matin devant l'écluse. Cependant elle assumait encore à peu près la gestion de la maison, l'entretien du linge et de la cuisine.

Elle s'était remise à parler de Maurice, comme si sa disparition était encore récente.

« Ton père, Louis, ça fera combien ? Quatre ans ? Tant que ça ?

— Quinze ans, manLéone. »

Elle ouvrait des yeux ronds, puis les plissait pour réfléchir, remettre de l'ordre dans sa tête.

Il arrivait à Louis de l'entendre prononcer, quand elle se croyait seule, les interjections qu'elle employait pour l'appeler : Hé ! ho ! viens donc voir !

Elle évoquait aussi parfois, toujours quand elle se croyait seule, le caberlot, alors qu'elle n'en avait jamais reparlé après l'enterrement de Maurice.

« J'me demande s'il est encore vivant, le Grand Flandrin… »

Elle en mentionnait un autre, aussi, mais d'une façon si confuse que Louis était persuadé qu'il n'avait pas existé, celui-là, que c'était une invention de son esprit malade.

« L'autre… disait-elle seulement, l'autre… »

Rien de plus.

Laisser Léone seule pendant quelques heures, s'il avait besoin de s'absenter, pour des achats au bourg ou pour une distraction, ce qui était rare, ne comportait pas de risque, et souvent il demandait à quelque bonne âme du village de rendre une petite visite à sa mère. Si la solidarité féminine ne s'exerçait plus autant, les femmes accouchant désormais pour la plupart à la maternité de Verdun et le sacrifice annuel du cochon suivi de la fabrication de charcutailles à domicile ayant tendance à disparaître, elle savait encore se manifester. Louis avait adopté quelques éléments de progrès, comme l'ouverture d'un compte bancaire sur lequel était versé son salaire. Il ne se déplaçait plus à vélo, il avait acheté une voiture d'occasion, une camionnette de marque Peugeot qui remplaçait également la brouette pour le transport de l'herbe aux lapins et des sacs de pommes de terre.

Non, ce n'était pas à cause d'elle qu'il avait laissé filer les années en célibataire.

A cause de son travail alors ? De cette disponibilité constante, à l'exception des quelques jours de fêtes chômées pour les bateliers ? Ceux-ci naviguaient même le dimanche. Ce n'était pas une obligation pour eux, chacun agissait à sa guise, libre de s'amarrer quand il le souhaitait, où bon lui semblait. Mais l'impératif étant pour eux de trouver le maximum de fret et de respecter les délais de livraison de leur cargaison, toute perte de temps pouvait leur porter préjudice.

Mais les paysans laissaient-ils leurs bêtes sans nourriture et sans soins, demandaient-ils à leurs vaches de retenir leur lait, les boulangers n'allumaient-ils pas leur four, le jour du Seigneur ? Et la liste aurait pu s'allonger des travailleurs du dimanche.

Des arrangements étaient possibles. En famille, ou avec quelque connaissance de confiance. L'éclusier le plus proche, côté amont, l'Ernest, un brave sexagénaire, confiait sans problème son écluse à la Félicie, sa femme, comme Maurice l'avait fait avec Léone, pour rendre service à un collègue.

Ce n'était donc pas non plus une question de travail. Louis s'était installé sans volonté avérée dans la vie tranquille d'un éclusier de campagne, qui continuait à côtoyer des bateliers sans plus avoir envie de les suivre. Ce n'était plus pour lui le temps des rêves. Comme ce n'était plus celui des trimards, ils avaient disparu, réintégrés dans la société, à moins que ce ne fût le contraire, rejetés totalement. Où pouvaient-ils être alors ? Plus de sidis non plus. Plus d'hommes à chéchia et à babouches, au dos lourdement lesté, sur les chemins. Leurs compatriotes, en bleu de travail, vissaient des boulons sur des chaînes de voitures ou descendaient dans les mines, regardés de travers à cause d'une certaine guerre qui cette fois ne se déroulait pas en France. Quant aux romanichels marchands de paniers et diseuses de bonne aventure, comme les paysans qui remplaçaient leurs chevaux par des tracteurs, ils remplaçaient les leurs par des camionnettes et des caravanes, et de camps-volants voleurs de poules devenaient des gitans, aux mêmes regards sombres.

Une page était simplement tournée, une page de sa vie comme de celle de toute la société.

Louis n'éprouvait pas un grand besoin d'amusements. Invité à des mariages ou autres cérémonies familiales, il ne refusait pas, mais ne faisait pas partie des boute-en-train.

Dans ce domaine aussi le modernisme bousculait quelque peu les traditions. Pour les banquets et les bals, aux granges débarrassées des toiles d'araignée et des résidus de paille puis décorées avec des draps tendus et les fleurs des jardins se substituaient peu à peu des salles des fêtes. Aux lourdes et interminables agapes, les premiers buffets. Aux menus manuscrits, des cartons imprimés. Les mariées, toujours supposées chastes, craignaient de moins en moins l'autorité et le jugement des curés qui les avaient baptisées et catéchisées, et s'enhardissaient à découvrir leurs bras, et même leur décolleté, pour monter à l'autel. Et bientôt, les listes de mariages allaient enlever aux cadeaux leur essence même, le plaisir du choix, mais empêcher que par la tante Unetelle ou la cousine Chose ne soit offerte la même paire de draps, ou pire la même soupière tarabiscotée plus destinée à trôner au beau milieu d'une table sur un napperon au crochet qu'à contenir de la soupe.

Léone ne sortait plus. Le fouillis de ses souvenirs ressuscitait sa curiosité et elle questionnait Louis.

Quand il s'agissait d'un mariage, elle demandait toujours en premier si « la mariée était en blanc ». Question capitale. Elle-même s'était mariée en blanc, malgré l'autre qui revenait encore parfois la troubler…

Ce dimanche d'août 1961, comme chaque été, au volant de sa voiture rustique, Louis se rendait à

Stenay, modeste chef-lieu de canton qui faisait figure et office de ville pour la population des alentours. C'était la fête, et à en juger par la file de voitures garées en bordure de la route dès l'entrée de la localité, il devait y avoir la foule des grands jours.

Si les fêtes de villages n'offraient encore comme distractions que le petit bal traditionnel, et quelquefois, pour le plaisir des enfants, un manège de chevaux de bois et une boutique de confiseries, dans les villes des forains, plus nombreux d'année en année, présentaient des attractions, certaines à sensation, à grand renfort de musique, de lumières, de bruit et d'annonces racoleuses.

Louis chercha du regard le premier emplacement libre pour se garer, quitte à devoir marcher pour atteindre le centre où se concentrait l'animation. Le temps était propice à la fête, ensoleillé, chaud – les cafetiers aussi feraient leurs affaires –, un peu trop même, ça pourrait tourner à l'orage, comme l'avait suggéré le bulletin météo entendu à la radio avant de quitter la maison : « Possibles orages dans le nord-est du pays, de la frontière belge à la frontière allemande. » La Belgique, à vol d'oiseau, était à moins de vingt kilomètres.

Une fois la voiture garée, Louis n'en sortit pas tout de suite. Il hésitait. Léone craignait l'orage, depuis qu'enfant elle avait vu la foudre tomber sur la ferme voisine de celle de ses parents et l'incendie qui avait suivi.

Elle n'est pas seule, se dit-il, l'Ernest est à l'écluse. Et puis je vais juste faire un tour, je ne rentrerai pas tard.

Il ne verrouilla pas sa voiture. La serrure du hayon étant défectueuse, à quoi bon fermer les portières... Puisqu'il emportait la clé, on ne pouvait pas la lui voler, et elle ne contenait rien qui puisse tenter un éventuel chapardeur.

Dix minutes plus tard, Louis était sur les lieux de la fête : le centre-ville, avec ses arcades, sa place et le superbe kiosque sous lequel se produisait régulièrement la fanfare locale, la « clique ». Comme chaque année, elle avait joué le matin, à la sortie de la grand-messe, et recommencerait en fin d'après-midi.

Il éprouva d'abord une sorte de vertige. Lui, si habitué au calme des bords du canal, seulement troublé par le ronronnement des moteurs des péniches, s'était toutefois adapté au bruit des tracteurs et des machines agricoles dont l'usage se développait, mais ce n'était jamais en continu. Alors qu'ici c'était une stridence de voix, de cris et de rires, à laquelle se mêlaient des musiques qui ne ressemblaient pas à celle de la clique, parfaitement menée par son chef, mais qui rivalisaient entre elles pour l'emporter en force. La fête constituait un véritable rituel où les campagnards venaient pour se distraire, et aussi pour y croiser des connaissances qu'on apostrophait vivement avant des embrassades sonores et de rudes poignées de main. Et là, plantés au milieu de la foule dont ils ralentissaient le flot, les gens échangeaient des nouvelles de leur famille, de leurs affaires, de leurs bonheurs et de leurs malheurs.

Le premier étal de confiseries ramena les pensées de Louis vers Léone. Il ne devrait pas oublier de lui rapporter des nougats, elle le lui avait rappelé plusieurs fois. Quelques années plus tôt, la première fois où il était venu en voiture, il l'avait amenée à la fête. Mais bousculée par la foule, saluée par des personnes qu'elle ne reconnaissait pas toutes, abasourdie par la musique, elle avait semblé perdue, à tel point qu'il avait jugé inutile de faire le tour des attractions. Ils s'étaient un peu attardés, une seule fois, devant cet étal de confiseries, où elle avait eu le regard attiré par des chapelets de grands nougats entourés comme des papillotes de papiers vivement colorés et scintillants. Elle en avait acheté six, non pas pour les manger, mais pour les accrocher dans sa cuisine, en guise de décorations. Les couleurs, le brillant du papier, surtout quand un rayon de soleil entrait par la fenêtre, la ravissaient.

Elle n'était plus retournée à la fête, mais Louis lui en achetait d'autres chaque année, pour remplacer ceux dont les emballages perdaient leur éclat à cause des vapeurs de cuisine.

« Tu m'en prendras trois, des beaux, avait-elle précisé, pas tous de la même couleur. »

Pas de danger qu'il l'oublie, il les achèterait avant de quitter la fête.

A l'exception de grandes occasions, Léone ne s'était jamais habillée de couleurs vives, ou seulement claires. Elle avait cependant la passion de ces couleurs, non seulement pour les nougats, mais aussi pour les tissus. Comme toutes les femmes de sa génération, elle avait appris à coudre et confectionnait elle-même ses vêtements, du moins les ordinaires, pas les manteaux, ni les costumes. Depuis le début des années cinquante, un marchand de tissu de Sedan, qui avait là-bas pignon sur rue et magasin, parcourait la campagne avec une vaste camionnette et offrait un large choix aux couturières, professionnelles ou improvisées. Léone lui achetait du simple et du discret, mais se plaisait à regarder, et même à toucher, des tissus plus voyants, qui tranchaient sur les autres. Du temps de Maurice, elle n'aurait pas osé. Son esprit un peu égaré lui en ayant donné l'audace, elle avait commencé à acheter de belles étoffes, pas du satin, ni de la soie, non, de la cotonnade rose, verte, jaune, unie, à fleurs, à petits carreaux. Ses tenues de maison, des sortes de larges robes à la coupe simple, sur lesquelles elle nouait toujours un grand tablier, elle les appelait ses « casaques ». Elle s'était mise à confectionner aussi des casaques avec les beaux tissus, mais elle ne les portait pas, celles-là, elle les suspendait dans son armoire où elle les regardait et les caressait. Parfois elle en sortait une et se contentait de la placer devant elle, face à la glace de l'armoire, pour juger de l'effet.

Louis connaissait cette lubie de Léone, il la voyait couper et coudre, mais il ne se permettait ni remarque ni moquerie, elle était sa mère, libre, surtout de se faire plaisir à sa façon.

— Tu fais un carton, Champart ?

Celui qui venait d'interpeller Louis était un homme ventru et rougeaud qu'il connaissait depuis toujours : c'était un pêcheur acharné qui fréquentait assidûment les bords de la Meuse et du canal, et appréciait tout autant les haltes chez les éclusiers qui avaient la bonne idée de lui proposer un verre.

— Allons-y pour un carton, je t'en payerai un autre après.

La boutique de tir était prise d'assaut, ils durent patienter. Le patron, un grand gaillard chevelu et moustachu au verbe haut, et deux femmes exagérément maquillées, leur poitrine moulée dans un corsage plein à craquer, s'affairaient à distribuer les carabines et les plombs, à placer les cartons vierges, à décrocher ceux qui portaient les traces des impacts, déclenchant des cris de triomphe ou des quolibets, à remettre aux tireurs les lots qui leur revenaient. Les meilleurs recevaient des peluches géantes, ou des poupées vêtues comme des princesses, destinées à garnir les lits, assises, leurs jupons de dentelle et leurs robes de taffetas étalés en corolle.

Louis n'était pas un as du tir, et de plus il se voyait mal déambuler avec une telle poupée ou un ours en peluche dans les bras. Il remporta un lot de consolation, une fleur de papier, une rose, que machinalement il garda à la main.

Tout d'un coup, une violente rafale de vent balaya la rue, soulevant un nuage de poussière, retroussant les jupes des filles, arrachant la rose des mains de Louis et de celles des enfants les babioles qu'ils tenaient, emportant des casquettes. Au même moment la lueur d'un éclair accompagna les premiers roulements de tonnerre. La surprise dura une minute ou deux, pas plus. La bourrasque s'apaisa aussi soudainement qu'elle s'était déchaînée, mais il en resta quelque chose, une excitation, comme si l'électricité du ciel s'était communiquée aux badauds.

Louis allait-il s'en tenir là ? Plus de tonnerre, plus d'éclairs, il décida de poursuivre son tour de fête. Le journal avait annoncé des attractions inédites, il devait au moins aller voir de quoi il s'agissait. L'année précédente, il avait cédé à la curiosité devant la photo d'une femme au poids affiché de plus de deux cent cinquante kilos. Il était entré dans la baraque foraine qui faisait office de salon d'exposition pour la voir en chair et en os, plus en chair qu'en os, et en était ressorti mal à l'aise, davantage à cause de la complaisance que mettait cette femme à révéler la monstruosité de son corps que de cette monstruosité même.

Il se trouvait maintenant devant la piste des autos tamponneuses. D'où parvenaient les cris les plus forts, quand le tonnerre avait multiplié les gerbes d'étincelles au plafond du stand et au cul des voitures. Les gars appuyaient de toutes leurs forces sur les champignons, les filles se collaient à eux pour amortir la violence des collisions. Le patron criait : « Et ça chauffe et ça chauffe ! Et ça roule et ça roule ! »

Louis ne s'arrêta pas devant les autos tamponneuses, ni les chenilles ni les pousse-pousse, qui attiraient pourtant les hommes, parce qu'il n'y avait pas que les filles qui voltigeaient à plusieurs mètres au-dessus du sol, mais leurs jupes aussi. Il prit la petite rue qui descendait des arcades, vers l'esplanade où se tenaient les attractions dites sensationnelles.

D'abord, le mur de la mort. Il entendit le ronflement des motos qui tournaient sur les parois verticales de l'énorme cylindre et reconnut les emballements des accélérations. Il avait assisté plusieurs fois à ce spectacle, au cours duquel, bravant les risques, des casse-cous lançaient des paris à ceux dont c'était le métier de se produire ainsi et obtenaient parfois de se mesurer à eux, devenant du coup des héros.

Un peu plus loin, c'était le coin du rire, le palais des glaces déformantes, où l'on passait d'une silhouette de poussah à celle d'un géant filiforme, où les gestes et les grimaces avaient des effets irrésistibles. Une séance s'achevait, ceux qui sortaient en étaient encore tout secoués de rires.

Le stand suivant était d'apparence modeste, une simple tente pour le moment fermée, accolée à une petite estrade du haut de laquelle un bateleur débitait son couplet pour tenter la clientèle. Louis s'arrêta, pour l'écouter, mais aussi parce que le vent avait repris et que le ciel virait au gris.

— Mesdames et messieurs, disait l'homme, venez faire la connaissance de Marcel et de Margaret, un couple charmant, dont vous voyez ici le portrait. Ce ne sont pas des nains, non, mais des lilliputiens, des êtres proportionnés comme vous et moi, mais en miniature. Quatre-vingt-neuf centimètres pour Marcel, quatre-vingt-trois pour Margaret ! Ils vous attendent, lui en smoking, elle en robe longue, dans leur salon. Prenez vos billets, mesdames et messieurs, et entrez !

L'offre était aguichante, les clients affluaient. C'est alors que sans autre avertissement que quelques éclairs, le tonnerre retentit, l'orage éclata, faisant exploser les nuages en une pluie violente. Aussitôt les lumières de la fête et la musique s'éteignirent.

Louis, que la découverte des lilliputiens ne tentait pas, se précipita sans en regarder la banderole vers le chapiteau voisin, où une petite femme achevait de distribuer les derniers billets. Le chapiteau était plein, il y faisait presque noir. Il réussit à trouver une place sur l'un des gradins installés en demi-cercle autour d'une piste, comme celle d'un cirque, mais beaucoup plus petite. La pluie martelait la toile du chapiteau. Les spectateurs, satisfaits d'être à l'abri, se demandaient toutefois si la représentation allait pouvoir se dérouler. Certains évoquaient déjà le remboursement des billets, au cas où le « courant » ne se rétablirait pas. Comme Louis, leurs yeux s'accoutumant un peu à la demi-obscurité, ils essayaient de distinguer ce qu'il y avait sur la piste. Une sorte de mât dressé, d'où pendaient des cordes, des anneaux. Sur une table, une boîte en verre, ou peut-être une cage, qui paraissait pleine, mais de quoi ? Au sol, des sacs, des tonneaux, des masses, comme des poids… Un personnage accroupi, homme ou femme, impossible de le deviner, sans doute un homme tout de même, à cause de son volume, mais portant apparemment une abondante chevelure…

L'attente ne dura pas longtemps, mais suffisamment pour provoquer un début d'énervement. Soudain le courant rétabli fit jaillir la lumière de deux projecteurs dirigés vers la piste, où apparut un colosse à la voix tonitruante, qui se présenta :

— Mesdames et messieurs, bienvenue sous le chapiteau de Tarass-Boulba !

Les spectateurs avaient sursauté sous la surprise, et l'homme, ménageant ses effets, les laissait se remettre un peu. Il était grand, enveloppé d'une cape noire, chaussé de bottes de cuir. Chauve, à l'exception d'une longue mèche tressée qui partait du sommet de son crâne, le visage cuivré, avec d'immenses moustaches recourbées comme un guidon de vélo. D'une main il tenait un fouet.

Un fouet ? Allait-il s'agir d'un spectacle avec des animaux ? Quels animaux, sur une si petite piste ?

Les cirques étaient alors très prisés, et les meilleurs, Bouglione, Amar, Pinder, dans les années cinquante avaient sillonné la France avec leurs caravanes, dressant d'immenses chapiteaux pour des spectacles prestigieux, dans les grandes villes, et jusque dans les chefs-lieux de cantons ruraux, dont la population entière, des enfants aux vieillards, se déplaçait par tous les moyens possibles pour profiter de ces aubaines. Louis avait vu Bouglione, des numéros époustouflants, exécutés par des acrobates, des jongleurs, des clowns, tous très talentueux. Des numéros avec des animaux, des fauves dressés, dominés par des dompteurs, des chiens savants, des singes habillés comme des enfants qui faisaient des tours de piste sur des bicyclettes.

Pour qui ce fouet ? Pour cette personne toujours recroquevillée qui, maintenant qu'on y voyait clair, paraissait être une femme ?

— Vous allez découvrir, mesdames et messieurs, annonça ledit Tarass-Boulba, deux phénomènes de la nature. Deux jeunes filles, aussi différentes que le jour et la nuit, que le vin et l'eau. Du caoutchouc et du granit. Une liane et un roc.

Il écarta les pans de sa cape, qui apparut doublée de rouge, s'approcha de la cage de verre et frappa doucement à la paroi.

— Mademoiselle Marouchka, vous dormez encore ?

Une fille là-dedans ? Les spectateurs se regardaient, incrédules. Pourtant, une forme avait bougé dans la cage, où on commençait à distinguer le rose d'un visage et le blond d'une chevelure.

— Prenez le temps de vous réveiller, mademoiselle Marouchka. Kalinka est prête, elle, à montrer de quoi elle est capable. Car dans le domaine de la force, mesdames et messieurs, la femme peut être l'égale de l'homme, et même le surpasser ! En piste, mademoiselle Kalinka !

Un coup de fouet claqua sèchement sur le sol. Sans résultat. La demoiselle ne bougea pas. Cela faisait certainement partie du numéro.

Un second coup de fouet, plus nerveux, et soudain elle se dressa d'un bond, campée sur des jambes et des cuisses puissantes, les bras écartés, offerte aux yeux sidérés du public. Un maillot de lutteur moulait son corps imposant bardé de muscles. Elle portait des chaussures montantes lacées comme celles des boxeurs. Ses longs cheveux bruns et frisés couvraient ses épaules, ses seins opulents tendaient le tissu du maillot, où plus bas se dessinait le discret renflement féminin.

— Mademoiselle Kalinka, faites admirer votre musculature, bougez, tournez-vous ! Allons, tournez-vous !

Elle n'obéissait pas, et soutenait le regard de l'homme qui prenait un éclat menaçant.

Mais brusquement elle se retourna, se pencha et saisit à pleines mains les haltères qui se trouvaient parmi les objets épars sur la piste, tous apparemment très lourds. Elle les souleva au-dessus de sa tête, se retourna à nouveau pour faire face à l'homme, et avant qu'il eût pu dire un mot ou esquisser un geste, elle projeta vers lui les poids énormes qui l'atteignirent en pleine poitrine et l'envoyèrent rouler contre la rambarde, non sans avoir heurté au passage la table qui avait culbuté, renversant la cage de verre, miraculeusement sans la casser. A cet instant précis retentit un coup de tonnerre aussi fort qu'une explosion, la toile du chapiteau crépita sous une averse furieuse, et le courant fut encore une fois coupé.

Dans un cri, le public s'était levé. Il n'y avait pas de doute, ce n'était pas du spectacle, mais du grabuge. L'homme se contorsionnait en beuglant sur le sol, la petite femme de l'entrée poussait des cris aigus.

Ce fut un véritable sauve-qui-peut sous le chapiteau, une ruée vers la sortie. Il y eut des gradins brisés, des bousculades, à coups d'épaule et de poing, une femme renversée faillit être piétinée. Et tous se retrouvèrent à cavaler sous l'ondée vers un abri plus sûr.

Alors que nombre de badauds s'agglutinaient dans les endroits un tant soit peu épargnés par la pluie, Louis choisit de rejoindre sa voiture, dût-il être trempé jusqu'aux os. Il croisa celle des gendarmes de la brigade locale qui fonçait à toute allure vers les lieux du désordre en soulevant des gerbes d'eau.

Sa camionnette l'attendait bien là où il l'avait laissée. Il ouvrit la portière, s'y engouffra, ôta sa veste trempée, mais le reste de sa tenue l'était tout autant. Les vitres étaient embuées, il mit le contact et actionna les essuie-glaces. C'est alors que dans le rétroviseur il constata une présence à l'arrière. Une personne recroquevillée, comme sur la piste du chapiteau tout à l'heure, mais cette fois enveloppée d'une cape noire, semblable à celle de Tarass-Boulba.

Kalinka, la lutteuse... Comment était-elle parvenue jusqu'ici, si vite ? Pourquoi se trouvait-elle dans sa voiture à lui ? Louis n'en menait pas large.

— Emmenez-moi, dit la fille.

Sa voix était un peu rauque, haletante, il lui avait fallu courir pour venir se réfugier ici. Son corps s'était légèrement soulevé, la cape laissait apparaître un soupçon de doublure rouge.

— Emmenez-moi, répéta-t-elle, et elle ajouta : Je vous en prie.

Que faire ? Lui ordonner de sortir ? L'y contraindre ? Comment ? Etant donné sa force, c'était risqué. Appeler à l'aide, puisque quelques bonshommes trempés comme lui se précipitaient aussi vers leur véhicule ?

Quelque chose d'indéfinissable l'en empêcha. Sans savoir s'il agissait par peur ou par pitié, la tête vide, il se concentra sur la manœuvre pour dégager la camionnette et emprunta la route qui menait à Martinpré.

Les mâchoires contractées, la bouche sèche, il s'appliquait à la conduite. Ses cheveux dégoulinaient dans son cou. Chaque mouvement de ses pieds sur les pédales s'accompagnait d'un clapotis. Il avait plu si fort que par endroits la route était inondée et le passage de la voiture faisait naître des vagues dans les énormes flaques franchies au ralenti. Ce n'était pas le moment de noyer le moteur et de rester en rade... De temps en temps il jetait un coup d'œil dans le rétroviseur. Il ne croisa pas le regard de mademoiselle Kalinka, qui paraissait prostrée.

Arrivé à l'écluse, il descendit pour ouvrir la porte de la remise, rebaptisée la grange depuis qu'elle avait été agrandie pour servir également de garage. Il y rentra son véhicule, et sans un mot ni un geste pour la fille il ressortit, referma la porte et passa dans la cuisine où Léone disputait une partie de misset avec l'Ernest.

— Te voilà dans un bel état ! dit-elle. Tu n'as donc pas pu te mettre à l'abri ? Ici aussi ça a bien tombé.

— Oui, j'ai vu, tu éviteras de sortir.

Pressé de rejoindre son écluse, l'Ernest n'acheva pas la partie et dit à Louis qu'il n'y avait eu aucun passage, que peut-être des péniches s'étaient amarrées pour laisser passer l'orage et se présenteraient dans la soirée.

Louis alla se changer, Léone prépara le souper, une omelette aux oignons qui embauma la pièce.

— Tu manges comme un oiseau, Louis. T'as pas faim ? Et t'as l'air tout drôle.

— C'est l'orage qui m'a contrarié, je me demandais comment ça s'était passé ici.

Léone paraissait fatiguée. La compagnie de l'Ernest, elle dit qu'il radotait, les cartes, elle n'y comprenait plus rien.

— Laisse tout, proposa Louis, je rangerai la table. Va te reposer.

Elle se leva, mais avant de rejoindre sa chambre, elle se ravisa :

— Et mes nougats, Louis ?

— Il pleuvait si fort que tous les forains avaient fermé leur stand.

Elle soupira.

— Quel dommage…

Pour qu'il soit inutile de passer par l'extérieur, la grange communiquait avec la cuisine par une petite porte. Quand Louis entendit le ronflement régulier qui attestait du sommeil de Léone, il ouvrit doucement cette porte, fit du regard le tour de la grange, tendit l'oreille. Rien. Il déposa au sol une assiette garnie du reste de l'omelette et de fromage, ainsi qu'un morceau de pain et une carafe d'eau.

Une péniche se présenta comme l'Ernest l'avait prévu. Le batelier s'excusa de l'heure un peu tardive. En accomplissant les gestes de son travail, Louis lorgnait de temps en temps vers la porte de la grange, craignant d'en voir sortir la fille. Pourtant il espérait, au point de s'en persuader, qu'elle profiterait de la nuit pour… pour quoi ? Regagner le lieu de son exploit, mais saurait-elle en reconnaître le chemin, ou s'enfuir, ailleurs, plus loin ? Il pensait aux gendarmes, que Tarass-Boulba avait sans doute chargés de se lancer aux trousses de la récalcitrante, se demandait si vraiment personne ne l'avait vue se cacher dans sa voiture.

La nuit, il dormit mal. Ce bruit de porte dont il lui sembla se souvenir au petit matin, l'avait-il rêvé ou entendu pour de bon ? Il décida qu'il l'avait entendu. Ainsi, il avait vu juste, la fille était partie. S'il avait entrouvert ses volets au milieu de la nuit, la clarté de la lune dans le ciel entièrement lavé lui aurait laissé entrevoir une forme sombre qui se glissait hors de la grange, s'éloignait un peu pour s'accroupir près d'un buisson et rentrait furtivement.

— Elle est partie, se dit-il à haute voix en se levant, puis en buvant son premier café, seul, et encore en allant faire passer une péniche matinale. Elle est partie.

Sûr de lui, il s'occupa des quelques lapins et poules auxquels Léone tenait beaucoup. Elle devait l'attendre pour prendre avec lui la collation du matin. Il ouvrit la porte de la cuisine. Elle était en effet attablée, et assise en face d'elle, la cape noire rejetée sur les épaules laissant apparaître le maillot de lutteuse, la fille trempait une tartine beurrée dans un bol de café fumant.

Il se figea net.

— Je ne sais pas d'où elle sort, celle-ci, fit Léone, elle va nous le dire, mais d'abord qu'elle mange, parce qu'elle a une de ces faims...

4

Jamais le redoutable Tarass-Boulba n'avait remonté si loin le cours de la Meuse. Pour la première fois qu'il avait planté son chapiteau à Stenay, il croyait y faire sensation, mais certainement pas de cette manière...

Tarass-Boulba n'était pas son vrai nom, bien entendu, pas plus que les deux créatures qu'il présentait ne s'appelaient Kalinka et Marouchka. Lui, leur père, c'était Hippolyte Van de Claess, elles, Rose et Violette, et la petite femme qui vendait les billets, c'était Marie, la mère. Ils formaient tous les quatre une bien étrange famille.

D'où provenait-il, ce phénomène d'Hippolyte ? Lui-même ne le savait pas. Il était donc de nulle part. Il n'avait aucun souvenir d'une quelconque famille, les plus lointains remontaient à son enfance et son adolescence dans un orphelinat tenu par des « bons pères », quelque part en Belgique. Il leur en avait fait voir de toutes les couleurs, à ces religieux, les premiers témoins de sa fantaisie, pour ne pas dire sa dinguerie, et de son imagination fantasque. C'est l'un d'entre eux, après l'avoir tondu à blanc pour le punir d'une incartade, qui lui avait collé ce surnom de Tarass-Boulba. Il ne croyait pas si bien faire, le père coiffeur... Car le jeune Hippolyte, à cause de son teint vaguement cuivré, de ses pommettes un peu saillantes et de son crâne aux formes tourmentées, s'était persuadé d'une lointaine ascendance russe mâtinée d'asiatique, à cause de l'histoire de Tarass-Boulba, le vrai, que le père instituteur avait si bien su raconter à son public d'enfants perdus, avides de destins hors du commun, fussent-ils de légende.

Des années plus tard, libéré de toute tutelle, pour sa véritable entrée dans la vie il avait composé son personnage à l'image de son lointain ancêtre supposé. La carrure et les muscles mis en valeur par un habillement adéquat, les cheveux, lisses et sombres, serrés sur la nuque par un lacet de cuir, les moustaches effilées puis savamment retroussées d'un mouvement des doigts régulièrement renouvelé.

Quant à Marie, elle avait été élevée dans la douceur vieillotte du petit appartement qui prolongeait la boutique de mercerie que tenaient ses parents, Léon et Berthe Vampel, dans un quartier tranquille de Bruxelles. Chez eux, ce n'étaient que gestes feutrés, paroles murmurées, nos bonnes clientes par-ci, le Bon Dieu et la Sainte Vierge par-là.

Par quel miracle deux êtres aussi dissemblables avaient-ils pu se rencontrer, et surtout tomber amoureux l'un de l'autre ? Eux-mêmes n'auraient pas été capables de l'expliquer. Toujours est-il qu'Hippolyte avait fait irruption chez les Vampel avec son physique impressionnant, ses éclats de voix et ses grands rires qui faisaient trembler les assiettes de porcelaine sagement alignées sur la crédence.

Effrayés par l'idée de donner leur fille en mariage à un tel individu, Léon et Berthe avaient cependant dû s'y résigner devant sa volonté.

« Ce sera lui ou personne d'autre, jamais », avait déclaré la fragile Marie, ajoutant qu'en cas de refus elle s'enfuirait avec Hippolyte, ou s'ouvrirait les veines s'ils parvenaient à l'en empêcher.

Les parents avaient donc accepté ce mariage tellement incongru. Mais de quoi vivrait le couple ? Ce n'est pas tout de se marier, encore faut-il en assumer les responsabilités et les obligations. Léon avait donc demandé à son futur gendre quelle était sa profession.

« Mon métier, monsieur ? Aucun, mais tous à la fois ! Ce qui signifie que je suis capable de tout faire, et que je ne crains personne. Déménageur, pour le moment. Mais j'ai des projets d'envergure, je veux chercher ma voie, j'ai l'intention de voir du pays, de réaliser de grandes choses ! »

De grandes choses… Voir du pays… Il avait clamé cela au nez du père Vampel qui vendait du fil, des épingles et du ruban au mètre depuis trente ans, et qui, du comptoir à la caisse, ne parcourait pas cent mètres par jour…

Le mariage avait donc eu lieu, en 35, Hippolyte ayant consenti à un double effort. Celui de s'habiller à peu près comme tout le monde, et de se laisser bénir par un prêtre, alors qu'il exécrait la religion, malgré ou plus justement à cause de son enfance. Deux jours plus tard il enlevait Marie pour l'emmener vers les brumes de la mer du Nord, jusqu'à Anvers. Le vent, l'odeur du large, le port ! Une activité, une population qu'il estimait plus propices à son épanouissement que tout autre endroit du pays.

C'est une modeste maison à Hoboken, dans la banlieue sud du grand port, qui allait servir de cadre aux premières années de leur vie commune et à la constitution de la famille Van de Claess, avec les naissances des deux filles, aussi différentes l'une de l'autre que l'étaient leurs parents. Rose en 38, Violette quatre ans plus tard. Deux prénoms concédés au désir de Marie, qui par ailleurs se laissait guider en tout par son étrange mari. A la naissance, Rose, à la grande fierté de son père, accusait le poids de neuf livres bien comptées, ce qui avait failli être fatal à la pauvre Marie, alors que Violette apparut si menue avec ses quatre livres à peine dépassées que la sage-femme l'avait bien vite retirée des mains de son géant de géniteur surpris d'une telle légèreté.

« Une musaraigne… comme toi ! » avait-il dit en guise de félicitations à Marie ainsi affublée de ce surnom qui allait rester sa manière de lui témoigner sa tendresse.

Pour faire vivre sa famille, en attendant l'aventure dont il repoussait sans cesse la décision, faute de savoir quelle forme lui donner, il fut tour à tour déménageur, puis docker, à Anvers ça allait de soi, livreur de charbon avec une charrette et un vieux cheval. Maraîcher aussi, chez un producteur de chicons, ouvrier métallo dans une fonderie. Ça ne durait jamais longtemps. Peu après la naissance de Violette, l'envie lui prit d'ouvrir un café, confisquant pour cela la plus grande pièce de la maison au profit de son commerce, obligeant Marie à se débrouiller avec une pièce de moins et une enfant de plus. Curieuse logique, dont elle s'accommoda, sans se douter qu'elle vivait là une judicieuse préparation à de futurs épisodes de sa vie. Le café ne marcha pas fort. Sans être aussi perturbée que la France par la guerre, la Belgique s'y trouvait impliquée malgré elle et en subissait les tristes conséquences, peu favorables aux commerces de toutes sortes.

« Trente-six métiers, trente-six misères », aurait dit Léone, s'il lui avait été donné de connaître un tel individu, elle qui durant toutes ces années appréciait tant la douce tranquillité de son foyer au bord du canal.

Elle qui pour l'heure regardait la grosse fille en maillot de lutteur absorber ses tartines et vider son bol de café au lait, en levant de temps en temps les yeux vers elle, et vers Louis qui de saisissement était resté debout à l'entrée de la cuisine.

— Merci, madame, dit-elle quand elle eut fini.

— C'est bien poli de me remercier, répondit Léone. J'allais pas vous laisser sans manger, ça ne me ressemblerait guère, mais maintenant je voudrais bien savoir ce que vous faites chez nous ! Parce qu'il faut que je te dise, Louis, que tout d'un coup j'ai entendu s'ouvrir la petite porte et qu'elle est entrée ici. Le café était prêt, j'ai compris qu'elle avait faim, alors je l'ai fait asseoir.

— C'est moi qui l'ai ramenée hier soir, pour la nuit. Je la croyais partie ce matin.

— Ramenée d'où ? Pourquoi ? Tu la connais ?

La fille intervint.

— Il m'a sauvée, madame. Mais je ne vais pas vous gêner. Je vais partir.

— Sauvée ? De quoi donc ?

Expliquer l'affaire à une personne possédant toute sa raison n'aurait déjà pas été facile. Alors à Léone, qui s'embrouillait dans son quotidien si simple, ce fut presque impossible. Elle ne comprit pas tout, et dans cette histoire de violence et de fuite elle prit la fille pour la victime, et se scandalisa surtout de sa tenue.

— Vous n'allez pas partir habillée comme ça ! Ça serait un coup à vous faire arrêter tout de suite et enfermer comme une folle ! Et d'abord c'est comment votre nom ?

— Kalinka... ou Rose, ça dépend.

— T'entends ça, Louis, elle ne sait même pas comment elle s'appelle. Pauvre fille, quelle misère... Et la voilà atterrie chez nous !

Kalinka-Rose baissait la tête, pour ne pas montrer qu'elle était émue par les paroles de cette femme qui s'exprimait d'un ton bourru mais paraissait si bonne. Au point de lui enlever la force de se lever et de s'en aller, comme elle l'avait annoncé.

Léone se leva.

— Viens, dit-elle, la tutoyant d'emblée.

Elle l'emmena dans sa chambre, et là elle ouvrit pour elle sa commode et son armoire. Elle la regardait, la jaugeait, comparant leur carrure et leur silhouette. La sienne à la fois ronde et avachie par la vieillesse, la poitrine croulante, toutes les formes confondues en une seule masse. Celle de la fille tout en chair, volumineuse et ferme. La forme et la largeur de ses fameuses casaques pouvaient lui convenir. Elle était plus grande, mais Léone s'habillait long, à mi-mollets, l'autre aurait les jambes découvertes, voilà tout.

— Y a le choix, dit-elle, prends ce que tu veux.

Et pendant que la fille détaillait cette garde-robe insolite, avançant la main vers les tissus les plus beaux pour une caresse furtive, Léone fouillait dans la commode et en sortait une vaste culotte de coton blanc et un soutien-gorge qu'elle avait conservé du temps lointain où elle en portait encore, les rares jours de sortie.

— Je vais t'apporter un broc d'eau, y a ce qu'il faut pour faire un brin de toilette.

Elle désigna de la main un petit meuble au dessus de marbre, sur lequel se trouvaient une cuvette de porcelaine, un peu de linge et quelques objets. Au miroir qui complétait le meuble pendaient des rubans multicolores qui avaient enjolivé des nougats.

Laissant la fille à sa métamorphose, elle repassa dans la cuisine.

— Qu'est-ce que tu vas faire, Louis ? La mettre à la porte ?

Il ne répondit pas. Un son de corne annonçait une péniche qui s'approchait de l'écluse.

— Faut que personne ne la voie, dit-il. Fais attention qu'elle ne sorte pas.

La mettre à la porte... Quand il rentra, la bassinée accomplie, la fille sortait juste de la chambre de Léone, qui s'était réinstallée à la table. Méconnaissable... Vêtue d'une casaque qui sur elle prenait une allure de robe, respectait ses formes sans les brider ni les souligner, chaussée de sandales de toile qui remplaçaient les grotesques chaussures de boxeur. La robe était grise, elle n'avait pas osé choisir parmi les plus belles qui paraissaient toutes neuves, mais son teint assez vif s'accommodait de cette couleur terne, ainsi que ses cheveux bruns, presque noirs, qu'elle avait torsadés et maintenus par des rubans verts.

Ce n'était plus un monstre de foire qu'il avait devant lui, Louis, mais une jeune femme. Ce n'était plus Kalinka, mais Rose, puisqu'elle avait prononcé ce prénom, qui devait être le sien, le vrai.

— T'en reviens pas, hein, de la voir comme ça, toute belle, dit Léone, que la situation semblait maintenant réjouir, puisqu'elle souriait. Allez, asseyez-vous tous les deux, j'ai refait du café.

En jetant un coup d'œil par la fenêtre, comme s'il craignait une visite dérangeante ou compromettante, Louis aperçut et reconnut un cycliste sur le chemin de halage.

— Voilà l'Ernest, dit-il. Montez dans la chambre du haut, vous deux, et ne faites aucun bruit, ne parlez pas.

Les deux femmes se dirigèrent vers l'escalier, que Léone n'empruntait plus qu'exceptionnellement parce qu'il était raide comme une échelle de meunier.

— Passe devant, dit-elle, et donne-moi la main, car je ne suis plus guère solide, vois-tu.

Louis les regarda monter, la fille attentive à soutenir et à guider la vieille femme qui souriait toujours. Complices, déjà, pensa-t-il.

L'Ernest arriva bientôt. Tous les matins il venait faire un tour au café de Martinpré, pour y prendre une goutte et apprendre les éventuelles nouvelles qu'il colportait ensuite auprès de ses familiers, au risque de s'attarder et de se faire enguirlander par sa femme qui tolérait son escapade matinale, à condition qu'elle ne dépasse pas le temps qu'elle jugeait devoir lui accorder.

Ce matin-là, la nouvelle n'en était pas une pour Louis, qui écouta l'Ernest lui raconter que la veille, à la fête à Stenay, il y avait eu de la bagarre sous un chapiteau, qu'un homme, un colosse, avait été blessé par sa propre fille, que celle-ci, dangereuse, s'était enfuie, et que les gendarmes la recherchaient, à Stenay et dans les environs. Après une pause, parce que, emporté par l'intérêt de son récit, il avait parlé vite, il ajouta que les gendarmes avaient demandé aux maires des communes proches d'exercer une surveillance, d'interroger leurs administrés, et de leur transmettre tous les indices susceptibles d'être en rapport avec l'affaire.

— Elle est bâtie comme un homme, la gaillarde, à ce qu'il paraît, habillée comme une lutteuse, capable de s'en prendre à n'importe qui. Elle doit bien être cachée quelque part, peut-être dans la nature. Si on la voit, ou si seulement on aperçoit de loin quelque chose qui peut lui ressembler, faut prévenir le maire, tout de suite. J'ai recommandé à la Félicie de se tenir enfermée, en dehors des manœuvres, préviens aussi ta mère, la pauvre, qui n'a plus tout à fait sa tête. Mais au fait, j'y pense, je te raconte tout ça, t'y étais, toi, à la fête à Stenay, puisque je suis venu lui tenir compagnie, à ta mère. T'as rien vu ? T'as rien su ?

— Non, je ne devais pas être sur les lieux, ou alors ça s'est passé quand j'étais déjà en route pour revenir. Si j'avais su quelque chose, je te l'aurais dit.

— Pour en revenir à la furie, si tu la débusquais, toi, tu aurais le cran de l'approcher, lui parler ? Moi non. Un mauvais coup est vite attrapé. La signaler, oui, mais l'affronter, non.

Louis dut offrir le café, puis la goutte, à l'Ernest, qui avisant l'horloge se rappela tout de même que la Félicie devait trouver le temps long.

Léone et Rose redescendirent, lentement, une marche après l'autre, main dans la main.

— Qu'est-ce qu'il voulait, l'Ernest ?

— Rien, tu sais comment il est, il revenait du village, il a fait un détour.

Suivit un moment de gêne. Entre Louis et la fille. Il fallait parler. Il lui fit signe de s'asseoir. Il ne s'était pas encore adressé directement à elle. Allait-il la tutoyer, comme Léone ? Il n'osa pas, de peur de paraître trop familier, trop rassurant pour elle.

— Vous voulez toujours partir ? Pour aller où ? Rejoindre votre famille ?

Elle fit non de la tête, en se tournant vers Léone, comme si elle cherchait son assentiment.

Alors il donna les consignes pour les quelques jours à venir. Elle pouvait rester, provisoirement. Ne pas sortir, pour ne pas être vue. Ce serait la même chose pour Léone, mais là il savait que ça dépendrait de lui, qu'il devrait y veiller et lui rafraîchir régulièrement la mémoire. Mais cela ne devait pas durer longtemps. Trois ou quatre jours, pas plus. Après, il aviserait.

— Vous êtes bon, monsieur. Merci.

Il haussa les épaules. Bon, peut-être, mais pas content. De son mensonge à l'Ernest. De la connivence spontanée entre Léone et la fille, qui le touchait et l'irritait à la fois. Il n'avait aucune envie de la dénoncer aux gendarmes, mais plutôt celle de la protéger. Il s'en voulait de capituler si vite, et de se réjouir, déjà, de la voir ici, sous son toit, transformée, même s'il luttait pour ne pas se l'avouer. Une femme, une jeune femme...

Le journal, *L'Est républicain*, qui se faisait l'écho des événements de la région, jusqu'aux plus anodins, relata ce dimanche de fête troublé par deux orages violents, l'un venu du ciel, ce qui n'avait rien d'original, alors que l'autre l'était beaucoup plus. Les noms déjà étonnants de Tarass-Boulba, de Kalinka et de Marouchka étaient cités, des témoins de la scène avaient été interrogés, et pour justifier leur hâte à s'enfuir ils n'avaient pas hésité à exagérer les risques, accusant la lutteuse de les avoir eux-mêmes menacés après s'en être prise au colosse qu'ils avaient tous cru grièvement blessé, voire mort.

Les gendarmes dont Louis avait croisé la voiture avaient trouvé le maître des lieux couvert du sang qui dégoulinait d'une plaie au crâne, conséquence du choc avec la rambarde de la piste, mais debout, gesticulant et beuglant. Près de lui, une petite femme en pleurs tentait vainement de le maîtriser, et près de la cage de verre qui s'était ouverte se tenait, tremblante, une jeune fille toute vêtue de rose, gracieuse comme une danseuse. La colère de Tarass-Boulba s'était immédiatement reportée sur les hommes de l'ordre, sommés de se lancer illico aux trousses de la fuyarde qui devait se cacher quelque part, facilement identifiable à cause de sa tenue de spectacle.

« Montre-leur, Marie ! »

Et Marie avait déroulé une affiche sur laquelle figurait l'artiste en maillot, devant laquelle les gendarmes avaient amorcé un mouvement instinctif de recul.

Au milieu de ces cris, de ces larmes, de ce matériel hétéroclite, à la vue de cette jeune fille immobile et muette et de cet homme en sang, ils n'y comprenaient rien, et cherchaient d'abord à rétablir le calme. Un médecin était arrivé à point nommé pour leur prêter main-forte, alerté, dit-il, par un témoin qui avait sonné à sa porte, un au moins chez qui la peur n'avait pas supplanté tout réflexe d'assistance. Un calmant, une dose de cheval, était venu à bout de l'excitation de Tarass-Boulba, à demi anesthésié, et avait permis de recoudre la plaie qui laissait apparaître l'os, mais se révélait sans réelle gravité pour un homme de cette trempe.

S'en tenant là, les gendarmes avaient remis à Marie une convocation pour le lendemain, à la brigade, à dix heures précises, et en sortant du chapiteau ils avaient donné l'ordre de se disperser à la foule de curieux qui commençait à se reformer. Marie avait rabattu la toile, y accrochant un écriteau rapidement rédigé : « Fermé pour cause d'accident », enfin elle avait bouclé toutes les ouvertures de la camionnette qui servait à transporter le matériel et de la caravane où logeait la famille. Ils s'y étaient enfermés tous les trois, elle, Marouchka et le père que non sans mal elles avaient réussi à y transporter.

La fête avait continué, la musique encore amplifiée par celle du bal en plein air, autour du kiosque, et ne s'était achevée qu'à l'aube.

Et c'est ainsi qu'à l'heure où Rose remerciait Louis de son hospitalité, Hippolyte, la tête ornée d'un gros pansement, Marie et Violette étaient assis face à deux gendarmes qui, d'un côté, n'étaient pas mécontents d'avoir une affaire si peu banale à se mettre sous la dent, mais, de l'autre, étaient soucieux de s'en débarrasser au plus vite.

La musaraigne avait chapitré son homme, lui recommandant le calme, lui conseillant de ne pas prendre les gendarmes de haut, de ne pas les insulter, le retour de Rose serait à ce prix. C'est elle qui avait eu l'idée d'emporter le petit sac qui contenait les « papiers », ceux de la famille comme ceux des véhicules, car les forains étaient souvent soumis à des contrôles. Hippolyte se faisait donc violence pour contenir son impatience face à celui qui avait fait l'inventaire du sac et dictait à l'autre, assis devant une vieille machine à écrire qu'il ne semblait pas maîtriser totalement, leur identité complète, noms, prénoms, dates de naissance. Il y avait des hésitations, des ratés, des retours en arrière.

— Van de quoi ? Ça s'écrit comment ?

L'autre épelait, une fois, deux fois.

— Mais… vous êtes quatre, et je n'ai que trois pièces là !

Encore une énigme, il manquait la carte d'identité de l'une des filles, celle qui était en cause en plus.

— Je me suis dépêchée, balbutia Marie. En vérifiant que tout y était, j'ai dû la faire tomber.

Il fut ensuite question de la profession du chef de famille, du type de spectacle proposé, du matériel utilisé.

— Des choses si lourdes pour une jeune fille ? Qui l'avait entraînée ? Comment ? Etait-elle consentante ? Y avait-il eu des disputes auparavant ? Des tentatives de révolte ?

Tout en posant les questions, en enregistrant les réponses, les deux gendarmes tournaient régulièrement les yeux vers la fine jeune fille au rôle lié à la cage de verre, bizarre, oui vraiment bizarre, assise sur une chaise, absente, le regard ailleurs, les bras occupés à des torsions, à des arabesques...

L'interrogateur, le plus haut en grade, eut soudain une idée.

— Ladite Marouchka, monsieur Van de Claess, rappelez-moi sa date de naissance. 1942, vous dites ? Ça lui fait donc... dix-neuf ans. Mineure... ajouta-t-il d'un ton faussement suave.

Hippolyte détourna le regard, gêné. Mineure...

Les gendarmes optèrent finalement pour la solution qui leur parut la plus raisonnable. Ces gens-là n'étaient pas français, ils n'avaient qu'à repartir chez eux, en Belgique, le plus tôt possible. Ils allaient mener l'enquête, retrouver la fuyarde, l'appréhender, puis ils la reconduiraient à la frontière et la mettraient à la disposition de la police belge à qui il revenait de démêler l'affaire.

Hippolyte n'insista pas et fila doux, car au fond il n'avait pas la conscience tranquille. Mais de retour à la caravane, occupé à démonter le chapiteau et à tout refourrer dans la camionnette, aidé par quelques autres forains, sous les yeux de Marcel et de Margaret gentiment assis sur le seuil de leur demeure d'artistes en miniature, il avait retrouvé sa superbe et vociférait à nouveau.

— J'y crois pas, à leur enquête ! Ils se fichent pas mal de notre malheur. Il faut qu'on s'en aille, on s'en va. Mais je reviendrai, foi d'Hippolyte, et je la retrouverai, moi !

— On ne peut pas la renvoyer, la malheureuse, ça serait lui vouloir bien du mal. Comme si elle n'en avait déjà pas assez subi. On va la garder chez nous, Louis. Elle me plaît bien, à moi.

Léone faillit ajouter ce qui soudain lui traversa l'esprit, mais que par un sursaut de bon sens elle préféra taire : et si elle venait à te plaire à toi aussi, qui as plus que l'âge de prendre femme, parce que je ne serai plus longtemps là pour m'occuper de toi.

— Qu'est-ce qu'on va en faire ? Ben réponds-moi, Louis !

C'était le jeudi matin. Rose avait donc passé quatre nuits et trois jours à l'écluse de Martinpré, pour du provisoire cela pouvait déjà compter. Elle venait de remonter dans la chambre du haut, celle qui lui avait été dévolue. Personne ne devait connaître, ni même soupçonner, sa présence chez l'éclusier. L'épisode violent de la fête était encore l'objet de la plupart des conversations, riches en plaisanteries, dans tous les endroits de rencontre, les cafés, les commerces divers, les rues. Même quelques bateliers en avaient eu vent aux écluses précédentes et en parlaient à Louis, qui jouait parfaitement l'ignorance, s'indignant quand il fallait s'indigner, riant quand il convenait de rire, et approuvant sans réserve la conclusion la plus fréquente : Ils ne la retrouveront jamais ! « Ils » étant les gendarmes, respectés, voire craints, mais volontiers pris en flagrant délit d'impuissance.

Après l'orage du dimanche était revenu le beau temps d'août, le temps des portes et des fenêtres largement ouvertes, du plaisir à vivre dehors, des veillées à la fraîche sur le banc, des promenades et des jeux d'enfants en vacances, ce qui supposait du passage sur le chemin de l'écluse et ne facilitait pas le jeu que devait jouer l'éclusier pour paraître naturel. Il y parvenait tout de même, prétendait Léone bien prise par ses douleurs quand quelqu'un s'étonnait de ne pas la voir, ou quand c'était lui qui venait prendre le pain au boulanger qui faisait maintenant une tournée quotidienne, ou quand il était surpris cueillant à la place de sa mère les légumes au jardin. Il invoquait les guêpes, précoces et nombreuses cette année-là, pour justifier les volets tirés en plein jour.

Rose s'avérait docile, ne sortait que la nuit. Louis, dont la réflexion gâchait le sommeil, pourtant profond et régulier de nature, l'entendait descendre l'escalier, tourner la clé, ouvrir la porte. Il ne bougeait pas, se retenait de se relever lui aussi, guettait les mêmes bruits en sens inverse, rassuré quand il la savait à nouveau dans sa chambre, au-dessus de la sienne. Quant à Léone, il n'était même pas nécessaire de la chapitrer, la présence de Rose suffisait à la tenir à l'intérieur.

Cependant Louis commençait à penser que le jeu de cache-cache ne pouvait, ne devait pas s'éterniser.

Il savait à qui il avait affaire, maintenant. Kalinka-Rose avait raconté sa vie jusque-là. Les trois jours largement prolongés par des veillées y avaient tout juste suffi. Quand il devait sortir, le récit s'interrompait, car il ne voulait rien en perdre.

Confiante, la fille se livrait.

« C'est quand mon père a acheté la première camionnette et la première roulotte que tout a commencé, avait été sa première phrase. C'était en 47. J'avais neuf ans. »

Après cela elle s'était tue pendant quelques instants, comme pour prendre sa respiration avant d'entamer un récit que Léone et Louis devinaient long et palpitant. De ce qui avait précédé, ou bien elle ne se souvenait guère, ou bien il était inutile de l'évoquer, parce qu'elle pouvait encore se croire une fillette ordinaire, ou à peu près. Elle ne savait pas encore discerner les amorces du danger. Son père très grand et fort et parlant haut, sa mère toute menue qui ne regardait plus que lui dès qu'il apparaissait, l'art qu'elle possédait de tout emboîter, superposer, escamoter à cause de l'exiguïté des pièces, le brouhaha dans la salle du café, les gros rires des hommes, leur étonnement devant les filles du cabaretier, qui n'hésitait pas à les leur faire soupeser, poids lourd et poids plume. Elle ignorait comment vivaient en famille les filles de son âge. Sa singularité, son isolement, c'est à l'école qu'elle en avait pris un début de conscience, coincée entre le banc et le pupitre de sa table d'écolière, trop étroite pour elle, mais imposée par son âge trompeur, exclue de tous les jeux, parce qu'elle était trop grande pour se mêler aux autres, trop bête pour être admise parmi les grandes. Marie la Bruxelloise l'avait inscrite, comme le serait Violette après elle, dans une école de langue française. Mais à la maison Hippolyte employait souvent le flamand, que comme lui Marie pratiquait un peu, si bien que Rose ne s'exprimait encore correctement dans aucune des deux langues.

Et puis en 47, donc, après avoir claironné, à cause de tous ces bateaux qui fréquentaient le port d'Anvers, chargés de minerais et de bois précieux, il disait aussi de diamants, qu'il allait faire fortune dans l'Eldorado de la prestigieuse colonie, le Congo, il avait changé son fusil d'épaule et décidé de devenir marchand ambulant, parce que la sédentarité commençait sérieusement à lui peser. Son grand large à lui, ce fut donc les routes de Flandre, au volant d'une camionnette, dans laquelle il entassa un premier stock de marchandises, vaisselle et quincaillerie, acheté à bas prix à un grossiste, qu'il s'en alla revendre sur les marchés. Derrière la camionnette, pour loger la famille, une roulotte.

Louis écoutait passionnément les paroles de Rose, sans lui poser de questions, alors que Léone ne pouvait se retenir de manifester sa curiosité et ses indignations.

— Une roulotte… comme des romanichels… Elle s'arrangeait comment, là-dedans, ta pauvre mère ?

Marie se débrouillait comme elle pouvait dans un espace aussi réduit, cinq mètres sur trois, qui selon les heures était chambre à coucher, cabinet de toilette, cuisine et salle à manger. L'activité du père, heureusement, se déroulait à l'extérieur, parce que quand il entrait dans la roulotte il y prenait immédiatement l'essentiel de la place.

Pour lui, vendre sur les marchés s'apparentait à un spectacle. Il se plaisait à interpeller les ménagères, mêlant habilement le français et le flamand, si bien que son étal attirait nombre de badauds, d'abord simplement curieux, mais qu'il réussissait souvent à transformer en acheteurs. Quand il menaçait de casser une à une les pièces d'un service de faïence qu'il n'hésitait pas à qualifier de porcelaine, et à plus forte raison quand il mettait sa menace à exécution en fracassant impitoyablement sur le sol les premières assiettes, il se trouvait toujours quelqu'un pour arrêter le massacre et sauver l'essentiel du lot en réalisant d'après le vendeur l'affaire de l'année !

— Casser de la porcelaine ! Même si c'était de la faïence...

Léone n'en revenait pas. De la porcelaine, elle en possédait, un beau service complet qu'elle avait reçu en cadeau de mariage, mais dans lequel évidemment il n'était pas question de manger tous les jours, comme chez les riches, mais aux grandes occasions seulement. Il y avait bien longtemps que le service dormait au fond du buffet, plus tout à fait complet, hélas, elle le rappelait.

— La fois où j'ai cassé une tasse, et une autre fois, pire, trois assiettes d'un coup, j'en ai pleuré. Tu ne peux pas t'en souvenir, Louis, c'était le jour de ton baptême, j'avais tellement à faire, je courais partout. J'ai eu peur que ton père se fâche. Dieu merci, c'était un brave homme.

Pendant qu'Hippolyte vendait sa marchandise, dans la roulotte, en plus des activités ménagères, Marie s'essayait à apprendre l'alphabet à Violette, et surveillait les devoirs que l'institutrice de Rose lui avait donnés, préférant risquer l'illégalité plutôt que d'opposer ses arguments à ceux du colosse inquiétant venu la retirer plus qu'autoritairement de l'école.

Le père interrompait fréquemment ces séquences de travaux scolaires, au fur et à mesure que grâce à son talent le stock de marchandises fondait à l'étal et qu'il fallait aller puiser dans la camionnette.

« Marie, il me faut un faitout de huit litres ! Marie, un carton d'assiettes creuses ordinaires, en vitesse ! Marie, une grande cocotte en fonte ! Fais-toi aider si c'est trop lourd. »

Aider par qui, sinon par Rose qui n'avait pas tardé à rattraper sa mère en taille et à la dépasser carrément en poids et en force, des performances qui allaient continuer au fil des années, sans cesser de s'accentuer.

— A dix ans, je soulevais un carton de deux douzaines d'assiettes, et pour plus d'équilibre sur le marchepied de la camionnette je le tenais à bout de bras au-dessus de ma tête.

Elle ne se vantait pas de cette force. Dans sa façon de l'exprimer, Louis et aussi Léone, dont la bonté naturelle et la capacité d'émotion étaient restées intactes, ressentaient au contraire sa gêne d'être ainsi exposée. Moquée aussi parfois.

Car Hippolyte ne se bornait pas à lui faire porter ce qui était trop lourd pour Marie, mais il révélait son âge, la produisait presque déjà en lui imposant des épreuves qui n'avaient pour but que d'épater la clientèle. Des hommes applaudissaient, certains même riaient. Elle entendait aussi des femmes, parfois, qui la plaignaient : Pauvre gamine... Et cela lui allait droit au cœur, pas d'émotion, mais de honte.

Il y avait eu ce jour où un homme avait lancé à Hippolyte :

« Dis donc, camelot, ta gamine, t'es sûr que c'en est une ? C'est peut-être bien dans un cirque que tu pourras la faire embaucher un jour ! »

Le mot avait fait mouche. Sur elle, la blessant irrémédiablement. Sur Hippolyte, pour lequel il avait eu valeur de révélation. Un cirque, ou du moins une entreprise de spectacle, voilà quelle était sa voie ! D'autant plus que la cadette, avide de mouvement et contrainte au manque d'espace, s'était mise à exécuter toute seule dans son coin des acrobaties et des contorsions qui faisaient dire à Marie que cette petite-là était en caoutchouc.

Ce soir-là, autour de la table de la cuisine, après avoir décrit ce qu'elle appelait le « camelotage », Rose s'était tue longuement. Louis avait remarqué ses mains serrées au point que les jointures en étaient devenues blanches, ses yeux baissés, et deviné des souffrances intérieures qu'elle ne révélerait sans doute jamais totalement. Sauf si... si quoi ?

Léone au contraire s'était impatientée.

« Alors, tu ne dis plus rien ?

— Laisse-la, manLéone, tu vois bien qu'elle est fatiguée de tant parler.

— Oui, mais je voudrais bien savoir ce qui s'est passé après, moi ! »

A l'approche de l'hiver, quand la clientèle délaissait les marchés et que les nuits devenaient trop fraîches dans la roulotte, la famille Van de Claess réintégrait la maison dans la banlieue d'Anvers. L'argent gagné par le commerce ambulant aurait pu suffire à assurer le quotidien, mais Hippolyte, braqué sur son idée d'entreprise de spectacle, voulait amasser de quoi la réaliser quand le temps serait venu.

Pendant ces périodes hivernales, jusqu'au retour du printemps, les filles retournaient à l'école, où elles ne brillaient guère. Violette était jugée instable, mais les maîtresses avaient de l'indulgence pour cette sorte de farfadet gracieux au sourire permanent. En revanche, Rose passait pour butée, alors que son mutisme n'exprimait rien d'autre que son profond malaise.

Elle observait les autres fillettes, les écoutait parler de leurs parents, de leurs activités à la maison, de leurs rêves d'avenir, avec ces « moi, quand je serai grande... » qui se répètent mais dont la suite change si souvent dans la bouche des enfants. « Moi je serai ci... Je serai ça... maîtresse d'école, infirmière, et pourquoi pas princesse ! »

— Et toi, ma fille (Léone en était venue à cette appellation affectueuse), tu aurais voulu être quoi ?

Rose ne répondait pas, haussait les épaules pour exprimer son hésitation, parce qu'elle savait qu'elle deviendrait ce que déciderait son père, et non pas elle.

Elle ne rêvait que d'une chose. Ne plus être cette fille singulière dont l'institutrice excédée par ce qu'elle prenait pour de la mauvaise volonté comparait avec des mots ironiques la force du corps et la faiblesse du cerveau. Etre semblable aux autres. L'évocation de ces souvenirs prolongeait son silence, la renvoyait en arrière, puis oubliant presque la présence de ses hôtes elle s'échappait comme à l'école, en fermant les yeux, et revivait à demi-voix ces instants.

« Je me croyais seule, je me concentrais, et je me sentais fondre, fondre, devenir toute petite, jolie, intelligente. »

Marie essayait d'initier ses filles aux tâches ménagères, sans plus de succès que les institutrices. Si elle quittait un tant soit peu Violette des yeux, elle la retrouvait dans les positions les plus saugrenues, la tête en bas et les pieds au mur, ou bien les bras et les jambes si emmêlés que c'était à n'y rien reconnaître. La couture, confia Rose, il n'y avait que ça qui lui plaisait un peu. Marie, petite musaraigne grise, habillait ses filles comme elle, de gris ou de couleurs ternes. Mais dans les mains de Rose le drap devenait velours, le coton mousseline, et les couleurs chatoyaient.

« Comme moi ! s'était écriée Léone. Tu me ressembles, ma fille. Tu as vu dans mon armoire, toutes ces belles étoffes ? »

Rose avait fait plus que voir. Chaque matin, elle avait été invitée à choisir une tenue nouvelle. Trois matins, trois robes différentes. Chaque fois un peu plus claire, un peu plus gaie, un peu plus féminine.

Des années avaient passé ainsi, tantôt la roulotte et les marchés, tantôt la maison et les travaux divers, pendant lesquelles grandissaient de pair les projets d'Hippolyte et ses filles, qui atteignirent l'une après l'autre l'âge de quitter l'école sans le plus modeste diplôme.

Mais un autre apprentissage avait commencé, avec leur père pour maître. On a beau avoir des dispositions, affirmait-il, on ne devient artiste qu'à condition de s'entraîner longtemps pour les développer.

Violette s'y prêtait de bonne grâce. Pour elle c'étaient de longues séances d'assouplissements, des étirements, des torsions, des suspensions. Elle se pliait avec son éternel sourire aux exigences d'Hippolyte, qu'elle ravissait, prolongeant chaque exercice par des inclinations gracieuses, des saluts, comme si elle était déjà devant un public, sur une scène qu'elle quittait dans une dernière cabriole. Son public, c'était Marie et les meubles de la cuisine...

L'entraînement de Rose consistait à développer encore davantage ses muscles déjà puissants en arrachant de terre, c'est-à-dire du plancher, des poids de plus en plus lourds, des haltères bricolés par Hippolyte avec des matériaux de récupération divers, essieux de voiture, plaques d'égout, sacs lestés de sable, fûts remplis d'eau...

Quand elle avait décrit ces incroyables séances, les yeux fixés sur la toile cirée de la table, elle s'était limitée à la simple énumération des objets et des gestes. Louis la regardait intensément. Il la revoyait quelques jours plus tôt, sur la piste du chapiteau, accroupie d'abord, puis soudain dressée, son corps exposé dans ce maillot dont il n'avait pas perçu l'indécence sur le moment, sous le coup de l'étonnement. Mais à la voir chez lui, dans une robe qui contenait ses formes en les soulignant à peine, en les adoucissant, en les féminisant, cette indécence lui sautait aux yeux et au cœur et le révoltait.

« Mais, ta mère... ? » avait soufflé Léone.

Elle n'avait pas tout perdu, en vieillissant, ni son intuition ni son expérience de femme qui s'était frottée aux hommes, même de façon éphémère avec ceux auxquels elle s'était donnée. D'après la façon dont sa fille en parlait, sa petite bonne femme de mère ne devait pas être mauvaise. Folle de son colosse de bonhomme. Mais de là à le laisser traiter ainsi ses enfants ! Elle-même avait perdu la tête avant de rencontrer celui qui ne l'avait pas rendue folle, qui aurait eu maille à partir avec elle s'il s'était avisé de maltraiter le P'tit Louis d'alors. Il lui avait bien tiré les oreilles quelquefois, un peu botté les fesses même, mais cela faisait partie pour tout gamin de l'apprentissage de la vie de tous les jours.

« Pendant l'hiver de 53 à 54, avait continué Rose, mon père a trouvé un emploi qui lui a plu. Trop même... » avait-elle ajouté, marquant ensuite un silence, faisant le tri dans sa tête, entre ce qu'elle allait pouvoir révéler de cet épisode et ce que sa honte et sa pudeur lui feraient garder secret, malgré l'estime et la confiance qu'elle ressentait pour ses hôtes.

C'est au célèbre zoo d'Anvers qu'Hippolyte avait été engagé. Comme aide-soigneur, c'est-à-dire chargé de tenir propres les lieux de vie des animaux et de leur distribuer la nourriture. En lui présentant les pensionnaires dont il aurait à s'occuper, on lui avait signalé le cas d'un grand chimpanzé au caractère renfermé, qui refusait tout contact avec ses congénères. Toujours immobile derrière les barreaux de sa cage, il semblait perdu dans des pensées énigmatiques. Les soigneurs, envers lesquels il se montrait d'une indifférence totale, ne le contrariaient pas et respectaient son tempérament.

« Mon père nous en parlait souvent, de ce chimpanzé ; il lui avait donné un prénom, Ernest. »

Léone avait sursauté.

« Ernest ! Appeler un animal comme une personne, un singe par-dessus le marché ! »

Puis elle avait ri, à cause de l'éclusier voisin, et répété : « Ernest ! Ernest ! »

Rose se limita à dire que son père prétendait s'être fait un ami de l'animal, et que quand il lui parlait, celui-ci paraissait le comprendre, s'approchait de la cage et tentait de glisser une main à travers les barreaux.

Mais elle se tut bientôt, parce que cette familiarité singulière avait fait germer dans l'esprit d'Hippolyte une idée plus osée encore que celle de présenter ses filles en spectacle. L'idée de s'approprier son nouvel ami Ernest et de l'associer à son projet. Il ne doutait pas d'en trouver les moyens. Un soir, particulièrement en verve, il n'avait pas hésité à interpeller sa fille aînée.

« Puisque tu es si forte toi aussi, pourquoi ne pas imaginer un numéro en duo, voilà qui serait de l'inédit, du sensationnel, de quoi surpasser tous les forains ordinaires ! »

Etait-ce seulement une plaisanterie ? Pas sûr... Un spasme glacé avait étreint le cœur de Rose, et pour la première fois elle avait profondément haï son père. Une fracture définitive s'était ouverte entre elle et lui.

« Tu ne dis plus rien, ma fille ? Je te vois toute songeuse, s'était étonnée Léone. Alors, cet Ernest, il a fini par l'apprivoiser, ton père ?

— L'hiver s'est terminé, on a repris la route pour les marchés. »

Ce qu'elle ignorait, parce que dans un réflexe de fierté ou de honte, ou des deux, Hippolyte avait caché à sa famille la fin de son histoire d'amitié avec Ernest, c'est que son manège avait attiré l'attention du soigneur en chef qui l'avait observé en douce, jusqu'au jour où il avait surpris des propos étranges.

« Tu t'emmerdes, mon pauvre ami, disait Hippolyte au grand singe, mais tu n'en as plus pour longtemps. Je vais te sortir de là, te faire découvrir la vie de famille et tu deviendras un as ! »

Le soigneur avait couru dare-dare dans le bureau du directeur, Hippolyte avait été congédié sur-le-champ, et il avait dû s'estimer heureux de ne pas être poursuivi pour préméditation d'enlèvement, ou emmené dans une camisole chez les fous.

De cela il n'avait pas soufflé mot, mais dans un revirement dont il était coutumier, il décréta qu'en soignant particulièrement les choses, il se mettrait lui-même en scène avec ses filles, ce qui suffirait à produire un spectacle de bonne tenue.

Deux années encore avaient vu alterner le commerce et l'entraînement des artistes, jusqu'au jour où Hippolyte avait étalé sur la table une carte de la Belgique prolongée par la partie nord et nord-est de la France, et tracé l'avenir de la famille.

D'une, on allait quitter Hoboken, la Flandre et les Flamingants avec leur fichue langue, qui lui avaient fait gagner pas mal d'argent mais qu'il méprisait soudain, descendre jusqu'à Charleroi, y trouver un pied-à-terre, pas trop loin de ces régions françaises et leurs villes, le Nord, Denain, Valenciennes, Maubeuge, Béthune, les Ardennes et la vallée de la Meuse, Charleville, Sedan, Givet, Revin, qu'il pointait du doigt sur la carte, et peut-être même plus bas, des endroits où les gens, affirmait-il, étaient friands de fêtes foraines et d'attractions sensationnelles.

De deux, on allait s'équiper, de fond en comble, pour cette nouvelle aventure.

L'affaire fut menée rondement. Une maison louée à Pont-de-Loup, dans la banlieue de Charleroi, devint une véritable ruche où s'activèrent Hippolyte et Marie, dépensant sans compter leur magot amassé avec les services de table, batteries de cuisine et autres ustensiles. La camionnette de camelot fut révisée, renforcée et transformée pour contenir les éléments du futur chapiteau et les accessoires nécessaires au spectacle, mât, cordes, poids et autres, plus la fameuse cage de verre qu'il avait imaginée pour créer du mystère avant l'apparition de Violette, commandée à un verrier en la prétendant destinée à un élevage de souris blanches, et dans laquelle la sylphide apprit à s'introduire grâce à son extrême souplesse. Marie l'ingénieuse redonna un coup de neuf à la roulotte rebaptisée caravane. Puis elle imagina et réalisa les costumes des artistes. Un justaucorps de satin rose s'imposait pour Violette, garni de volants qui s'ouvriraient en corolle quand elle sortirait de la cage, comme un papillon de sa chrysalide. Pour Rose, un maillot noir de lutteur dont le choix du tissu, la coupe et les renforts nécessaires lui donnèrent bien du fil à retordre. Pour Hippolyte, une vaste cape de drap noir doublée d'un éclatant satin rouge.

Restait la phase finale, d'une grande importance, car une partie capitale de la réussite en dépendait : trouver une dénomination pour la troupe. Hippolyte prétendait que les meilleurs artistes ne portent jamais leurs vrais noms et prénoms, rarement de nature à motiver la curiosité. Ainsi pour eux trois, comment attirer la clientèle en annonçant Hippolyte, Rose et Violette Van de Claess ? Non ! Il fallait du clinquant, des noms qui intriguent.

Pour lui-même, il n'eut pas l'ombre d'une hésitation. Ce serait Tarass-Boulba. Les pères de son enfance lui auraient au moins transmis cet héritage. Il lui suffirait d'accentuer les caractères de sa prétendue race pour se présenter comme un descendant du célèbre cosaque. Il s'entraîna à tirer de sa voix, puissante de nature, des accents gutturaux et roulants qui au début faisaient trembler Marie.

C'est elle qui eut l'immense mérite d'extraire de ses lointains souvenirs de lectures d'adolescence deux prénoms russes qui laissèrent Hippolyte muet d'admiration. Kalinka pour Rose, tandis que Marouchka, à la consonance plus féminine, conviendrait tout à fait pour Violette.

Il fallut deux jours entiers au chef de la nouvelle troupe ainsi créée pour peindre, rouges sur fond blanc, les noms enchanteurs sur les flancs des véhicules et sur le calicot qui ornerait le chapiteau : TARASS-BOULBA ET SES FILLES KALINKA ET MAROUCHKA.

— Pourquoi es-tu entré sous notre chapiteau, dimanche ? demanda Rose à Louis, ce jeudi soir. A cause de ces noms ?

Elle s'était mise, tout naturellement, à le tutoyer.

— Non. A cause de l'orage et de la pluie, je me suis précipité au plus près.

— Comme c'est drôle, le hasard, c'est lui aussi qui m'a fait me réfugier dans ta voiture. J'avais essayé d'en ouvrir deux autres avant, elles étaient fermées à clé. Pas la tienne.

Rose savait ce soir-là qu'il s'agissait de la dernière représentation pour elle. Elle n'en pouvait plus. Elle se demandait comment elle avait pu tenir jusque-là, pendant plusieurs saisons, d'avril à septembre, dans ces villes dont elle ne voyait rien, rien d'autre que les places où s'installaient les forains. Elle ne supportait plus de monter et de démonter le chapiteau avec Hippolyte, déguisée en homme, ses cheveux serrés sous une casquette, pour ne pas être reconnue et nuire ensuite à la présentation du spectacle. De se glisser dans ce maillot qui soulignait l'anomalie de son corps. De sentir tous ces regards braqués sur elle. D'entendre ces commentaires ironiques et vulgaires. De se prêter à ces mises en scène combinées par son père aussi habile à vendre la singularité de ses filles qu'à écouler de la faïence sur les marchés.

— Il m'avait tellement répété que je ne pourrais jamais rien faire d'autre que j'avais fini par le croire. Par accepter comme une fatalité l'idée que toute autre vie était impossible pour moi. Vivre comment ? Je ne savais même plus rêver. Je voyais ma mère approuver tout ce que décidait mon père, ma sœur se plier à toutes ses volontés avec le sourire, sans avoir l'air d'en souffrir. Je leur en voulais de cette docilité. Je ne sais pas s'il y avait quelque chose à comprendre, moi je n'y comprenais rien et je voulais seulement que ça s'arrête.

La suite, Louis la connaissait, il en avait été le spectateur. Marouchka apparemment endormie dans la cage de verre. Le premier coup de fouet, sans résultat.

— J'ai cru que c'était combiné entre vous.

Le second coup de fouet, et ce bond qui l'avait projetée debout, saisissant le public.

— Il a compris que je n'étais pas comme d'habitude, que je me révoltais, parce que je l'ai regardé droit dans les yeux, que je n'ai pas baissés devant les siens, qui me donnaient l'ordre de plier devant lui. Il a sifflé entre ses dents un mot que j'ai entendu : Fainéante. Alors je suis devenue comme folle. J'ai attrapé et lancé les haltères vers lui. J'aurais pu le tuer. Je crois d'ailleurs que sur le coup j'en ai eu l'intention.

Elle s'est tue, tous les trois se sont regardés, effrayés à retardement par cette éventualité. Se seraient-ils trouvés là, ensemble, si Tarass-Boulba était mort ? Louis n'aurait pas embarqué une criminelle ; galvanisé par le mot lui-même, il aurait appelé à l'aide pour la sortir de sa voiture et la livrer aux gendarmes.

— Je le savais, qu'il n'était que blessé, dit-il. Fallait voir comme il se débattait, et entendre comme il criait !

— Tu serais en prison à l'heure qu'il est, ma pauvre fille, ajouta Léone, même si dans le fond c'est ton père qui avait tous les torts. La justice c'est la justice, celui ou celle qui a tué doit payer.

Rose n'avait pas demandé son reste. Elle avait raflé au passage la cape d'Hippolyte pour s'en envelopper, elle était allée dans la caravane ouvrir le sac aux papiers dont elle connaissait la place et en avait tiré sa carte d'identité, consciente qu'elle se coupait irrémédiablement de sa famille. Elle s'était engagée dans la première rue déserte qu'elle avait avisée, et qui par un heureux hasard menait par d'autres rues jusqu'à l'extrémité de la ville où beaucoup d'amateurs de fête avaient garé leur voiture.

— Pourquoi tu ne m'as pas chassée, Louis, quand tu m'as vue ? Tu as eu peur de moi ?

— Oui… non… enfin si, un peu… Mais c'est pas ça. J'ai pas réfléchi. Je t'ai emmenée, c'est tout.

— Ecoute-moi, Louis. Quand tu as fait ta communion, en… je ne sais plus en quelle année, tu sais, moi, les dates, maintenant je les oublie.

— ManLéone, qu'est-ce que tu vas encore me dire de ma communion ?

— Ecoute-moi, je te dis. Les cousins de Belgique, je ne saurais pas t'expliquer à quel degré de parenté on est avec eux, c'était du côté de ma mère, mais de loin. L'idée m'était venue comme ça de les revoir.

La dernière fois, pensa Louis, c'était le chapeau vert de la cousine… Il soupira, résigné à patienter plutôt qu'à contrarier sa mère.

Ils prenaient le café ensemble. Rose n'était pas encore descendue, ils entendaient ses pas au-dessus. Elle avait terminé son récit la veille, fort tard, sans que soit posée la question : et maintenant ?

— Si je pense à eux, c'est pour elle, reprit Léone en pointant un doigt vers le plafond.

— Pourquoi, pour elle ?

— Ben parce qu'elle est belge, pardi !

— Et alors ?

— Et alors ? répéta-t-elle en mimant l'air étonné de son fils, puis elle pouffa dans sa main. Il paraît que je déraille, et des fois c'est vrai, mais je suis encore capable d'avoir des bonnes idées, quand il faut !

Louis comprenait enfin. Faire passer Rose pour une cousine de Belgique, voilà ce que manLéone venait d'imaginer. Une foule de questions envahit aussitôt son esprit : elle serait venue d'où précisément, cette cousine, quand, comment, pourquoi, pour combien de temps ? Il savait les campagnards curieux de nature, avec ou sans arrière-pensées. Et puis la famille de Rose n'était-elle pas à sa recherche ? Si le terrible Tarass-Boulba rappliquait un jour et retrouvait la trace de celle qui devait lui manquer, peut-être pas en tant que fille, mais en tant que gagne-pain ?

Pourtant il souriait, parce qu'en même temps il sentait monter en lui une joie et une émotion qui n'échappèrent pas à Léone.

— Ah ! dit-elle, tu vois qu'on a toujours besoin de sa mère, même quand on est un homme !

Lui se servait un deuxième café, il souriait toujours, en se disant qu'il perdait un peu la boule lui aussi, vu qu'en ne la contrariant pas il se ralliait à son idée. Provisoirement encore ?

Quelques coups de corne annoncèrent une péniche. Avant de sortir, Louis regarda sa mère. Elle riait encore. Fière d'avoir trouvé la solution. Heureuse de garder la fille sous son toit.

La péniche était une régulière, la *Flore*, dont le marinier avait succédé à son père, comme Louis à Maurice. Les deux hommes se saluèrent chaleureusement, la femme demanda comment se portait Léone, dont elle avait souvent apprécié la gentillesse.

Louis allait rentrer quand l'Ernest déboula sur son vélo et stoppa près de lui.

— Ma femme la fera passer, celle-là, dit-il en désignant la péniche qui filait dans le bief. Je viens prendre des nouvelles de ta mère, le boulanger m'a dit qu'elle laissait tout le temps les volets fermés, en plein midi je dis pas, mais toute la journée... Elle serait pas malade, des fois ?

Louis n'eut pas le temps de répondre. Léone apparaissait à la fenêtre, ouvrait en grand les volets qui claquèrent contre le mur et s'avançait sur le seuil.

— Tiens, Ernest, qu'est-ce donc qui vous amène aujourd'hui ?

Elle rit, en pensant au grand singe.

— Entrez, vous allez bien boire une petite goutte.

Ernest entra, suivi de Louis. Près de la table, en robe vert pomme, les cheveux nattés, le visage grave mais serein, se tenait Rose.

— Ah ! vous avez de la visite, dit Ernest, qui ôta aussitôt sa casquette qu'il cala sous son bras.

— Ça n'empêche pas de s'asseoir. Tu nous ressers un peu de café à tous, avant la goutte, ma fille ?

— Une parente ? hasarda Ernest qui ne la quittait pas des yeux.

— Oui, c'est ça, une parente. La petite-fille d'une de mes cousines, mariée et établie en Belgique depuis belle lurette. Il y a eu bien du malheur dans cette famille-là, la voilà seule, maintenant, ou presque. Alors elle a eu l'idée de venir faire notre connaissance, chercher un peu de réconfort près de nous, et elle a bien fait. Ça arrive entre parents éloignés, qu'on se perde de vue et qu'on se retrouve.

L'Ernest bredouilla une phrase maladroite sur les liens de parenté, mais sa curiosité n'était pas entièrement satisfaite.

— Elle est arrivée comment ?

— Dites donc, Ernest, le train et le taxi, c'est pas fait pour les chiens ! dit Léone qui savait encore qu'il n'y avait rien de plus efficace que l'ironie pour couper court à ce genre d'interrogatoire. Et toi, Louis, si tu servais la goutte ? Tiens, je vais en prendre une larme, aujourd'hui, sur un sucre. Tu veux y goûter aussi, ma fille ?

Dès le lendemain, tout Martinpré était au courant. Les plus curieux ne tarderaient pas à trouver des prétextes pour aller faire un tour du côté de l'écluse et tenter d'apercevoir cette cousine dont l'existence même leur était inconnue, ce qui la rendait mystérieuse, donc fort intéressante.

5

Une cousine belge chez les Champart... Après tout, pourquoi pas ? Léone n'était pas native de Martinpré, si bien que les gens d'ici ne pouvaient pas tout connaître de sa parenté, il était donc inutile d'interroger les plus anciens, considérés à juste titre comme la mémoire du village. Etant donné la proximité de la Belgique, y avoir de la famille n'était pas étonnant. On admettait donc, connaissant son bon cœur, qu'elle l'eût ouvert à la demoiselle, ainsi que sa maison.

Tous les habitants de Martinpré avaient fini par la connaître, au moins de vue, puis par la découvrir davantage, quand elle était venue au café-épicerie, avec Louis la première fois, puis seule, le panier à provisions de Léone au bras. Ils avaient évidemment largement échangé entre eux leurs impressions. Sur son physique. Sa taille, sa corpulence. Pour une belle gaillarde, c'en était une ! Certains y voyaient la preuve de son lien avec Léone qui même jeune n'avait jamais été fine. Le malheur au moins avait épargné sa santé. Costaude, la fille, pas laide, un joli visage même, les joues bien pleines, et à voir l'épaisseur de ses nattes, on devinait l'abondance de sa chevelure. Des cheveux bruns. Les gens du Nord sont plutôt blonds, ou roux, mais il y a des exceptions en tout. Pas très causante, ce qui n'incitait guère à la conversation, c'est-à-dire à la questionner, mais aimable, et polie. Difficile de lui donner un âge. La plupart misaient sur la trentaine, alors qu'elle n'en avait pas encore vingt-cinq.

Bien qu'elle soit arrivée rapidement après la fête à Stenay, personne n'avait fait le rapprochement entre elle et la foraine à l'origine de cette bagarre sous un chapiteau. Les gendarmes l'avaient décrite comme une furie dangereuse, presque comme une tueuse, l'avaient cherchée, assez mollement il fallait bien dire, pendant quelques petites semaines. On en avait fait un sujet de peur, puis de plaisanterie, comme s'il s'était agi de quelque bête étrange, et le temps passant on l'avait presque oubliée.

Mais à l'écluse la cousine prenait racine. Le calendrier avait basculé, février déjà touchait à sa fin. Alors des personnes, à l'esprit mal tourné, comme on dit alors qu'on les écoute volontiers, des commères friandes de caquetages, des hommes un peu égrillards, avaient avancé l'idée que la cousine n'était peut-être pas venue d'elle-même, mais que l'initiative en était plutôt due à Léone. Elle vieillissait, la Léone, pas très bien en plus, elle devait se faire du souci, pour elle-même et son fils. La cousine tombait à pic, pour l'assister dans ses vieux jours, et pourquoi pas aussi pour éviter à Louis, auquel on ne connaissait aucune fréquentation féminine, la triste solitude des vieux garçons. D'une pierre deux coups... La famille Champart étant respectée et aimée au village, ces propos n'étaient jamais parvenus aux oreilles ni de la mère ni du fils.

Rose se sentait en pleine confiance avec Louis, le respectait, appréciait sa discrétion et sa gentillesse, mais c'est avec Léone que le rapport était vite devenu plus étroit. D'abord parce qu'elles partageaient davantage l'espace et les tâches domestiques, puis parce que, constatant la fragilité de la vieille femme, la jeune fille allait au-devant de ses faiblesses et de ses besoins. Léone recevait cette présence et ce partage avec bonheur.

« J'ai pas eu de fille, disait-elle souvent, rien qu'un fils. Il a toujours été gentil et attentionné pour moi, mais on a beau faire, un gars pour une mère c'est pas pareil qu'une fille. »

Ensemble, parce que puiser dans la garde-robe simpliste de Léone n'avait été qu'un dépannage, elles tiraient de l'armoire les coupons entassés et mettaient à profit leur goût commun pour la couture. Ce qui ne sortait pas de leurs mains venait de la camionnette du marchand de Sedan. Quand il se trouvait en présence d'une cliente nouvelle, il se montrait particulièrement aimable et déballait largement ses trésors sur la table. En plus des tissus, il s'était mis à vendre aussi de la confection, des sous-vêtements, des chaussures, le tout adapté, dans ses tournées, à la clientèle rurale, mais il n'en vantait pas moins le bon goût au même titre que la solidité.

Rose hésitait à exprimer ses besoins, et plus encore ses envies.

« Prends ce qu'il te faut, ma fille, disait Léone, devinant ses scrupules, retrouvant le ton ferme par lequel elle savait si bien autrefois les chasser. Mes quelques sous, va, je ne les emporterai pas avec moi, autant que tu en profites. »

Habituée à vivre depuis toujours dans un espace clos et restreint, que ce soit à la maison ou dans la roulotte, Rose s'émerveillait de n'avoir plus à calculer pour se déplacer sans gêner les autres, de disposer d'une chambre, si modeste fût-elle, pour elle seule. Léone l'initiait à la cuisine, à la pâtisserie, retrouvait auprès d'elle un peu de son entrain et il lui prenait des accès de gaieté qui surprenaient Louis. Même au temps de Maurice, au temps de son bonheur, elle riait peu, traduisant ses satisfactions par des expressions toutes faites, du genre : On n'a pas à se plaindre... Tout le monde n'en a pas autant que nous... et autres lieux communs.

Ma fille... Léone ne l'appelait pas autrement. Venant d'elle, le mot touchait Rose, mais la renvoyait aussi à Marie, sa mère, ainsi qu'à sa sœur et à son père. Cependant la douceur de vivre qu'elle découvrait à l'écluse, ainsi que sa propre évolution dont elle prenait conscience, lui donnait l'impression que la rupture était lointaine, et brouillait ses sentiments envers les siens. La roulotte, le chapiteau, les lumières braquées sur elle, le voyeurisme du public, le claquement du fouet sur la piste, la voix de son père, la soumission de sa mère, la grâce presque irréelle de Violette, tout ce qui l'avait effrayée, blessée, révoltée, semblait s'être fondu dans le brouillard de l'ailleurs.

Les rejoindrait-elle un jour, volontairement, poussée par le remords ou le devoir, ou contrainte par la force ? Après quelle sorte de retrouvailles ? Elle ne parvenait pas à concentrer son esprit sur ces questions dont pourtant l'importance ne lui échappait pas.

Les mêmes interrogations préoccupaient Louis, qui les taisait. La véritable identité de sa protégée, fût-elle majeure, un jour ou l'autre finirait par être découverte. Malgré les mois qui défilaient, ce qu'il avait vu, et surtout appris par le récit de Rose, lui donnait à penser que ledit Tarass-Boulba ne devait pas capituler, et il craignait de le voir réapparaître dans la région pour mener sa propre enquête, celle des gendarmes s'étant soldée par un échec. Peut-être même était-il déjà venu rôder, incognito, à la recherche de quelque indice. Incognito ? Il n'était pas homme à passer inaperçu.

Rose avait été prompte à s'intéresser au travail de Louis, le suivant quand il sortait pour le passage d'une péniche, observant le déroulement de la manœuvre depuis le pas de la porte, puis s'approchant pour mieux en comprendre les étapes.

« Tu veux essayer ? » lui avait-il proposé un matin, et tout de suite elle s'était avancée sur la petite passerelle où, manivelle en main, il attendait le bateau qui glissait au ralenti.

Il avait regardé travailler les mains de Rose, des mains longues et larges, et cependant féminines, apprécié la régularité de leur mouvement, perçu l'application de la fille pour ne pas l'accélérer, malgré sa force si longtemps entretenue, et pour une fois utilisée de son plein gré, pour le plaisir.

Avant que la péniche ne commence à descendre pour atteindre le niveau de l'aval, le batelier avait sauté à terre pour rejoindre Louis, son bulletin de passage à la main. Mais il regardait surtout l'apprentie éclusière qui attendait à l'autre extrémité du sas pour ouvrir les vantaux le moment venu. Louis avait devancé sa question.

« C'est une parente, une cousine. Elle est pour le moment chez nous. Une brave fille, qui s'intéresse à tout.

— Brave, j'en doute pas, mais belle aussi », avait ajouté l'homme, avec une expression du visage, la lèvre inférieure avancée, et un balancement de la tête qui signifiaient que la cousine de l'éclusier correspondait à sa conception de la beauté.

Rose avait vu ce regard, cette mimique, si différents de ceux des spectateurs, malsains, offensants, et elle avait souri aux deux hommes.

Louis avait confiance en elle, si bien qu'il lui arrivait de la laisser effectuer tout un passage, d'abord sous sa surveillance, puis seule, quand il avait, rarement, une raison de s'absenter. C'était généralement pour se rendre à Stenay faire le plein d'essence de sa voiture ou acheter ce qui ne se trouvait pas à l'épicerie de Martinpré. Il en profitait pour aller boire un verre de vin blanc au Café des Arcades, où il rencontrait toujours des connaissances. Il apprenait ainsi les potins et les nouvelles, de quoi satisfaire Léone qui lui demandait immanquablement à son retour :

« Alors, quoi de neuf en ville ? »

Il lui arrivait de répondre : « Ma foi, rien du tout. » Ou de mentir, de prétendre avoir à lui transmettre des salutations des commerçants qu'elle avait connus. Ou d'inventer l'ouverture d'un nouveau magasin par exemple. Ce n'était pas elle qui irait vérifier...

En réalité, quand il déambulait dans les rues de Stenay, il n'était pas vraiment attentif à ce qu'il voyait et entendait. Bien que la probabilité de se trouver nez à nez avec le père de Rose fût mince, il ne pouvait s'empêcher d'y penser et se tenait toujours un peu sur ses gardes.

Comme le jour où il avait sursauté à la remarque du gros rougeaud, celui qui l'avait invité à faire un carton le jour de la fête, et qui là, au café, attendait, le verre tendu, de trinquer avec lui.

« Eh ben quoi, Champart, tu rêves ? A ta cousine ? »

Il n'y avait pas malice dans la question, ni dans le gros rire qui avait suivi, une plaisanterie seulement. Non, Louis ne rêvait pas, il regardait vaguement la rue à travers la vitre, et il avait sursauté comme s'il avait entendu la voix du terrible Tarass-Boulba !

— Qu'est-ce que tu cherches, manLéone, tu as égaré quelque chose ? Ça ne serait pas tes lunettes par hasard ? Tiens, elles sont là sur la table.

On était au début de mars. Léone, ces temps-ci, changeait. Elle paraissait fébrile, ne riait plus, montrait un visage crispé, délaissait ses occupations, heureusement relayée par Rose qui tout en cuisinant la suivait des yeux, inquiète et triste de ce changement. Louis aussi, qui faisait semblant de prendre la chose à la légère, se faisait du souci, car il pressentait un déclin qui ne pouvait être que fatal et s'ajoutait à une autre préoccupation, celle de l'avenir de Rose. Car si sa présence dans cette maison pouvait paraître plausible, et elle l'était devenue pour l'entourage, qu'en serait-il si Léone venait à disparaître ?

Léone fouillait dans les tiroirs, dans son armoire, dans sa commode.

Dans sa tête aussi. Surtout. Assise sur son lit, ou sur une chaise, ou sur le banc, où Louis ou Rose la surprenait, insensible au fond de l'air encore bien frais, elle passait de longs moments à réfléchir intensément, et ses efforts barraient son front d'une ride profonde.

Un après-midi, Rose s'assit près d'elle, dans sa chambre, lui prit la main, et doucement lui dit, usant pour la première fois de ce surnom qui n'appartenait encore qu'à Louis :

— ManLéone, vous ne riez plus, vous êtes triste. A quoi vous pensez ? Qu'est-ce que vous cherchez comme ça sans arrêt ?

Léone se tourna vers elle, la regarda longuement, comme étonnée, et finit par prononcer, presque à voix basse :

— Ben... C'est mes hommes, vois-tu... je ne sais plus...

Rose resta interdite, puis se reprit :

— Vos hommes, manLéone ? Quels hommes ? Qu'est-ce que vous ne savez plus ?

Léone réfléchit encore, puis :

— Il y en a un, oui, je sais, je ne l'ai pas oublié... C'est Maurice, Maurice Champart... Il s'est noyé, celui-là, dans le canal. Mais les autres... je ne sais pour ainsi dire plus rien d'eux.

— Il n'y en a pas d'autres, manLéone. Maurice, c'était votre mari, le père de Louis.

— Le père de Louis ? Oui... Non... Enfin si tu veux. Mais les autres... un grand blond, avec une mèche... et... et...

Rose l'attira contre elle, l'embrassa, puis elle se leva et quitta la chambre, la laissant à ses chimères. Elle perd complètement la tête, pensa-t-elle, bouleversée. En parler à Louis ? Elle préféra s'abstenir, troublée par certains mots de la vieille dame.

Les choses allèrent rapidement en empirant. Léone ne mangeait ni ne dormait plus guère, ses yeux rougis laissaient en permanence échapper des larmes. Il fallait la surveiller, car c'était au-dehors, surtout, qu'elle voulait aller « chercher ». Plusieurs fois elle échappa à la vigilance de Rose pour s'approcher du canal où Louis assurait une bassinée. S'il était en train d'ouvrir ou de fermer les vantaux, il ne pouvait pas lâcher la manivelle. Il criait :

« ManLéone ! Recule-toi ! »

Rose s'apercevait vite de son absence et accourait pour lui prendre le bras et la reconduire à la maison. Une fois ce fut une batelière, passée à terre, qui devinant la situation s'en chargea.

— Elle n'a plus sa raison, lui dit Louis en la remerciant.

Un jour où Rose la promenait, à pas lents, bras dessus bras dessous au bord du canal, en direction du village, elle s'arrêta net et tendit la main vers la rive.

— C'est là, dit-elle.

— Là que quoi, manLéone ?

— Qu'il s'est noyé, Maurice.

Elle refusa de continuer la promenade, et aussi de rebrousser chemin. Rose attendit quelques instants avant de l'entraîner doucement.

— Dis-moi, ma fille, les autres, tu crois qu'ils sont encore vivants ? Le caberlot...

Elle laissa échapper un drôle de rire, qui ressemblait aussi bien à un cri de surprise ou à un sanglot étouffé.

Il faisait relativement doux, ce jour de mars, le 20 précisément. Léone se reposait, Rose l'avait vue endormie, ou du moins paisible, elle était donc montée dans sa chambre pour un peu de ménage. Dans la grange, Louis passait en revue le matériel de jardinage pour les prochains travaux.

Quand Rose redescendit, un bon quart d'heure plus tard, elle alla tout de suite s'assurer que Léone sommeillait encore. Le lit était vide ! Elle sortit, appela Louis.

— ManLéone n'est plus dans la maison. Elle n'est pas près de toi ?

— Non, mais elle ne peut pas être loin, au jardin peut-être, ou...

Il n'acheva pas. A cause d'un bruit, un plouf, là-bas, pas loin, comme si une grosse pierre ou un arbre mort venait de glisser brusquement dans le canal.

— ManLéone... murmura-t-il, figé.

Rose courait déjà, à grandes foulées, tout en se débarrassant de son gilet de laine, de son tablier à poches, de ses chaussures, de tout ce qui pouvait absorber ou retenir de l'eau, qu'elle jetait sur le chemin. Quand Louis arriva à l'endroit où elle venait de plonger, des remous agitaient la surface de l'eau, et il vit l'une des mains de Rose fermement agrippée à la branche unique et nue d'une vieille souche qui avait enjambé le rebord de palplanches. Puis sa tête et son buste apparurent. De l'autre main elle serrait un poignet de Léone dont, s'arc-boutant des pieds à la rive, elle s'efforçait de soulever le corps pour le sortir de l'eau. Louis se pencha, lui vint en aide, et ensemble ils parvinrent à le hisser sur le bord.

Un bref instant, il ferma les yeux. Derrière ses paupières se confondaient deux images. Celle de Rose, dégoulinante, la robe collée au corps, et celle du « scaphandre », émergeant dans sa carapace, portant le corps de Maurice. Curieux et effrayant mélange. Il rouvrit les yeux. Rose était penchée sur Léone.

— Elle respire encore, dit-elle.

Elle la prit dans ses bras et la porta à grands pas vers la maison, suivie par Louis, atterré, qui répétait :

— Comme le père Maurice... A la même place...

Déposée sur son lit, avant même d'avoir pu être déshabillée et réchauffée, Léone eut juste le temps de rouvrir un instant les yeux, de voir, penchés vers elle, les visages rapprochés de Louis et de Rose, et de murmurer : « Mes enfants... » puis le petit souffle de vie qui lui restait s'éteignit.

La nouvelle de sa mort eut tôt fait de se répandre, et les voisins d'accourir, pour en connaître les circonstances, rappeler ses mérites, s'efforcer de réconforter Louis. Quelques femmes qui avaient l'habitude de cette triste besogne arrangèrent la défunte et la chambre. Pendant les veillées qui suivirent, Rose se montra à la fois discrète et efficace, plus proche en apparence d'une servante que d'une parente. Elle laissait à Louis le soin d'accueillir les visiteurs, restait dans la cuisine pour préparer du café, et quand elle paraissait dans la chambre, ce n'était pas pour s'asseoir comme les autres autour du lit. Elle restait debout, près de la porte. Elle écoutait Louis dire et redire comment l'état mental de sa mère s'était dégradé, la surveillance constante qu'elle nécessitait, comment elle y avait échappé. Il rappelait le bruit de la chute, la course de Rose, le courage dont elle avait fait preuve pour tenter de sauver de la noyade Léone qui n'avait pas coulé jusqu'au fond, retenue par quelque anomalie du bord qu'il conviendrait de signaler au service. Les regards qui se voulaient discrets se tournaient alors vers elle.

Les visiteurs quittaient l'écluse par petits groupes, en croisaient d'autres qui arrivaient, échangeaient avec eux leurs interrogations et leurs sentiments. Léone était-elle tombée dans le canal par accident, ou avait-elle cherché à mettre fin à ses jours ? L'endroit précis était-il dû au hasard, ou à une coïncidence voulue par le destin ou la volonté du ciel ? Et la fameuse cousine, dont les sortants avaient remarqué sur son visage les signes d'une peine profonde, qui semblait sincère, sa réserve, qui les laissait sur leur faim parce qu'ils ne savaient pas comment l'interpréter, simple discrétion ou crainte de l'avenir, allait-elle reprendre le chemin de sa Belgique natale ? Selon eux c'était Louis qui détenait la clé du futur, en choisissant ou non de la garder. Mais la garder comme quoi ? Comme cousine ? Comme bonne ? Ou... ? Cette dernière question restait muette, car les circonstances excluaient toute parole déplacée.

Rose fut présentée comme étant leur cousine à une demi-douzaine de neveux et nièces de Léone qui vinrent assister à l'enterrement. Pressés de repartir, ils se contentèrent des explications sommaires de Louis et ne cherchèrent pas à y voir plus clair dans cette obscure parenté.

Quelques bateliers, parmi les plus anciens, prirent le temps de venir saluer la mémoire de Léone, rappelant ces années d'avant-guerre dont ils avaient la nostalgie, quand elle leur tendait ses paniers de légumes et ses volailles toutes plumées. L'évolution de la batellerie, malgré les améliorations de leurs conditions de vie, faisait d'eux des hommes soucieux.

Lorsque tout fut terminé, que Léone eut rejoint Maurice dans le petit cimetière de Martinpré, Rose rangea soigneusement la maison quelque peu chamboulée par l'événement.

Puis entre Louis et elle s'installa le silence. Ils étaient désormais seuls. Le hasard avait provoqué leur rencontre. C'est lui qui l'avait amenée ici. Mais ils mesuraient dans son absence l'importance du rôle de Léone, car c'est elle qui avait pris la fille sous son aile, qui tout de suite lui avait souri, l'avait tutoyée, l'avait appelée ma fille, lui avait fait une place.

Rose rompit ce silence, un soir, alors qu'ils venaient de finir de souper, sans avoir échangé d'autres mots que ceux qui se rapportaient à la nourriture et aux objets.

— Ta mère, Louis, peu de temps avant de s'en aller, elle m'a dit quelque chose de bizarre. Elle m'a parlé de ton père, mais pas que de lui. Elle m'a dit : « Mes hommes, je cherche mes hommes. »

— Elle t'a dit ça, manLéone ? Et quoi d'autre ?

— Que ton père s'était noyé dans le canal. Mais elle a parlé aussi d'un grand blond, et d'un autre encore. Elle a prononcé un drôle de nom... caberlot, ou quelque chose comme ça, avec un drôle de rire. Ces hommes-là, tu sais qui ils sont ?

Louis paraissait étonné, presque choqué, mais aussi troublé, ému.

Une idée vint alors à Rose.

— ManLéone m'a dit son âge, j'ai compris qu'elle t'avait mis au monde tardivement. Dis-moi, Louis, tes parents ont-ils eu d'autres enfants avant toi ? Tu as eu des frères ? Qu'est-ce qu'ils sont devenus ? Ils sont morts ? C'est ça qu'elle avait oublié, qu'ils étaient morts ? C'est eux qu'elle cherchait ?

— Non, répondit Louis, je n'ai jamais eu ni frère ni sœur. Elle a dit mes hommes ? Il y en a un, je crois, qu'elle a inventé. Mais le caberlot, lui, il a vraiment existé, peut-être qu'il existe encore, mais ça je m'en fiche. Elle ne t'a pas tout dit, manLéone. Elle ne t'a pas dit que Maurice était seulement son mari, mais pas mon père. Mon vrai père, c'était le caberlot.

Il se tut un instant, parce qu'il avait parlé vite, il avait tout lâché d'un coup. Puis il ajouta :

— Mais mon père, pour moi, celui qui m'a donné son nom, qui m'a élevé, qui m'a tout appris, celui que j'ai aimé, c'est Maurice. Parce que c'est ça un père. Y en a pas d'autre. C'est celui qui dort au cimetière à côté de ma mère.

Ils étaient toujours face à face, mais ils avaient baissé les yeux, comme s'ils regardaient leurs mains. Que dire après cela ?

Rose se leva, débarrassa la table, rangea quelques objets. Louis n'avait pas bougé. Elle revint s'asseoir.

— Dis, Louis, ça veut dire quoi, un caberlot ?

Il sourit, lui expliqua les champs de betteraves et de pommes de terre et les migrations saisonnières de ces gars du Nord.

Il avait lui aussi une question à lui poser.

— Tu sais donc nager, Rose ?

— Non.

— Mais s'il n'y avait pas eu ce qui a empêché man-Léone de couler jusqu'au fond, ce morceau de ferraille ou je ne sais quoi d'autre qui l'a accrochée…

— Je n'ai pensé à rien, j'ai sauté, c'est tout. Comme toi le jour où tu as démarré ta voiture, avec moi à l'arrière, sans un mot.

Quelques semaines plus tard, un matin, l'Ernest vint demander à Louis de le remplacer une heure ou deux, le temps pour lui d'aller jusqu'à la pharmacie de Stenay chercher les médicaments nécessaires à sa Félicie, qui, dit-il, avait rudement mal aux jambes à cause de ses varices.

— Maintenant que ta… ta… enfin la Rose connaît la manœuvre.

Il s'emberlificotait dans son hésitation à la désigner. La veille, au café, il avait assisté à une discussion qui avait porté sur elle, et s'était terminée, après d'inévitables grivoiseries, par une compréhension unanime envers Louis au cas où sa cousine ne serait pas que sa cousine. Après tout, c'était son affaire, il valait mieux ça que d'aller voir les femmes des autres.

Louis prévint Rose, il enfourcha son vélo et suivit l'Ernest sur le chemin de halage jusqu'à l'embranchement de la route, puis il continua vers l'écluse où il eut droit, contre son gré, à voir les fameuses varices qui torturaient les grosses jambes de la pauvre Félicie.

Vers dix heures, Rose entendit l'appel d'une corne et sortit. Une péniche arrivait, une avalante. Elle la regarda s'approcher. Bientôt elle distingua son nom, et ne put alors étouffer un cri de surprise. *Pont-de-Loup* ! Elle allait faire passer la *Pont-de-Loup* ! Cette péniche s'était-elle déjà présentée ici ? Si oui, Louis s'était-il souvenu d'avoir entendu ce nom dans le récit qu'elle avait fait de sa vie avec ses parents ? Le lui avait-il caché pour ne pas réveiller en elle de douloureux souvenirs ? Peut-être simplement n'y avait-il pas prêté attention, car dans son histoire les faits étaient bien plus importants que les noms des lieux.

Rose remarqua que le batelier était jeune, tout comme la femme qui se tenait adossée à la cabine, un bébé dans les bras. Elle ouvrit les vantaux, la *Pont-de-Loup* pénétra dans le sas. Comme elle se dirigeait vers l'autre extrémité de l'écluse, la jeune femme la héla :

— Attendez !

Elle s'approcha du bord, tendit son bébé à Rose avant de passer à terre d'une vive enjambée.

— J'ai envie de me dégourdir un peu les jambes, Chris m'a donné le papier à viser. Il amarrera le bateau un peu plus loin et on repassera à bord tous les deux, ajouta-t-elle avec une mimique en direction de l'enfant. Chris, c'est mon mari, il s'appelle Christophe mais moi je dis Chris, et lui c'est Paul-Louis, mon Poulou.

Elle parlait avec un accent belge assez prononcé.

— Je dois aller ouvrir les vannes, dit Rose. Je vous le rends.

Jamais encore elle n'avait tenu un si petit enfant dans ses bras, ni même n'en avait vu d'aussi près, à part sa sœur dont elle se souvenait à peine.

Le bateau descendait, l'homme déroulait les cordes. La femme était d'un tempérament bavard.

— Je ne suis pas fille de marinier, c'est pour ça que j'ai encore souvent envie de sentir la terre sous mes pieds, expliqua-t-elle. Avec Chris, on a repris la péniche de ses parents, parce que son père est tombé malade. J'en avais guère envie, dame, mais quand on aime un homme, n'est-ce pas… Vous êtes mariée ?

Rose se sentit rougir en répondant que non, qu'elle était seulement une parente de l'éclusier en poste ici. Elle s'éloigna un peu de la jeune femme pour aller ouvrir les vantaux. Le moteur ravivé, des remous agitèrent l'eau du sas, la péniche sortit.

— A tout à l'heure ! cria l'homme en direction de sa femme et de l'enfant.

— Je m'appelle Julie, et vous ?

— Rose.

— Alors, Rose, vous voulez bien marcher un peu avec moi ? Ça vous ferait plaisir de porter encore un peu mon Poulou ?

Sans attendre la réponse, elle le lui remit dans les bras.

Une question démangeait Rose.

— Votre bateau, pourquoi il s'appelle *Pont-de-Loup* ?

— Avec mes beaux-parents, il s'appelait la *Brabançonne*, c'est vous dire s'ils sont fiers d'être belges. C'est moi qui ai demandé à Chris de changer son nom. Pont-de-Loup, c'est là où je suis née, et où j'ai vécu jusqu'à mon mariage. Comme ça j'y suis encore un peu, même si ça n'est plus pareil. Et puis Pont-de-Loup et Poulou, ça se ressemble, c'est rigolo.

— Vous êtes de Pont-de-Loup ?

Le ton de Rose sentait l'étonnement.

— Ben oui, y a rien d'étonnant à ça. Vous connaissez ?

— Non, non... Je trouve que c'est un joli nom, c'est tout.

Elles devaient avoir à peu près le même âge, Julie et elle. Elles auraient pu fréquenter momentanément la même classe, à l'école de Pont-de-Loup. Et si Julie allait reconnaître en elle la grosse fillette que les maîtresses n'aimaient pas ? Non, celle-ci lui souriait le plus naturellement du monde.

— Je ne peux pas aller plus loin, dit-elle. Je suis seule à la maison ce matin, j'ai à faire.

Julie reprit son enfant.

— Merci pour ce moment passé ensemble, Rose. Vous allez rire, j'ai cru que vous étiez belge, on dirait que vous avez un peu notre accent. Alors au revoir, à une autre fois. Tenez, je vous embrasse !

De retour à l'écluse, Rose attendit que Julie ait rejoint la péniche amarrée, elle vit l'homme installer le gamberet. Elle répondit au salut que tous les deux lui adressèrent.

Elle se sentait toute chose, elle s'assit sur le banc. Le bébé ? Sa fragilité, sa douceur dans ses bras ? Pont-de-Loup surtout, Pont-de-Loup, et tout ce qui en découlait. Sa vie d'avant.

Louis revint peu avant midi. Il savait que Rose n'avait eu à effectuer qu'un seul passage, une péniche belge, puisqu'il l'avait fait passer lui aussi à la place d'Ernest. Il ouvrit la porte et vit qu'elle était en train de cuisiner, penchée sur la cocotte, et remarqua qu'elle ne s'était pas retournée quand elle l'avait entendu. Et elle ne se retournait toujours pas.

— Qu'est-ce que tu nous mijotes là-dedans ? demanda-t-il en s'approchant.

Pas de réponse.

— Rose... dit-il doucement.

Elle tourna son visage vers lui ; elle pleurait.

— Eh ben quoi, Rose, tu pleures ? C'est manLéone, encore, tu penses à elle ?

— Non... enfin si je pense à elle, tout le temps, mais c'est pas ça.

— C'est quoi ?

Il eut envie de la prendre dans ses bras, ou seulement de poser sa main sur son épaule. Il ne sut que l'effleurer.

— La péniche qui est passée tout à l'heure. Je ne m'y attendais pas. Ça m'a fichu un coup.

Il réfléchit un peu.

— La péniche ? C'est parce qu'elle était belge ? Voyons, Rose, ce n'est pas la première depuis que tu es ici !

Et soudain il comprit. Pour avoir visé son passage, il avait lu son nom : *Pont-de-Loup*. Il se rappelait que c'était à Pont-de-Loup que la famille Van de Claess passait les hivers, pendant ces années de spectacle pour le père, de souffrance pour elle.

— La batelière est venue à terre, reprit Rose. Elle avait envie de marcher un peu. Son mari a amarré la péniche un peu plus loin pour l'attendre. Elle m'a parlé. Elle est de Pont-de-Loup. Je ne lui ai rien dit de moi, ni de ma famille, mais...

Elle n'ajouta rien. Louis comprenait son émotion, et peut-être davantage. La peur, ou des remords.

Rose se ressaisit, essuya ses yeux.

— On va manger, dit-elle. J'ai préparé un ragoût de pommes de terre au lard, comme manLéone le faisait si bien. Le temps de mettre la table. Tu peux t'asseoir, Louis.

Pendant le repas, ils parlèrent de tout, de rien. Du temps. Des varices de la Félicie, « grosses comme le pouce », précisa Louis. Du boulanger qui était passé avec un quart d'heure de retard. Des poules qui couveraient bientôt. Mais le soir, Rose se confia.

— Maurice n'était pas ton père, Louis, mais tu l'aimais. Le mien est le vrai, mais j'avais beau essayer de me forcer, je n'éprouvais pour lui que des sentiments qui m'en éloignaient. Ta mère, je ne l'ai connue que quelques mois, mais je l'ai aimée tout de suite, et pas comme ma vraie mère, plus fort, parce qu'elle me montrait qu'elle était heureuse de ma présence, qu'elle cherchait toujours à me faire plaisir. Ma sœur, elle était si bizarre, on aurait dit qu'elle ne me voyait même pas. Mais malgré tout le nom de Pont-de-Loup m'a fait un choc, et depuis je me dis : C'est quand même ma famille.

— Elle te manque ?

— Je ne sais pas. Plutôt non que oui. Mais j'y pense.

— Tu voudrais les revoir ?

— Je ne peux pas imaginer nos retrouvailles. Ni comment ça se passerait entre nous. Mal, sûrement. La colère de mon père, ma mère muette, à le regarder, ma sœur indifférente, comme toujours.

— Rose, tu te sens bien ici ?

— Oui, j'étais bien quand il y avait manLéone, et je suis bien aussi avec toi. Mais...

— Mais quoi ?

— Mais je me dis que c'est ma famille, et qu'un jour il se passera quelque chose. Et ça me fait peur.

Lui parler de ce qu'il savait germer dans sa tête, dans son cœur ? Là, tout de suite ? Louis ne s'en sentit pas capable. Pas encore.

Il faisait chaud, le printemps rayonnait dans une véritable apothéose de soleil et de ciel bleu. Du seuil de la maison, Louis regardait Rose, qui s'était portée volontaire pour le passage de la péniche, une montante. Il aimait la voir travailler, il admirait l'ampleur et la régularité de ses gestes, le balancement imposé par les mouvements de ses bras à son corps, dont la légèreté de la tenue, bien que très décente, laissait deviner les formes pleines.

Une fois la péniche enfermée dans le sas, elle s'adossa à la passerelle pendant que le niveau de l'eau montait. Le batelier la rejoignit alors qu'elle finissait de refermer les vannes. C'était un homme d'une cinquantaine d'années, plutôt grand et assez corpulent, négligé, mal rasé, coiffé d'une casquette avachie. Louis le connaissait un peu et ne l'avait jamais trouvé bien aimable. Sa femme non plus, qui à leur passage précédent n'avait pas répondu à son bonjour.

De là où il se trouvait, il vit que l'homme disait à Rose quelque chose qu'il n'entendit pas, mais qui sembla la gêner. Il se dirigea alors vers l'écluse, franchit la passerelle et s'approcha.

— On vient surveiller le travail, éclusier ? lui lança le batelier. Le travail de la femme ?

Que signifiait ce ton sur lequel il prononçait ce mot de femme ?

— Non, je viens comme ça, c'est tout.

— La mienne, de femme, continua l'homme, elle m'a plaqué. Marre de cette vie, qu'elle m'a dit. Comme si à son âge elle pouvait encore espérer autre chose. Rêver, oui, ça elles savent le faire, les femmes... et nous rouler dans la farine.

Louis n'appréciait pas du tout la tournure de la conversation, ces sortes d'insinuations, ni ses coups d'œil aussi narquois qu'inquisiteurs en direction de Rose. Il fit signe à celle-ci de lui passer la manivelle qu'elle tenait en main. Elle comprit et franchit à son tour la passerelle pour rentrer à la maison. L'homme tendit son livret de passage à Louis, puis il remonta à bord, et bientôt, la manœuvre terminée, la péniche reprit son cours.

Louis voulut savoir ce que l'homme avait dit à Rose.

— Il m'a demandé qui j'étais par rapport à toi pour faire le travail à ta place.

Non. Il lui avait tourné un compliment sur ce qu'il devinait de son corps, un compliment à sa manière. Il n'aurait pas été un spectateur indifférent quand elle s'appelait Kalinka.

Sa femme lui avait dit, à ce batelier désormais seul à bord, qu'elle en avait « marre de cette vie ». De sa vie de femme ou de batelière ? Des deux peut-être. Probablement. Batelier était l'un de ces métiers exercés par les hommes qui imposaient à celles qui les épousaient des conditions de vie particulières, voire pénibles, que l'amour pouvait faire accepter, et même aller jusqu'à les rendre pittoresques, intéressantes, mais qui risquaient aussi de lui nuire, jusqu'à en venir à bout. Surtout si les caractères s'en mêlaient.

La gentille Julie, passée à bord pour les beaux yeux de son Chris, mais dont les jambes fourmillaient déjà, que serait-elle dans quelques années, avec son Poulou et sans doute d'autres petits en âge de découvrir l'école ? Qui pouvait assurer qu'elle n'en aurait pas à son tour « marre de cette vie » ?

Car les femmes changeaient, au rythme des mœurs, davantage que les hommes, ou plutôt différemment, plus concernées qu'elles étaient par la vie de famille, par la tenue de leur intérieur, par la consommation, par les modes. Pas toutes, certes, mais beaucoup.

Devoir se séparer des enfants, les mettre en pension, dans des internats ou des familles d'accueil, ou les confier à des grands-parents, ne les avoir avec soi que le temps des vacances. Préparer les repas dans un véritable réduit, alors que l'électroménager était en plein boom et la mode aux cuisines où régnaient en maîtres le formica et le carrelage si pratiques d'entretien. Devoir adapter ses loisirs aux moyens du bord, avec un moteur Bernard pour l'électricité indispensable pour le téléviseur et le tourne-disque, renoncer au cinéma et autres spectacles. La liste pouvait ainsi s'allonger de ce qui commençait à sembler difficile, voire insurmontable, à des jeunes femmes pour lesquelles la perspective de l'homme au macaron et la femme à la cambuse ne constituait plus une évidence comme pour la génération d'avant, mais une fatalité démodée. Les hommes, apparemment, résistaient mieux.

Il en était de même pour d'autres professions, parmi les plus dures, les plus ingrates, et on aurait pu s'étonner d'y constater un fort attachement qui se transmettait. Peut-être justement cela était-il dû à la difficulté de ces métiers, qui engendrait une certaine fierté à les pratiquer et en soudait les membres comme des confréries. Paysans viscéralement attachés à la terre, confiée ensuite au fils aîné dont une éventuelle dérobade aurait été mal vécue. Marins pêcheurs dont l'univers était fait de rudesse et de risque. Mineurs de fond qui respiraient à longueur d'année la poussière de charbon. Ouvriers des aciéries qui brûlaient leur vie aux gueulards des hauts-fourneaux...

On ne pouvait certes pas considérer comme néfaste la marche du progrès, lente encore, mais qui n'irait qu'en s'accélérant, ses bienfaits étaient éloquents dans de nombreux domaines. Mais elle engendrait une forme d'inquiétude, latente encore, quant à l'avenir, en préfigurant un renforcement des inégalités.

Quand Louis allait à l'école, ceux qui n'avaient ni les moyens ni l'envie d'envisager des études n'étaient pas laissés sur la touche. Il existait des débouchés pour eux, dans des métiers qui en guise de diplômes nécessitaient d'autres garanties : expérience acquise auprès des aînés, force, courage, ou pourquoi pas tout simplement goût et aptitudes naturelles.

Depuis la prolongation de la scolarité jusqu'à seize ans, la création des cours complémentaires puis des collèges, des possibilités nouvelles de choix, de réflexion, d'ambition étaient offertes aux adolescents, renforcées par la perspective de menaces, dues aux progrès techniques, sur des professions qui devenaient plus sélectives, et dont certaines étaient appelées à disparaître. Quel serait le sort de ceux qui se trouveraient ainsi évincés, par manque de capacités ou de places ?

Face à des perspectives inquiétantes, ou seulement moins réjouissantes qu'autrefois, ceux que ces métiers concernaient avaient tendance à se replier sur eux-mêmes, pensant ainsi, sans doute à tort, se protéger. Les bateliers comme les autres.

Louis se souvenait d'avoir assisté à des rassemblements de péniches, trois, quatre, amarrées à proximité de l'écluse, pour une soirée et une nuit, et d'avoir entendu les familles regroupées sur l'une d'elles s'amuser et rire, parfois fort tard.

« Ecoute-les, lui disait le père Maurice, ils font la fête.

— Quelle fête ?

— Je sais pas, moi, un événement quelconque chez les uns ou les autres, ou peut-être bien rien du tout. Ils font la fête, c'est tout. C'est des gens qui aiment rigoler, parce qu'ils aiment leur travail et leur vie. »

ManLéone devait intervenir pour l'envoyer au lit, à cause de l'école le lendemain.

Maintenant Louis se surprenait à réfléchir, parfois, à cette marche en avant de la société, avec laquelle il se sentait en décalage, mais qui finirait peut-être par l'atteindre lui aussi. La route, le rail, assuraient une part de plus en plus importante des transports de marchandises. Le canal, les écluses, ne seraient-ils plus empruntés dans le futur que par des plaisanciers ?

« Ils ont bien le droit... » disait-il quand il s'en présentait, comme pour s'excuser de leur en vouloir un peu de prendre la place des bateliers, les vrais.

Les rêves, la gamberge, avaient rempli son enfance et son adolescence, cédant la place à l'âge d'homme au travail hérité de son père. L'accompagnerait-il, ce travail, jusqu'à l'étape suivante de sa vie, le repos des vieux jours ?

J'suis bête, se disait-il, d'essayer de voir aussi loin. Comme s'il n'y avait pas mieux à penser...

Rose étendait du linge sur le fil au jardin, ou distribuait du grain aux poules, ou épluchait des pommes de terre. En robe bleue, ou verte, ou rose, sous son tablier. Rose. Rose.

6

Quand Rose allait au village pour quelques achats au café-épicerie, c'était toujours aux moments qui correspondaient aux heures de travail des hommes. Eux, c'était plutôt avant le repas de midi et celui du soir qu'ils venaient s'accouder au comptoir, pour les plus pressés et ceux qui craignaient leur femme, pendant que ceux qui clamaient n'avoir de comptes à rendre à personne prenaient le temps de s'attabler. S'il y avait parfois quelques hommes l'après-midi, c'étaient des vieux qui braillaient si fort en jouant aux cartes, à cause de leur surdité et de leurs chamailleries de tricheurs, qu'ils n'entendaient même pas tinter la porte.

Au café-épicerie, elle rencontrait donc presque uniquement des femmes, et bien qu'encore très réservée elle se familiarisait doucement avec elles, du moins celles qui avaient dépassé le stade de la curiosité un peu malsaine et qui ne se prenaient pas pour des donneuses de leçons. Depuis la disparition de Léone, qui était en quelque sorte la caution morale de la cohabitation à trois sous le toit de l'écluse, certaines pinçaient à nouveau la bouche en répondant à son bonjour et murmuraient dans son dos qu'une cousine à demeure chez un homme célibataire, ça pouvait donner à penser…

Le café-épicerie était tenu par une brave femme, Marguerite, dont le mari exerçait la fonction de cantonnier pour le village. Certains après-midi, elle confiait la boutique à sa belle-fille, Jeannette, qui avait de la sympathie pour Rose. Elle aurait aimé mieux la connaître, en savoir davantage sur elle, et mettait sa réserve sur le compte d'un passé sans doute tourmenté.

Il lui vint l'idée de provoquer une approche. Comme elle devait se rendre à Stenay un après-midi, avec sa petite Dauphine, elle décida de faire un détour par l'écluse. Louis était dehors quand elle arriva.

— Je vais à Stenay, lui dit-elle, et j'ai pensé que Rose serait peut-être contente de m'accompagner.

Louis parut surpris. Rose sortit de la maison. Mise au courant à son tour de la proposition de Jeannette, elle sourit, touchée de cette attention, la première venant d'une personne du village. Puis elle sembla troublée, hésitante, avant de se décider et de lancer :

— Quelques minutes, et j'arrive.

Elle aussi appréciait Jeannette et ne voulait pas la décevoir en déclinant son offre.

Elle revint bientôt ; elle avait changé de robe, passé un gilet. Elle s'installa dans la voiture, et avant de refermer la portière elle eut un regard pour Louis qui perçut sa tension. Il en devina la cause.

La conductrice de la Dauphine, elle, l'ignorait. Elle prit le silence de sa passagère pour de la curiosité envers un paysage pourtant sans originalité particulière, des champs, des prairies, des collines boisées, la Meuse, le canal, puis une bourgade assez jolie avec ses arcades, son kiosque, mais modeste, sans larges avenues ni grands magasins. Rose ne manifesta aucune envie personnelle de visite ni d'achat, elle suivit sa guide qui avait à se rendre chez le grainetier, le percepteur, et à la pharmacie. Dans les rues elle se retournait souvent, comme si elle redoutait quelque chose. Mais où donc avait-elle vécu jusqu'à son arrivée à Martinpré pour être impressionnée par une si petite ville, et comme soulagée quand elles regagnèrent la voiture ?

De retour à l'écluse, Jeannette comprit qu'elle ne devait pas s'attarder, car Rose semblait perturbée par cette courte promenade et pressée de rentrer. Elle se contenta de lui sourire.

Rose balbutia un merci, ouvrit la porte, se laissa tomber sur une chaise, ferma les yeux, s'imposa de longues respirations.

Louis, occupé à bêcher un coin du jardin, avait entendu revenir, puis repartir aussitôt la voiture. Pourquoi Rose n'avait-elle pas offert un café à Jeannette ? Il posa son outil et la rejoignit dans la cuisine. Tassée sur la chaise, elle tenait son visage dans ses mains.

— Rose ! Qu'est-ce que tu as ?

— Je crois que j'ai vu mon père, lui dit-elle dans un souffle.

— Mais voyons, Rose, si tu l'avais vu pour de bon tu l'aurais reconnu ! Tu en serais sûre ! Tu dis : je crois, c'est que tu as eu une vision, parce que tu étais toute retournée d'être à Stenay.

Elle découvrit son visage, se redressa.

— Non, Louis, j'ai vu, de mes yeux vu, un homme, je me suis dit : C'est lui, il est ici, il me cherche !

— C'est de tes souvenirs que tu as eu peur, Rose, rien de plus, mais ça se comprend. J'ai bien vu quand vous êtes parties que tu n'en menais pas large.

— Voilà que je ne sais plus, maintenant que tu me dis ça. Mais je pense que si c'était une vision, ça signifie quelque chose.

Une vision ? Ça n'en était pas une. Rose se dirigeait avec Jeannette vers la pharmacie, qui se trouvait sous les arcades, de l'autre côté de la rue. Elles attendaient pour traverser que passent les deux voitures qui arrivaient du bas de la ville. C'est alors que du café proche de l'officine était sorti un homme, de grande taille et de forte corpulence, le dos légèrement voûté, habillé d'un costume de velours marron, coiffé d'un large chapeau, marron aussi, qui cachait en partie son visage barré d'une moustache grise. Un homme bien différent du terrible Tarass-Boulba en meneur de spectacle, en cape noire doublée de rouge, le crâne rasé, le fouet à la main. Différent aussi de l'ancien camelot vendeur de vaisselle, alors vêtu de bleus de travail et de larges chemises de flanelle aux manches retroussées quel que soit le temps, des tenues qu'il portait aussi pendant les mois passés dans la maison de Pont-de-Loup, à attendre la saison des fêtes en parachevant la formation de ses deux artistes.

Bien différent, mais Rose avait eu une fulgurance : c'est lui ! Quitte à en douter ensuite, à la réflexion, à se laisser convaincre de son erreur. Elle n'était pas la première à éprouver cette sensation troublante qui accompagne le fait de voir apparaître soudain un être perdu de vue et transformé, soit par le temps, soit par une sorte de métamorphose résultant de nouvelles conditions de vie, d'un changement physique important, ou de la maladie. De le reconnaître, ou de croire le reconnaître. Sur presque rien, une attitude furtive, un geste, une expression du visage. C'est encore plus déstabilisant quand il s'agit de personnes disparues qui renaissent tout à coup parce que la silhouette, la chevelure, la voix d'autres personnes bien réelles les ont fait revivre le temps d'un éclair, puis se dissiper à nouveau dans leur néant.

Hippolyte Van de Claess avait changé d'allure, mais il n'était pas mort. C'était bien lui, en chair et en os, que Rose avait vu sortir du Café des Arcades, et qui avait tout de suite obliqué à gauche, sans le moindre regard vers l'autre côté de la rue. Aurait-il eu lui aussi une fulgurance, aurait-il pensé ou crié : « C'est elle ! » en voyant Rose qui ne ressemblait pas plus à Kalinka que lui à Tarass-Boulba ?

Plusieurs fois dans la soirée, Rose revint sur cette vision dont elle semblait accepter le fait, mais tout en la confortant dans cette attitude raisonnable, c'est en lui que Louis sentait pointer le doute. Il ruminait des adages : Rien n'est impossible, la vengeance est un plat qui se mange froid. Depuis le jour du scandale, celle de Tarass-Boulba avait eu le temps de refroidir...

Dans la semaine qui suivit, il se rendit à Stenay avec sa camionnette, confiant l'écluse à Rose. Il fit plusieurs fois le tour de la ville, lentement, regardant les gens qui circulaient dans les rues. Il n'avait pas envie ce jour-là d'entrer au Café des Arcades, mais malgré lui il passa devant au ralenti, la vitre ouverte, comme s'il allait avoir une vision, lui aussi. En fait de vision, dans la porte du bistrot s'encadra son habituel comparse de verres de vin blanc, qui le héla :

— Hé, Champart ! Tu cherches quelqu'un pour te payer un coup ? Gare-toi vite et rapplique !

D'un geste Louis refusa.

— Il est bien fier aujourd'hui... bougonna le gros rougeaud, puis, retrouvant son naturel de plaisantin : Ou bien pressé de retrouver sa cousine...

Ça va mal, se dit Louis un peu plus tard sur la route de Martinpré, maintenant c'est moi qui ai cette idée dans la tête. Ça ne peut plus durer, il va falloir mettre de l'ordre là-dedans.

Le soir même il dévoila ses intentions à Rose.

— On ne peut plus vivre comme on le fait, à toujours tendre le dos, malgré le temps qui passe. Tu dis que tu es bien ici, tant mieux, mais tu n'as pas ta liberté. Sans toi, ton père a forcément abandonné le spectacle. On va aller en Belgique, à la recherche de ta famille. Ils sont sûrement réinstallés à Pont-de-Loup, où pourraient-ils être ailleurs ?

— Mais... et l'écluse ?

— Tu sais bien que c'est pas un problème. L'Ernest, il peut dépanner pour quelques heures, mais pour une journée entière, ce qu'il nous faudra bien, je demanderai un remplaçant au service. C'est possible.

— S'ils y sont... Si on les voit... Mon père...

— Tu ne seras pas seule, Rose, je serai avec toi.

Ils achevèrent leur repas en silence. Puis restèrent attablés, pensifs, en échangeant de longs regards pleins de gravité. Rose se leva, desservit, revint s'asseoir.

— Dis-moi, Louis, pourquoi tu fais tout ça pour moi ?

— Mais, Rose, c'est parce que... je t'aime.

Voilà, ça y était, il avait réussi à le dire. Et ma foi ça n'avait pas été aussi difficile qu'il l'aurait cru de sortir ces trois mots tant de fois retournés dans sa tête, depuis qu'il avait pris conscience que ce qu'il éprouvait pour elle était au-delà de la pitié, de la sympathie, de l'amitié, de l'habitude, autant de sentiments derrière lesquels il s'était réfugié, luttant contre cette peur qui lui serrait délicieusement le cœur.

Je t'aime... S'intéresser à l'autre sexe, découvrir l'amour, d'abord sous sa forme la plus naïve, la plus maladroite, même avec la sensation du ridicule, c'est la préoccupation la plus naturelle pour les êtres humains, dès l'adolescence, envahissante chez les uns, plus discrète chez les autres, rarement absente. A quoi elles tiennent, cette attirance que les filles exercent sur les garçons, cette audace des garçons de s'y prêter, parfois précocement, pour « voir », pour se valoriser ? C'est bon de se sentir jolie, voire irrésistible, de susciter l'envie, la jalousie d'apprentis séducteurs moins hardis, plus gauches. Avec en prime le sentiment de toucher au fruit défendu, même s'il est encore en réalité hors d'atteinte, même si les audaces sont bien modestes, se limitant au baiser rapide volé derrière une haie ou à l'échange de petits mots griffonnés glissés dans une cachette.

Louis, à cet âge, aurait pu être le chef de file de ceux que les filles n'intéressaient guère. Et vice-versa. Du temps de l'école, les petites demoiselles pratiquaient souvent un jeu qui mêlait l'habileté physique à la rouerie féminine. Un jeu de corde à sauter accompagné d'une comptine. Deux filles faisaient tourner la corde, les autres chantaient.

Le palais royal est un beau palais
Où les jeunes filles sont à marier
Mademoiselle Unetelle est la préférée
De monsieur Untel qui veut l'épouser.

Mademoiselle Unetelle, Josette, Yvonne, Jacqueline... entrait en lice et se mettait à sauter, monsieur Untel, André, Guy, Hubert... ne rejoignait pas ladite préférée, il était seulement visé et restait au milieu des autres garçons hilares.

Si c'est oui c'est de l'espérance
Si c'est non c'est de la souffrance
Oui ! non ! oui ! non !

Oui, non, jusqu'à ce que la fatigue ou une maladresse entraîne une défaillance de la sauteuse, un faux pas qui tombait sur oui ou non et lui promettait de l'espérance ou de la souffrance avec le garçon désigné, ce qui suscitait des rires. Mais le jeu était fréquemment truqué, il y avait des arrangements négociés à l'avance, des combines trahies, des inversions de prénoms, la vitesse de la corde soudain accélérée sur un signe de connivence, qui allaient jusqu'à entraîner des fâcheries et le groupe se séparait sous le préau en attendant les réconciliations.

Quand Louis était cité comme prétendant, son nom provoquait des rires, mais jamais de protestations, parce que les filles sans en pincer pour lui l'aimaient bien. Ce qui ne les empêchait pas de se moquer de sa chevelure filasse, de sa grande bouche, de ses longues jambes maigres entre la culotte courte et les chaussettes en tire-bouchon sur les galoches.

Plus tard, à l'âge du véritable désir et des premières vraies audaces, il ne s'était pas enhardi. Inviter les filles à danser, au risque d'essuyer des refus, les prendre dans ses bras, trouver la bonne distance entre les corps, pour tout cela il se sentait gauche et sans envie. Même les filles les plus convoitées, les plus jolies, les plus coquettes, celles qui riaient le plus fort aux plaisanteries des garçons, ne lui faisaient pas plus d'effet que les autres.

Il avait tout de même connu l'amour, du moins l'acte. La première fois, c'était en 45, peu de temps après la disparition du père Maurice. Une péniche s'était amarrée en fin d'après-midi, non loin de l'écluse. Avant le souper, alors qu'il ne faisait déjà plus jour, il était allé marcher un peu sur le chemin de halage, ce qu'il faisait parfois pour ne plus avoir sous les yeux le chagrin muet de Léone qui lui broyait le cœur et penser plus sereinement à son père. Il s'était arrêté à proximité de la péniche, seulement éclairée d'une lampe à pétrole qui brûlait à l'intérieur. La femme était sortie du carré et l'avait invité à monter à bord. Le gamberet était en place. Croyant passer un moment avec le couple et dans l'intention d'évoquer Maurice avec lui, il accepta.

La femme était seule. Elle n'était plus de « première jeunesse », comme on disait alors pour des gens, plus souvent des femmes que des hommes, dont la vie se situait à ce point d'équilibre provisoire entre cette fameuse première jeunesse, la vraie, la seule, et les autres qui n'en ont plus que le nom, par dérision.

— Vous avez peut-être vu passer mon mari, dit-elle. Il est allé avec son vélo jusqu'au café, il ne reviendra pas avant une heure d'ici.

Non, Louis n'avait pas vu le mari. Sinon, pensa-t-il, il aurait refusé l'invitation.

— Il me laisse des fois seule comme ça, reprit la batelière en s'approchant de Louis, pour aller chercher de la compagnie. La mienne ne lui suffit plus, mais je ne m'en plains pas, pour ce qu'il est gentil...

Elle était tout près de lui, à le frôler, il sentait son souffle, une légère odeur de transpiration. Elle ouvrit son corsage.

Quand Louis rentra à l'écluse, Léone l'attendait, assise à table, contrariée.

— La soupe est refroidie, faut que je la réchauffe, dit-elle en se levant.

Puis, le regardant par en dessous :

— T'étais où, Louis ?

— Dehors.

— Où ça dehors ? Y a trois quarts d'heure que t'es parti.

— ManLéone, j'suis plus un gamin.

— P'têt' bien, mais moi je suis toujours ta mère.

Ils mangèrent en silence. Elle lui trouvait un air qu'elle ne lui connaissait pas. En tout cas pas celui qu'il avait quand il était allé marcher sur les pas de Maurice. Elle devina. Il y avait une fille ou une femme là-dessous ! Elle retint ses questions.

Avait-elle oublié, Léone, ses dix-neuf ans à elle, et le soir où à la table de la ferme de ses parents elle devait avoir elle aussi un air qu'ils ne lui connaissaient pas ? Pourtant, à l'idée que son fils sortait sans doute des bras, et pourquoi pas du lit, d'une fille, ce n'était pas à lui qu'elle en voulait, mais à elle, la fille. Si elle avait osé, elle aurait clamé à son fils : Méfie-toi ! Comme si c'était aux garçons de se méfier, alors que c'étaient elles, les filles, qui couraient le risque, le pire pour elles et leur famille, celui de « ne plus se voir », de « gagner le gros lot », plus grave encore quand la « réparation » qui aurait en partie lavé la faute se révélait impossible. Elle était bien placée pour le savoir, Léone.

Alors pourquoi ne pas avoir profité du moment pour parler de ces choses-là avec son fils ?

Parce que plus tard, mariée, même sans réel amour, puis devenue mère elle-même à la suite d'une autre faute à point nommé restée secrète, aux yeux de ses proches et à ses propres yeux elle était rentrée dans le rang. Jusqu'à proférer les règles de morale en vigueur, fussent-elles injustes envers les femmes, dont elle aurait dû se sentir solidaire. Mais n'est-ce pas une réaction, de honte même si elle est bue, ou simplement de pudeur, quand on a soi-même « fauté », de se sentir incapable d'en parler à ses propres enfants, d'aborder avec gaucherie les sujets liés à l'amour, comme si le passé vous enlevait toute habilitation en la matière ?

Il avait fallu la mort du mari respecté et la peur d'un jugement futur, auquel elle croyait, plus par tradition que par conviction, pour qu'elle avoue à son fils la vérité de sa naissance, levant ainsi une partie du voile sur sa vie de femme. Puis le trouble de son esprit pour tenter d'aller plus loin avec celle qu'elle appelait sa fille, lui parlant de « ses hommes », mais c'était trop tard.

Après la batelière, Louis avait connu plusieurs autres bonnes fortunes, selon l'expression consacrée qui dans son cas ne convenait guère. Car il ne les avait ni cherchées ni provoquées. C'étaient les femmes, à chaque fois, qui en avaient pris l'initiative, profitant de circonstances fortuites ou l'attirant dans des lieux qui laissaient à penser qu'elles n'étaient pas fières de leur démarche. Femmes ou filles marginales du côté vie sentimentale ou vie tout court, délaissées, isolées, désabusées. Il n'y en avait pas eu tant que ça, quelques-unes...

Louis parvint à convaincre Rose d'accepter cette initiative sans doute difficile pour elle, mais selon lui indispensable à leur sérénité : renouer avec sa famille, ou du moins la contacter, plutôt que de s'enfermer dans l'incertitude et la crainte.

Ce matin-là donc, un beau matin de juillet, sur le coup de sept heures, ils s'apprêtaient à « monter » vers la Belgique. Direction Pont-de-Loup. La veille, Louis avait préparé la voiture et Rose un repas froid à emporter, puis ils avaient une dernière fois déplié la carte. Stenay, Sedan, Charleville, Rocroi, Philippeville, Charleroi. Une belle trotte.

Le remplaçant, un jeune en formation, était arrivé à mobylette une demi-heure plus tôt, et avait impeccablement effectué le passage de la première péniche matinale sous le regard rassuré du maître éclusier.

Les voyageurs étaient tendus. Lui, qui roulait peu et essentiellement à la campagne, à la perspective d'un si long trajet, des villes à traverser. Elle, envahie d'une indéfinissable émotion, s'apprêtait à refaire un trajet plusieurs fois effectué mais qu'elle ne reconnaîtrait pas, parce qu'elle n'avait alors pas le cœur à regarder les paysages ni à s'intéresser aux villes étapes de leur tournée de forains.

Pour rompre le silence, elle lui demanda s'il était déjà allé en Belgique. Ravi de l'aubaine, il entreprit de raconter.

— Juste après la guerre, quand il y avait encore les tickets et que certaines denrées restaient introuvables en France, on y allait en groupes, des femmes et des jeunes comme moi, tous avec nos vélos. On ne montait pas vers le nord, comme nous aujourd'hui, on allait au plus près, plus vers l'est. Il y avait quelques côtes, dont une fameuse, sur plusieurs kilomètres.

Nous, les jeunes, on faisait les malins, on grimpait en vitesse. Mais en haut il fallait attendre les femmes qui montaient une partie de la côte à pied. Comme on avait tous des vieux vélos, avec des pneus usés parce qu'on n'en trouvait pas encore des neufs, il y avait toujours au moins deux ou trois crevaisons, alors on emportait ce qu'il fallait pour réparer sur place. A la frontière les douaniers nous laissaient passer et on arrivait au premier village, Villers-devant-Orval. On n'allait pas plus loin. On entrait dans le magasin, on achetait du café, du chocolat, des cigarettes, des sardines. C'est au retour que les douaniers nous arrêtaient, ils fouillaient les sacs et les sacoches des vélos, parce que tout n'était pas permis, et les quantités limitées. Quand on avait triché, qu'on avait acheté trop de marchandises, les femmes discutaient, faisaient les malheureuses pour les amadouer. Tiens, tu vas rire, je me rappelle, il y avait une vieille, peut-être pas si vieille que ça parce qu'elle pédalait encore bien, mais enfin plus une jeune, elle disait à celles qui étaient les plus dégourdies de « faire de l'œil aux gabelous », et pendant ce temps-là elle passait avec ses sacs pleins. Les garçons cachaient des boîtes de sardines dans la largeur de leurs pantalons-golf qui se portaient beaucoup. Moi je ne trichais pas, parce que manLéone me l'interdisait, et que je n'étais pas des plus hardis.

Tout en conduisant, attentif à la circulation et aux panneaux indicateurs, Louis coulait des regards vers Rose. Elle lui souriait, mais ne paraissait cependant pas complètement détendue.

Pour essayer de la faire rire, il lui dit que quelques années plus tard, quand il n'y avait plus besoin d'aller se ravitailler en Belgique, il y était retourné avec un gars qui possédait une moto, cette fois pour goûter la fameuse bière d'Orval fabriquée par des moines.

— Des vrais moines, avec la tonsure, en grande robe marron et en sandalettes à lanières. On se retenait de rigoler quand on les voyait déambuler dans la cour de l'abbaye, et après on se moquait d'eux, on faisait des signes de croix dans leur dos.

Dans la traversée de Charleville, ils se trompèrent de direction mais parvinrent à retrouver la bonne voie. Puis, une fois passés en Belgique, ils se turent, comme si un danger, déjà, les guettait. Ils firent une courte halte au bord de la route pour se dégourdir un peu.

— Tu veux manger, Louis ?

Il mangea un peu du pique-nique, elle pas du tout.

Il était onze heures quand ils arrivèrent en vue de Charleroi.

— On n'aura pas à traverser la ville, dit-elle.

En effet un panneau leur indiqua bientôt la direction de Farciennes et de Pont-de-Loup.

— Tu reconnaîtras, Rose ?

Elle reconnut. Le guida, tout droit, ici à gauche, jusqu'à la petite maison. Pas de camionnette en vue, ni de caravane. La porte et les volets ouverts. Deux gamins jouaient au ballon juste devant.

— Ils ne sont plus ici, remarqua Rose, qui n'aurait pas su dire si elle était contrariée ou soulagée.

Il aurait dit : On s'en retourne, qu'elle n'aurait pas insisté.

— Attends, je vais me renseigner.

Louis s'approcha des enfants. Une femme sortit de la maison.

— C'est pour quoi, monsieur ?

— Nous cherchons la famille Van de Claess.

— Van de Claess... C'est le nom des gens d'avant nous, ça.

— Vous savez où on peut les trouver ?

— Ils sont partis à Bruxelles, c'est ce que j'ai entendu quand on a loué la maison. Mais où exactement, je ne saurais pas vous dire.

— Ils sont à Bruxelles, Rose.

— Chez les grands-parents, alors ? Ça me paraît bizarre.

Les grands-parents, Berthe et Léon Vampel, elle ne les avait guère connus. Rares étaient les visites que leur accordait leur gendre à la tête de sa famille. Quelques allers-retours dans la journée, d'Hoboken, puis de Pont-de-Loup jusqu'à la capitale. Plus longtemps, ce n'était pas envisageable. Marie devenue madame Van de Claess n'était plus la jeune fille qu'ils avaient élevée, leurs petites-filles les étonnaient, les gênaient par leur apparence et leur tenue, et le gendre, le gendre surtout, qui tenait tant de place à lui seul, les affolait. Ils faisaient ce qu'ils pouvaient pour lui interdire l'accès à la boutique, par respect de la clientèle, s'y faufilaient quand la clenche tintait, mais Hippolyte prenait un malin plaisir à les rejoindre, se permettant en plus de donner son avis sur la marchandise, devant des grand-mères qui perdaient le fil de leurs emplettes et s'éclipsaient en vitesse. Quand Marie donnait elle-même le signal du départ, Léon et Berthe ne cherchaient pas à retenir ces visiteurs qui avaient bousculé leur petit train-train.

— Chez les grands-parents... répétait Rose, sceptique.

— Il faut y aller, décida Louis, eux au moins sauront nous renseigner.

— Aller jusqu'à Bruxelles ? C'est loin, tu sais.

— Tant pis. On ne va pas renoncer maintenant qu'on touche peut-être au but. On rentrera tard, voilà tout.

Dans la voiture, ils déplièrent la carte, suivirent du doigt l'itinéraire, évaluèrent la distance, une bonne centaine de kilomètres.

— Tu connais l'adresse, Rose. Tu sauras t'y retrouver ?

— L'adresse, oui, mais les rues pour y parvenir, non. Si tu crains la grande ville, Louis, on n'y va pas.

— On se débrouillera, avec une langue on va à Rome, pourquoi pas à Bruxelles ?

Ils replièrent la carte, mangèrent un morceau dans la voiture. La femme qui était restée sur le pas de la porte à les regarder finit par appeler les enfants et rentra avec eux.

La camionnette de Louis n'avait jamais parcouru une telle distance en quelques heures. Ils arrivèrent aux abords de Bruxelles un peu avant deux heures de l'après-midi et s'arrêtèrent près de deux gendarmes qui se trouvaient là bien à propos. Ils se firent expliquer le chemin, remercièrent poliment et se risquèrent dans la capitale. Mais, anxieux, ils perdirent le fil des rues dont ils n'avaient pas retenu les noms, s'égarèrent et firent appel cette fois à un passant.

— Mais vous êtes quasiment rendus, mon bon monsieur, c'est là tout de suite à main droite et après à main gauche. Vous ne saurez plus vous tromper à présent.

Ils étaient déjà bien engagés dans la bonne rue quand Rose reconnut enfin les lieux.

— Va doucement, Louis, encore un peu, encore... Là, c'était là, mais...

— Mais quoi ?

— ... c'est plus la même boutique.

Il gara la voiture sur une place toute proche, ils en sortirent.

— Mais enfin, Rose, c'est là ou c'est pas là ?

— Oui, c'est là, j'en suis sûre, mais...

La boutique tenue par ses grands-parents était à leur image, à l'extérieur comme à l'intérieur, grise et vieillotte. Avec de petits rideaux de dentelle au crochet qui masquaient le haut de la vitrine, réduite à un simple étalage des articles les plus courants de mercerie. Celle qu'ils voyaient maintenant avait une façade fraîchement repeinte, d'un vert un peu acide qui tranchait entre les deux maisons qui l'entouraient, une vitrine au milieu de laquelle trônait un mannequin de couturière drapé de plusieurs coupons de tissu, une porte vitrée à poignée dorée.

— Ça ne peut pas être eux, Louis. On a fait tout ce chemin pour rien.

— Faut voir quand même. Remonte dans la voiture et attends-moi, j'y vais.

Il ouvrit la porte, une cloche tinta. Il salua deux femmes qu'il identifia comme étant la commerçante et une cliente, l'une derrière la caisse, petite et fluette, grise de cheveux, en blouse vert pâle, l'autre, haute et épaisse, des sacs à ses pieds, réglant ses achats. Il regarda autour de lui, vit des rayonnages chargés de coupons de tissu, des ribambelles de rideaux accrochés à des tringles, des petits casiers ouverts pleins de

boutons, de bobines et de rubans multicolores, du linge de maison empilé sur des étagères.

La cliente sortie, la mercière s'avança vers lui, un peu étonnée. Rares étaient les hommes qui fréquentaient ce genre de boutique, à plus forte raison seuls.

— Monsieur désire voir quelque chose ?

— Je croyais trouver à cette adresse des personnes âgées, monsieur et madame Vampel.

La petite femme se raidit, parut affolée.

— Qui êtes-vous, monsieur ?

Louis comprit qu'il avait en face de lui la mère de Rose.

— Je suis celui qui a recueilli votre fille. Elle va bien. Elle vit chez moi. Elle est heureuse. Mon intention est qu'elle devienne ma femme.

— Merci, mon Dieu, murmura la mercière en faisant sur sa blouse verte le signe de croix. Mais vous ne pouvez pas rester ici, monsieur, à cause de mon commerce, il peut venir quelqu'un à tout moment. A cause de mon mari, aussi. Il est parti faire un tour, c'est son heure, il va rentrer bientôt. Vous savez ce qui s'est passé, sans doute, ma fille a dû vous le dire. Il n'a pas encore pardonné, lui. S'il vous voit, s'il apprend qui vous êtes, il est encore capable de faire un scandale. C'est trop tôt pour lui. Revenez plus tard, monsieur, dans trois mois, dans six mois... D'ici là il se sera fait une raison. Je vous en prie, monsieur, partez. Pour aujourd'hui c'est déjà beaucoup. Je vous remercie.

Elle avait parlé vite, avec émotion.

— Les grands-parents de Rose, ils sont...

— Placés, monsieur.

La porte tinta. La petite femme se retourna vivement. C'était une cliente. Elle recomposa son visage de commerçante, l'accueillit aimablement.

— Ah, madame Saingris, bien le bonjour !

— Je reviendrai, dit Louis en franchissant le seuil.

— C'est ça, monsieur, j'aurai fait le nécessaire pour votre dame. Dites-le-lui bien.

Dans la voiture, Rose attendait Louis, les yeux fermés sur ses souvenirs douloureux, sur des suppositions contradictoires. Elle sursauta quand la portière s'ouvrit. Il sourit.

Il lui retraça simplement, fidèlement, ce qu'il venait de voir et d'entendre. La belle boutique, la cliente. Comment il avait abordé la marchande, deviné qui elle était. Ce qu'ils s'étaient dit. Il conclut en reprenant ces mots de Marie, prudents et encourageants : pour aujourd'hui c'est déjà beaucoup.

— Oui, dit Rose.

L'idée que sa mère était là, tout près, la troublait énormément. Avait-elle envie de la revoir ? Elle préférait elle aussi s'y préparer. Une porte venait de s'entrouvrir, qu'il ne fallait pas forcer trop vite.

De la voiture, ils ne virent pas l'homme massif en costume et chapeau marron traverser la place et se diriger à grands pas vers la mercerie. Par chance, celui-ci n'accorda aucune attention aux quelques véhicules stationnés là. Si ses yeux s'étaient portés sur la plaque de la camionnette à l'immatriculation française, il aurait pu se montrer un peu curieux.

Louis ne parlait plus. Il avait pris la main de Rose. Il la sentait se détendre doucement. De ce qu'elle avait appris elle voulait retenir les éléments positifs, elle recevait l'espoir, acceptait l'attente.

Alors qu'ils allaient se décider à reprendre la route, elle s'émut d'un oubli :

— Mais... les grands-parents... Elle ne t'a rien dit d'eux ?

— Si. Ils sont placés.

D'une fenêtre ouverte leur parvinrent des notes de musique, au piano, des notes bien rythmées, appuyées, et une voix de femme, claire et forte : Et un et deux et trois, et un et deux et trois. Des danseuses en répétition, se dit Rose, Parmi elles elle imagina Violette, sa souplesse et sa grâce.

Le lendemain de ce dimanche d'orage sur Stenay, après leur passage à la gendarmerie, Hippolyte, la tête couverte d'une casquette pour cacher son pansement et éviter ainsi d'attirer l'attention, Marie à ses côtés, muette mais la mine sombre et l'esprit en bataille, et Violette dans la caravane, sous l'effet d'un léger somnifère pour l'empêcher de cabrioler, avait donc repris la route de la Belgique et rouvert le soir même leur maison de Pont-de-Loup.

Marie l'esprit en bataille ? Cela ne lui ressemblait guère...

Le charivari de la veille lui avait enfin ouvert les yeux sur l'exploitation de ses filles et son propre aveuglement. Pendant que l'irascible Tarass-Boulba bougonnait près d'elle, promettant à la fille révoltée un châtiment à la mesure de sa faute, elle préparait son affaire et galvanisait ses forces pour l'affronter et le ramener à la raison.

Dès le lendemain, alors qu'il reprenait ses récriminations, elle lui avait coupé la parole d'un si sec : Tais-toi et écoute-moi ! qu'il en était resté comme deux ronds de flan, ne trouvant à bredouiller que sa surprise :

« Eh ben, dis donc, Marie, qu'est-ce qui te prend ? »

Enhardie, elle avait alors déballé haut et fort tout ce qu'elle avait mitonné le temps du trajet. Que ce n'était pas une vie pour des jeunes filles de se donner en spectacle, de ne rien voir, ne rien connaître d'autre. Que si Rose, oui Rose, s'était rebellée, c'était parce qu'elle en avait assez, qu'elle souffrait de l'autorité qu'il lui imposait, comme un dompteur à des bêtes de cirque. Que pour Violette, oui Violette, ce n'était pas la révolte qui était à craindre, mais la folie, oui Hippolyte, la folie, était-ce normal qu'elle ne parle pour ainsi dire pas et passe son temps à se contorsionner ? Et qu'enfin elle, sa femme, qui avait jusqu'ici tout accepté, par amour, oui par amour, aspirait à se poser enfin, à ne plus vivre comme une nomade, a s'installer quelque part, et à y rester. Pour de bon. Elle avait déjà choisi ce quelque part : Bruxelles, la mercerie de ses parents. A leur dernière visite, ils avaient réussi à lui chuchoter qu'ils souhaitaient se retirer.

Le souffle coupé par cette longue tirade – avait-elle déjà parlé aussi fort et aussi longtemps ? –, elle s'était assise et elle avait pleuré. Mais pas de crainte, ni de dépit d'avoir eu le courage de dire tout ça pour rien. Elle avait pleuré de soulagement. Et d'espoir, de certitude même, d'avoir remporté la partie. Hippolyte ne l'avait pas interrompue, et mieux que ça, quand elle avait levé les yeux vers lui, il lui avait semblé que son grand corps s'affaissait, comme les traits de son visage, et sa longue moustache.

— Voilà, c'est comme ça, Hippolyte.

— Ben dis donc, toi, la musaraigne...

Les choses ensuite n'avaient pas traîné. Le départ pour Bruxelles, les parents placés, autrement dit entrés selon leur propre volonté dans une maison de retraite qui les intégrerait vite pour une fin de vie douce et monotone, à petits pas, de leur chambre aux salles communes, le long de couloirs recouverts d'un lino gris, leur couleur, et parfois au-dehors, au bras l'un de l'autre, prudemment.

Marie fit l'inventaire de la boutique, décida de lui donner un coup de neuf, peinture intérieure et extérieure, avec l'aide d'Hippolyte qui n'était pas revenu de sa surprise et obéissait sans broncher à ses ordres.

Elle se souvenait de la clientèle que servaient autrefois ses parents. Des vieilles dames qui savaient dénicher là des articles devenus introuvables ailleurs, comme de la singalette ou de la bordure festonnée pour garnir les étagères de cuisine et les dessus de cheminée. Des mères de famille au budget serré qui osaient entrer pour une bricole de rien du tout, un demi-mètre de caoutchouc à culotte par exemple. Des gamines qui pouvaient acheter de la toile à canevas à la coupe et des écheveaux de coton à l'unité pour s'essayer au point de croix. Elle garda ce qui restait de ces antiquités, mais étendit la gamme des articles de mercerie, et y ajouta la vente de tissu au mètre et de rideaux prêts à poser.

Marie s'épanouit rapidement dans le commerce, au contact de cette clientèle de quartier, de ces femmes simples et joviales qui prenaient leur temps, bavardaient et riaient entre elles, se racontaient leurs joies et leurs petites misères, commentaient aussi bien les potins anodins que les nouvelles d'importance. Des fillettes accompagnaient les mères, elles exprimaient leurs goûts et leurs désirs, choisissaient des rubans pour leurs cheveux, riaient de tout et faisaient des mines comme de vraies petites dames. Marie pensait à l'enfance et l'adolescence des siennes, ballottées d'un endroit à l'autre, enfermées dans la roulotte, soumises à des entraînements extravagants, à leur jeunesse entièrement vouée au spectacle. Dire qu'il lui avait fallu cet éclat de violence effroyable pour qu'elle ait enfin ce sursaut de lucidité et d'audace. Mais il n'était pas trop tard.

Violette semblait vouloir sortir de son enfermement singulier, poussait la porte qui faisait communiquer l'appartement et le magasin, y hasardait sa frimousse, s'avançait de quelques pas.

« C'est votre fille, madame ? Comme elle est fine ! Elle a l'air timide.

— C'est qu'elle a été toujours délicate, voyez-vous. »

Violette ne fuyait plus, souriait. Et petit à petit, timidement encore, elle secondait sa mère, rangeait les objets déplacés, déballait des pelotes de laine.

Et Hippolyte ? Ah, Hippolyte... Sa colère avait repris du poil de la bête.

— Cherche du travail, lui répétait Marie, comme avant, quand on était à Hoboken.

Comme avant ? Allons donc ! Il ne voulait plus en entendre parler, d'avant. Comme s'il était homme, lui, à s'enfermer dans une ville, dans une boutique, au milieu de pies bavardes ! D'ailleurs, dès le prochain printemps, il repartirait sur les routes.

— Mais avec qui donc, mon pauvre homme ?

— Je retrouverai « l'autre » !

« L'autre »... Où était-elle ? Comment vivait-elle ? Partie sans rien, avec ce qu'elle avait sur le dos pour son numéro, et la cape, raflée au passage. Plus sa carte d'identité, ce qui prouvait qu'elle n'avait pas perdu complètement la tête. Marie y pensait, forcément, à Rose. Chaque jour qui passait lui apportait la preuve qu'il ne lui était pas arrivé malheur, ni arrestation, ni accident, ni volonté d'en finir avec la vie, sinon ils l'auraient appris. Les polices belge et française avaient des contacts. Dopée par son propre changement de vie, Marie tâchait de se persuader qu'elle avait trouvé un ancrage.

Hippolyte inactif se morfondait dans son appartement tel un lion en cage. Un lion... ou comme un chimpanzé ? Comme Ernest au zoo d'Anvers, il prenait la pose, appuyé contre le buffet, la main agrippée à la colonnade, la lippe en avant et le sourcil froncé pour lui ressembler.

Mais les heures étaient longues et il lui fallait bien s'occuper un peu. Il feuilletait les vieux livres de comptes de ses beaux-parents, montait au grenier et faisait l'inventaire des vieilleries qui y croupissaient dans la poussière. Certains jours, il se surprenait à éplucher les légumes posés sur l'évier par Marie, mine de rien. Il entrouvrait la porte du magasin pour apercevoir et entendre la musaraigne. Il rageait intérieurement à la voir mesurer ses tissus, tripoter ses dentelles, faire sonner son tiroir-caisse, avec des amabilités à la bouche et des sourires en veux-tu en voilà. Et Violette, qu'il persistait à nommer Marouchka ou l'acrobate, riait. Il découvrait son rire, on aurait dit des clochettes.

Vaincu, humilié, il ne capitulait cependant pas. Il entretenait sa colère en imaginant ses retrouvailles avec celle qui avait voulu le tuer. Elle arrivait un soir, misérable, minable, elle se traînait à ses pieds, elle implorait son pardon. Et lui demeurait inflexible. C'est elle qui le suppliait de reprendre le spectacle, qui lui promettait, lui jurait de lui obéir, de se surpasser. Il était le dompteur face au fauve rebelle qui mesure la vanité de son acte et lécherait les pieds de son maître jusque sous la morsure du fouet.

Et puis un jour il avait appelé Marie, alors qu'elle était au magasin.

« Tu peux venir une minute ? »

Elle était arrivée, mécontente d'avoir été dérangée.

« Qu'est-ce que tu veux donc, Hippolyte ? »

Puis elle avait poussé un cri en découvrant l'homme planté devant elle.

« Mais c'est moi, Marie ! »

Costume de velours marron, chapeau marron à larges bords, chaussures à semelles de crêpe, moustaches raccourcies. Il avait soulevé son chapeau : plus de tresse. Un autre homme.

« Oui, j'ai acheté tout ça. Ma moustache et mes cheveux, je les ai coupés tout seul. Je pars en voyage, deux jours pour la première fois. J'ai besoin de bouger, de voir défiler la route, faut que je me réhabitue. J'ai loué une voiture, aussi.

— Mais... tu pars pour où, Hippolyte ?

— Je ne sais pas encore exactement, Gand, Bruges... Peut-être jusqu'en Hollande, histoire de me changer les idées. T'as ta boutique, toi, mais moi... hein ? Qu'est-ce que j'ai, moi ? J'ai plus rien. Alors je m'en vais, demain matin à la première heure. Sinon j'étouffe. »

Ce ne fut ni Gand, ni Bruges, ni la Hollande, mais la France, la Meuse, Stenay. Avec un plan dans la tête, mûrement concocté. Il se ferait passer pour un parent du forain qui avait été mis KO. Personne ne le reconnaîtrait, Marie elle-même était restée clouée devant lui, habillé comme un brave homme de la rue. Il irait voir toutes les personnes susceptibles de lui fournir des indices. Pas les gendarmes, puisqu'il devait faire le travail qu'ils avaient raté, mais le maire, le curé. Oui, c'était une bonne idée : se réfugier à l'église doit venir facilement à l'esprit de quelqu'un qui n'a pas la conscience tranquille. Il y avait peut-être aussi un couvent alentour, des bonnes sœurs, autre piste intéressante.

Trop tard ? Mais non, au contraire. Les auteurs de coups durs qui n'ont pas été arrêtés se cachent d'abord, puis avec le temps ils se croient oubliés et c'est là qu'ils commettent des imprudences et qu'on leur met la main dessus.

A son arrivée à Stenay, il avait cherché un petit hôtel, déjeuné et retenu une chambre. Puis comme c'était seulement le début de l'après-midi il était allé arpenter la ville, en repérage. Il avait évité la gendarmerie, vu l'église, la cure, la mairie. Il s'y rendrait le lendemain matin. Pourquoi pas tout de suite ? Sans se l'avouer, il commençait à ne plus se sentir si sûr de lui.

Il était alors entré au Café des Arcades où il avait bu un demi au comptoir, mal à l'aise parce que trois hommes assis à une table le regardaient. Mais ce n'était pas lui, spécialement, qu'ils dévisageaient, uniquement l'inconnu qu'il représentait pour eux. Il était sorti du café mécontent et avait obliqué au hasard vers la gauche.

Le soir, il avait éludé les questions de la patronne qui servait elle-même ses quelques clients et tâchait de satisfaire sa curiosité. Elle savait s'y prendre.

« Monsieur n'est pas d'ici. Monsieur est belge, n'est-ce pas, les numéros de la voiture, et l'accent, si je peux me permettre. En voyage d'affaires peut-être ? »

Elle avait vite compris qu'elle ne tirerait rien de ce balourd chauve et moustachu pour lequel elle avait achevé froidement le service.

Le lendemain, il avait refait le même trajet que la veille, sans sonner ni entrer nulle part. Dans la voiture, qui roulait lentement parce qu'il n'avait guère la tête à la conduite, il se traitait de dégonflé, se reprochait de n'être pas allé dans les villages proches, peuplés selon lui de gens soupçonneux et têtus dont il aurait pu se faire des alliés dans sa recherche.

S'il avait su que sa quête n'avait tenu qu'à un fil, que ce jour-là il n'y avait eu que la largeur d'une rue entre celle qu'il cherchait et lui...

7

Il y avait maintenant bien plus d'un an que Rose partageait la vie de Louis. Et plusieurs mois qu'il lui avait dit qu'il l'aimait.

En apparence cela n'avait rien changé entre eux. Ils agissaient comme conscients que s'il est des lenteurs pesantes qui finissent par anéantir certains projets ou désirs, il en est aussi d'agréables, qui font durer le plaisir de l'attente, quand on sait qu'elle sera récompensée et que le temps alors ne compte plus guère.

— Tu serais mieux en bas, proposa Louis, tu devrais t'y installer avant l'hiver.

La chambre du haut, en effet, en plus de son espace réduit et de son aménagement sommaire, un lit et une petite armoire, n'était pas chauffée ; Léone y avait remédié en préparant chaque soir une bouillotte pour Rose. Les pièces du bas profitaient de la chaleur de la cuisinière.

Rose prit donc possession de la chambre de man-Léone et du lit que la défunte avait partagé avec le père Maurice.

Louis l'y rejoindrait-il ? Sans impatience elle l'attendait car elle l'aimait aussi. Elle ne connaissait pas l'amour, elle découvrait que ce devait être tout simplement cette satisfaction de se sentir toujours proches, de n'avoir pas besoin de parler pour partager les mêmes idées, les mêmes joies, ce contentement de chaque jour, ce sentiment de sécurité, cette envie de sourire.

Lui ne se pressait pas. Parce que son père et sa mère avaient vécu leur intimité dans ce lit ? A cause de la façon dont on parlait généralement des relations amoureuses, liées depuis l'origine du monde à la procréation, donc teintées de culpabilité, de péché quand elles ne participaient qu'au plaisir, raillées, décrites avec des expressions imagées, déplacées, voire grossières, alors qu'il aurait été si facile d'en accepter le naturel et la beauté ? Parce qu'il doutait de lui, craignait de ne pas savoir associer désir et sentiment ?

Un soir il franchit le pas et ils se rencontrèrent dans le noir. Elle était vierge, consentante, confiante, sans crainte ni états d'âme. Il fut heureux.

Le temps, la douceur de leurs jours tranquilles, semblables sans monotonie, l'exigence de leurs corps conquis, tout cela les amena à une pratique épanouie de l'amour, dont Rose enfin sut prononcer le nom. Son corps avait été si longtemps un objet d'étonnement et de moquerie qu'elle s'était forgé une indifférence à son égard, pour ne pas sombrer dans le dégoût. Elle le découvrait sous les mains de Louis qui en explorait les monts et les vallées, jusqu'à la source du plaisir.

Au temps où la robustesse était une qualité absolument indispensable à la campagne, en particulier pour les travaux champêtres, on s'apitoyait volontiers sur les filles qui ne paraissaient pas bâties de façon à affronter sereinement leur avenir de femmes, de mères, de paysannes. On s'apitoyait... d'un ton qui sentait également la critique, comme si c'était leur faute, à ces filles au corps trop mince, au teint trop pâle, aux jambes trop fines. ManLéone elle-même employait couramment ces expressions mi-compatissantes, mi-ironiques : Faut pas beaucoup de tissu pour l'habiller, celle-ci... Elle a du sang de navet dans les veines, celle-là... L'homme pouvait avoir le corps sec, sa nature s'en accommodait, mais la femme appelée à fabriquer de la vie avec sa chair avait plutôt intérêt à n'en pas manquer. Cela n'empêchait pourtant pas que des femmes en apparence fragiles se révèlent des travailleuses infatigables et donnent le jour à des ribambelles de beaux enfants, qu'elles restent minces ou finissent par acquérir cette chair qui leur manquait. Qu'au contraire de fortes et prometteuses jeunes filles deviennent d'indolentes matrones ou dépérissent, rongées par des maux dont elles semblaient à l'abri. On laissait tomber alors : On n'aurait pas cru ça d'elles.

La mode dans ces années soixante était aux tailles fines, soulignées par de larges ceintures élastiques, qui faisaient ressortir les poitrines même les plus menues et les jambes de gazelle sous des jupes gonflées par des jupons à volants. Louis était en retard sur son temps. Il ne s'y intéressait guère. Les rondeurs de sa mère qui le berçait contre elle quand il était petit lui avaient donné le goût des chairs généreuses.

Un enfant, pensait-il souvent, avant de s'endormir, s'il nous venait un enfant ? Il ne savait pas toujours se contrôler, oubliait cette « marche arrière » que les pères conseillaient à leurs fils pour toute initiation. Maurice, parti trop tôt, ne l'avait pas fait pour lui, c'est donc par des godelureaux de son âge plus dégourdis qu'il avait appris cet embryon de science loin d'être infaillible.

Un enfant, ça ne lui déplairait pas. Mais pas un enfant venu par hasard : il voulait l'offrir à Rose, quand elle en manifesterait le désir.

Celle-ci n'était pas tout à fait une femme comme les autres. Malgré sa taille qui aurait pu laisser présager une précocité physique totale, elle n'avait découvert qu'à quinze ans ce flux intime qui effrayait tant celles qui n'en avaient pas été averties. Marie l'avait sommairement rassurée, lui révélant toutefois que c'était la preuve de sa fécondité. Mais la mécanique intérieure des filles, régulière chez certaines, plus capricieuse chez d'autres, avait été chez elle perturbée par le dur entraînement qu'elle avait subi, le nid délicat qui se prépare lentement pour le temps de la couvaison n'ayant pas trouvé l'hospitalité souhaitée sous le bouclier de muscles. Cet écoulement dont elle ne tirait aucune fierté, qu'elle subissait comme une contrainte de plus, était devenu irrégulier, puis s'était complètement tari. Elle s'était alors sentie soulagée de cette tare féminine qui lui imposait des précautions pour ses exhibitions.

Louis savait, pour les filles et les femmes. A la campagne, au lavoir, les femmes déballaient leur paquetage au nez des enfants quand ils les y suivaient, et c'était en ce lieu, quand dans le baquet d'une laveuse manquaient certains linges, que se devinaient la plupart du temps les grossesses. Comme les autres, Léone étendait ces linges particuliers à la suite des chemises et des torchons. A l'école, les fillettes qui devenaient des jeunes filles en faisaient des messes basses et les garçons les plus délurés, intrigués par leur poitrine naissante sous leur blouse et leur réticence aux jeux de gamines, les poursuivaient pour tenter de soulever leur jupe.

Les mères parlaient de ces mystères aux filles, à mots couverts, leur recommandant la pudeur, les culpabilisant souvent davantage que les rassurant. Léone n'avait qu'un gars, elle avait avoué à Rose son regret de ne pas avoir de fille. Elle n'aurait pas su parler de ces choses-là à son fils.

Aussi mettait-il la discrétion de Rose dont il ignorait la stérilité supposée sur le compte d'une pudeur qu'il n'entendait pas bousculer. Toute chose vient en son temps. Encore une maxime de bon sens qu'il appliquait à un éventuel désir d'enfant de Rose comme aux chances de renouer les relations avec sa famille.

Contrairement à l'année précédente, celle de son arrivée à Martinpré en plein cœur de l'été, où elle était encore trop sous le choc de son changement de vie pour se montrer attentive au cycle de la nature, elle en découvrit et apprécia les charmes. La générosité des arbres fruitiers, à la campagne où même ceux qui ne possèdent pas de verger ne manquent pas de fruits, cueillis à pleins paniers, quetsches, poires, pommes, qu'il serait inconcevable de laisser perdre. Les couleurs chaudes de l'automne, les ors, les roux, les carmins. L'odeur des fanes de pommes de terre, brûlées à même les champs après la récolte. Les brouillards matinaux qui gommaient la surface du canal, les péniches seulement annoncées par leur corne et qui semblaient soudain surgir de nulle part. Louis lui apprenait les oiseaux. Les hérons tout en cou et en pattes, capables de fixer longuement l'eau dans l'attente de l'éclair d'un poisson. Les flèches métallisées des martins-pêcheurs. Les canards sauvages au vol caractéristique, les grèbes, les plongeons, les poules d'eau…

Puis vint l'hiver qui fut cette année-là plutôt rigoureux. Pluvieux d'abord. Rose plaignait les bateliers et leurs femmes, à la vie particulièrement difficile, car tout était mouillé et glissant sur les péniches. Puis il gela, assez fort pour que le canal se couvrît de glace, d'abord de plaques minces que fendait la proue des bateaux. Louis assurait seul les manœuvres, il mettait un passe-montagne, des gants de cuir fourrés, entourait ses bottes de chiffons pour éviter les glissades. Quand la couche de glace devint continue, la navigation fut momentanément suspendue. Louis racontait à Rose les hivers exceptionnels des années 54 et 56, les gamins en culottes courtes et aux genoux bleuis, qui venaient glisser sur le canal, les traîneaux lancés à toute vitesse qui faisaient trembler la glace, les colères du père Maurice qui redoutait les accidents.

Elle découvrit des activités typiques de la campagne en hiver. Le passage du bouilleur de cru dans les villages, avec son alambic auprès duquel se pressaient les hommes et les gamins pour se réchauffer et respirer l'odeur chaude de l'alcool de fruits, mis à macérer dans des tonneaux depuis la récolte. Les hommes ne se contentaient pas de humer, ils goûtaient aussi le breuvage au sortir même de l'alambic, brûlant de température et de degrés d'alcool, puis le dégustaient quand l'homme de l'art l'avait rendu plus supportable en le coupant d'eau. Les femmes qui s'approchaient y trempaient seulement leurs lèvres, l'eau-de-vie atteignait encore les cinquante degrés... L'odeur de la distillation était si forte que ses effluves parvenaient jusqu'à l'écluse et réveillaient le souvenir du père Maurice et de manLéone qui offraient si facilement « la goutte » à leurs visiteurs.

Un jour où la campagne était toute blanche de neige et de glace, une fin d'après-midi, à la nuit tombante, Rose qui avait soulevé le rideau de la fenêtre vit passer sur le chemin de halage trois curieuses silhouettes, blanches elles aussi, avec chacune un fusil à l'épaule. On aurait dit des fantômes. C'étaient des chasseurs, expliqua Louis, qui allaient « à la passe aux canards », sur deux étangs proches de l'écluse. Pour se fondre dans le paysage afin de ne pas être vus des oiseaux, ils mettaient par-dessus leurs vêtements des chemises de nuit de grand-mère et sur leurs passe-montagnes des bonnets de nuit en coton !

Peu de temps après la reprise de la navigation, la *Pont-de-Loup* se présenta à l'écluse. Depuis que Rose avait fait la connaissance de Julie, elles ne s'étaient pas revues. La péniche avait refait un passage, exécuté par Louis, qui avait aperçu Julie dans le carré, mais celle-ci n'avait pas manifesté l'envie d'un contact. Pour ne pas décevoir Rose, il ne lui en avait rien dit.

Ce jour-là, le passage fut rapide, l'homme paraissait d'humeur sombre. Alors que Louis venait de rentrer et se réchauffait contre la cuisinière, quelqu'un frappa à la porte. C'était Julie, tout emmitouflée de lainages, comme son petit garçon qu'elle portait dans ses bras. Rose se précipita, l'embrassa, prit l'enfant pour qu'elle puisse se dévêtir un peu.

— J'ai eu envie de vous voir, dit-elle. J'ai demandé à Chris d'amarrer un moment le bateau. J'ai bien vu que ça ne lui plaisait pas, mais j'ai insisté et il a cédé.

— Il aurait dû venir ici avec vous, intervint Louis. On aurait bu quelque chose de chaud tous ensemble.

— J'ai amené mon Poulou, j'ai pensé que ça vous ferait plaisir.

Rose acquiesça d'un sourire. Après l'avoir serré contre elle, elle rendit l'enfant à sa mère et déclara qu'elle allait préparer un chocolat chaud. Louis avait remarqué que tout le temps qu'elle l'avait eu dans ses bras, elle n'avait pas cessé de le manger des yeux.

Julie s'assit et promena son regard sur la pièce, où il faisait si bon. Rose constata qu'elle n'avait pas bonne mine, le visage chiffonné, un pli amer aux coins des lèvres. Peu de temps après, tous les trois attablés, le chocolat fumant servi dans des bols, elle fit ce dont elle avait besoin : se confier.

— Avec Chris on ne s'entend plus très bien, déjà, après seulement trois années de mariage. Je ne me fais décidément pas à la vie qu'on a. Je voudrais une maison, si modeste soit-elle, je n'ai pas de prétentions. Je ne me plais pas sur le bateau. En décembre mon Poulou a été malade, une bronchite, j'ai dû téléphoner d'une écluse à mes parents pour qu'ils viennent le chercher. Je voulais partir aussi avec mon petit, Chris a refusé. Je voudrais qu'il change de métier, il pourrait trouver, dans un port par exemple, ou même ailleurs, parce qu'il est courageux. Mais il ne veut pas. Il dit que revendre la péniche, ça ferait trop mal au cœur à ses parents, et que pire encore, comme elle est un peu ancienne, elle serait peut-être juste bonne pour la casse. Déchirée, comme ils disent les bateliers. Je comprends que le mot puisse leur déplaire, mais quand même...

Personne ne parlait plus. Julie faisait boire de petites gorgées de chocolat tiédi à l'enfant. Rose les regardait tous les deux, émue. Louis était partagé entre sa compassion pour cette jeune femme qui venait de se confier spontanément, et son respect pour l'attachement des bateliers à leur péniche, qui était à la fois leur gagne-pain et leur foyer.

— Je vais vous quitter, reprit Julie en se levant. Je ne veux pas faire attendre Chris longtemps.

Elle se rhabilla chaudement, enveloppa son petit garçon d'un châle épais.

— Vous me raccompagnez ? demanda-t-elle à Rose, qui entreprit aussitôt de se couvrir aussi.

Elles avaient à parler encore un peu, entre femmes.

— J'aime encore Chis, mais plus comme au début. On s'en veut mutuellement de ne pas avoir les mêmes goûts. On se traite l'un et l'autre d'égoïste. Mais moi je pense aussi à mon Poulou, quand il devra aller à l'école, je ne pourrai pas m'en séparer.

Elle se tut, puis elles s'arrêtèrent, car la péniche, moteur au ralenti, n'était plus qu'à quelques dizaines de mètres. On pouvait apercevoir dans le carré la silhouette de Chris qui s'impatientait peut-être déjà.

— Et vous ? demanda Julie.

— Nous ?...

Rose hésitait à avouer son bonheur, alors que celui de Julie paraissait compromis, mais confiance pour confiance elle continua :

— Nous... eh bien on est... enfin on est ensemble, quoi, vous comprenez, pas mariés mais ensemble.

— Je m'en suis doutée, ça se voit sur votre visage à tous les deux. Je m'en réjouis pour vous.

Avant d'embrasser Rose et de remonter à bord, elle lui fit une dernière confidence.

— Je vais avoir un deuxième enfant. Personne ne le sait encore, même pas Chris, mais moi j'en suis sûre. Ce n'est vraiment pas le moment...

Rose regagna l'écluse le cœur chaviré par cette amitié nouvelle et la situation de Julie. Un enfant... Allait-il rapprocher ou au contraire éloigner davantage son père et sa mère ? Un enfant... Comme la première fois, elle avait aimé tenir dans ses bras le petit Poulou au contact si doux. S'il leur en venait un, à elle et à Louis, elle se disait qu'elle serait heureuse, et lui aussi sans doute. Encore faudrait-il que son corps redevienne celui d'une vraie femme...

C'est au printemps de 63 que s'opéra chez Rose la véritable et définitive métamorphose. Celui de l'année précédente n'avait-il donc pas été à la hauteur ? Il n'avait pourtant rien montré de spécial, avec son alternance de bouderies, de caprices et de clins d'œil encourageants. C'est elle qui n'était pas prête, car cette saison ayant toujours correspondu pour elle avec la reprise des tournées, elle n'avait pas su observer ce premier printemps qu'elle vivait librement.

Elle y voyait clair maintenant, elle savait regarder autour d'elle, y découvrir des merveilles. Une touffe de perce-neige, qu'on appelait ici des « févriettes », en avant-garde dans un coin du jardin. Les premières jonquilles, fragiles au bout de leurs tiges minces, et pourtant courageuses sous les aiguilles glacées des giboulées de mars. Les bourgeons des lilas, les chatons des noisetiers. Elle découvrait que le printemps campagnard sème à tous vents des graines de folie, dont les animaux reçoivent leur large part. Elle s'amusa de voir les vaches sorties de l'hivernage à l'étable se mettre à courir dans les pâtures environnantes, la queue en l'air et leurs grosses mamelles brinquebalantes entre leurs pattes. Chez les oiseaux il s'en passait de drôles, ils se jetaient les uns sur les autres en plein vol, et ça faisait comme de petits feux d'artifice de plumes. Les poules arpentaient les enclos, tout hérissées, les ailes écartées, autour du grand coq mordoré qui les honorait à la chaîne.

Entre les passages de péniches, Louis réveillait le jardin, taillait les arbres et les arbustes fruitiers, faisait un aller-retour chez le grainetier. Il préparait dans un coin tranquille du poulailler des nids garnis de foin dans lesquels il déposait les œufs pour les poules impatientes de couver. Il ouvrait et refermait les portes des cages à lapins et effectuait des transbordements pour des accouplements frénétiques qui rempliraient eux aussi des nids creusés dans la paille des litières et tapissés du poil que les femelles s'arracheraient sur le ventre. Du temps de manLéone, c'est elle qui avait la haute main sur tout cela, Maurice et Louis n'étant autorisés qu'à lui apporter leur aide. Louis avait pris sa succession, à la fois par respect pour elle et par avantage, en restreignant toutefois ce petit cheptel. S'il y avait pris goût, jamais encore il ne s'était montré aussi enthousiaste que ce printemps-ci. Parce qu'il y avait à nouveau une femme près de lui, pas une mère toute-puissante qui lui donnait des ordres, une femme jeune, qui suivait ses gestes, buvait ses paroles, l'encourageait à faire plus et mieux, pour elle.

Rose se sentait souvent envahie de curieuses sensations. C'étaient comme des impatiences, des désirs que le temps s'accélère, pour que ses espoirs se transforment plus vite en réalités. Elle se découvrait pleine d'un bien-être intérieur qui lui donnait aussi bien envie de pleurer que de rire. Bref, elle était chamboulée.

Il n'y avait pas que du printemps là-dessous.

Auparavant, à la fin du mois de janvier, profitant d'un temps froid mais sec et calme, Louis avait confié l'écluse à Rose que viendrait seconder l'Ernest et il était retourné à Bruxelles. Seul. Depuis leur démarche commune, elle trouvait le temps long, il le voyait bien. Elle rappelait souvent les paroles de sa mère, répondant au : « Je reviendrai » de Louis : « J'aurai ce qu'il faut pour votre dame. » Avait-elle réussi à parler à Hippolyte ? Quelle avait été sa réaction ? Il était temps de passer à la seconde étape.

« J'irai seul, avait décidé Louis. Si jamais je me trouve en présence de ton père, je saurai donner le change. Je réussirai à me faire comprendre de ta mère. »

Il avait été convenu que cette fois il emporterait une lettre, composée ensemble, écrite par Rose, au cas où il ne pourrait pas parler librement.

Il avait pu parler librement, mais très peu, parce que la boutique annonçait « le mois du blanc » et les clientes défilaient presque sans interruption. Il avait attendu un moment, vu Violette, ça ne pouvait être qu'elle, mince comme une brindille, mais belle. Marie l'avait accueilli sans surprise. Il lui avait remis la lettre, vite glissée dans une poche, avait juste eu le temps d'évoquer le bonheur de Rose et son impatience. La porte s'était ouverte sur un homme massif, coiffé d'un large chapeau, un homme correspondant au portrait de celui que Rose soutenait avoir vu à Stenay, affirmant que c'était son père, qu'il avait qualifié de vision.

« Mon mari... » lui avait glissé Marie, ajoutant à haute voix que cette fois sa dame n'aurait plus longtemps à attendre, qu'elle allait faire le nécessaire pour la satisfaire.

Quelques jours plus tard le facteur avait tendu à Louis une lettre portant un timbre à l'effigie du roi Baudouin. Rose l'avait ouverte puis dépliée en tremblant. « Ma chère fille... » Comment poursuivre, avec la voix nouée, les yeux embués ?

« Tiens, Louis, lis-la, toi. »

Il lut, lentement, avec des silences, avec des hochements de tête aux passages positifs, et il regardait alors Rose en souriant.

La lettre n'était pas très longue mais contenait l'essentiel. La situation nouvelle, le magasin, Violette et la danse. L'entêtement du père, qui d'après la mère laissait parfois place à l'abattement. Il ne savait encore rien. Elle s'efforçait de le préparer. Elle écrirait régulièrement pour expliquer les résultats de ses efforts.

A des personnes un tant soit peu lettrées, la prose de Marie, toute en phrases courtes et en mots simples, aurait pu paraître laborieuse, empruntée, et pas à la hauteur de la situation. Louis et Rose n'étaient pas des spécialistes de l'écriture. Mais dans ce dépouillement ils sentirent l'émotion de Marie, son espoir, ses regrets concernant le passé, ses manquements, et son engagement. « Je ne suis plus la même », avait-elle écrit, et souligné. Et plus loin : « Il m'écoute mieux, maintenant. »

La lettre était restée une semaine sur le buffet, avant d'être rangée dans le tiroir. Rose ne pouvait se retenir de la prendre entre ses doigts, de la palper, de la relire encore et encore, et pourtant elle la savait par cœur depuis le premier jour.

Jeannette, décontenancée par l'attitude de Rose à l'occasion de leur sortie commune de l'été, n'avait pas renouvelé sa proposition. En mars c'est Rose qui alla la solliciter.

— Si vous avez bientôt à faire à Stenay, vous pourrez m'emmener ?

Le jour dit elle soigna sa mise, sa coiffure, se montra souriante, n'attendit pas d'être questionnée, énuméra les quelques achats qu'elle avait prévus, ne marcha pas dans les rues comme si elle était traquée. Elle n'eut pas de vision.

Au retour, elles se tutoyaient. Jeannette jouait le naturel, tout en s'interrogeant. Qu'est-ce qu'elle a donc aujourd'hui ? Est-ce que Louis et elle... enfin ? Elle souriait : Seulement ? Ou alors ils en sont déjà plus loin... si loin que ça ? Sa robe floue ? Ce n'était pas une preuve, elle n'en portait jamais de plus serrées. Pourtant, comment ne pas penser que...

On prétend qu'un malheur ne vient jamais seul, et hasard ou pas l'adage se confirme souvent. Alors pourquoi un bonheur ne pourrait-il pas être également suivi d'un autre bonheur ?

Un matin d'avril Rose eut la surprise de se voir redevenir une femme. Tellement surprise qu'elle en fut affolée et ne pensa d'abord qu'à l'aspect matériel : Mais je n'ai rien pour... La commode de Léone, restée intouchée, lui fournit ce qui lui manquait.

Les promesses du printemps allaient bientôt s'épanouir en éclosions de toutes sortes, en rayons de verdure et symphonie de couleurs dans le jardin. En petites boules de poil aveugles dans les clapiers, en fragiles flocons de duvet dans la basse-cour, qui allaient donner sa pleine signification à sa féminité réveillée.

Marie avait écrit qu'elle allait « préparer » le père. Mais comment s'y prendre sans risquer de le heurter et de faire capoter l'affaire ? S'aider de Violette, peut-être, qui au lieu de se contorsionner en tous sens se déplaçait maintenant dans la boutique de son pas gracieux de danseuse. Lui dire que la dame qui enseignait la danse, justement, la disait naturellement très douée, la meilleure de son groupe, la dernière à l'intégrer pourtant. Ou l'intéresser à son commerce, lui demander son aide pour les commandes, les livraisons, les comptes.

Finalement, faute de trouver une entrée en matière en douceur, elle se jeta à l'eau, un soir pendant le dîner, et lui annonça tout net :

— Hippolyte, je sais où est notre fille aînée, Rose.

Elle avait bien détaché et accentué ce prénom, Rose.

Il lâcha sa cuiller et il la regarda. Elle le voyait tel qu'il était devenu, un pauvre bonhomme à la peau flasque, aux yeux éteints, aux bajoues tombantes, un vieil éléphant fatigué. Il lui fit pitié. Elle comprit qu'en dépit de tout elle n'avait jamais aimé que lui et qu'elle l'aimait encore. Et que c'était pour son bonheur aussi qu'il fallait reconstruire la famille. Pendant qu'il était encore temps, qu'il pouvait encore se reprendre, ne pas tomber dans la folie qui le guettait, comme elle avait guetté Violette.

Plusieurs fois, en allant chercher de la marchandise dans l'arrière-boutique, elle l'avait surpris dans leur chambre, devant la glace de l'armoire, à palper ses pectoraux ramollis, à évaluer la couche de graisse qui envahissait son ventre, à constater à mi-voix les dégâts : T'es pas brillant, Tarass-Boulba... S'il la voyait, il haussait les épaules en ronchonnant. Et cette manie qu'il avait prise de monter au grenier rempli de vieilleries, pour y chercher quoi ? Son pauvre homme...

Marie savait où était Rose... Elle cachait bien son jeu ! Il n'eut pas un sursaut sur le moment. Mais, elle pourrait le jurer, elle vit ses yeux se mouiller, sa lèvre inférieure trembler, comme s'il allait pleurer.

Alors confiante elle ajouta :

— C'est une femme maintenant, Hippolyte, elle vit avec un homme.

Il répéta :

— Une femme…

La première fois d'une voix sourde, puis il se leva, et cette fois il cria, en tapant du poing sur la table :

— Une femme ! Y a pas de femme qui tienne, Marie !

Puis il tomba à la renverse, sa tête alla cogner sur le plancher de la cuisine, et il resta sans connaissance.

Il y avait un médecin dans la même rue que la mercerie, cinq ou six maisons plus loin. Marie envoya Violette sonner à sa porte et lui demander de venir tout de suite.

Hippolyte était encore lourd, le transporter sur le lit ne fut pas chose facile. Le médecin interrogea Marie qui lui confia ses craintes quant à la santé mentale de son mari. Celui-ci, revenu à lui, fut ausculté, déclaré atteint d'hypertension et menacé de « mélancolie », comme on disait, et finalement chapitré.

— Vous avez eu un étourdissement, monsieur, ce n'est pas bon signe. Il faut sortir, vous aérer, voir du monde, ne pas rester à ruminer des idées noires. Et bien prendre les remèdes que je vais vous prescrire.

Le lendemain Hippolyte semblait encore faible, mais calme, résigné à se soumettre. Il avala sans renâcler les comprimés et but le verre d'eau tendu par Marie.

— Puisque tu sais, musaraigne, dis-moi tout.

Alors elle déballa tout ce qu'elle savait.

— Elle est restée là-bas, près de Stenay. Son homme, c'est un éclusier. Il est venu ici, deux fois, il m'a parlé, mais pas beaucoup, à cause des clientes. La deuxième, tu l'as croisé, tu rentrais juste comme il allait sortir. Il m'a apporté une lettre de Rose, elle dit qu'il est gentil, ce Louis, son nom c'est Champart, je le sais parce que je leur ai écrit aussi. Il faudra qu'on aille là-bas, Hippolyte, un dimanche, quand tu iras mieux.

— Ça s'appelle comment, là où ils sont ?

— Martinpré, un joli nom pour un village.

— On ira, musaraigne, mais il faut que je me fasse à l'idée, tu comprends.

Pendant les deux ou trois semaines qui suivirent, Hippolyte afficha une docilité qui ne rassura pas complètement Marie, parce qu'elle lui paraissait tellement excessive qu'elle pouvait cacher quelque chose. Elle se prit à regretter de lui en avoir trop dit, le nom du village par exemple. Et si un jour il décidait de s'y rendre seul, prétextant un besoin de rouler, comme pour ce voyage vers la Hollande dont il ne lui avait rien dit ?

Elle n'osait cependant pas le questionner, ni le surveiller de trop près, au risque de l'irriter. Lui allait faire son tour quotidien dans le quartier, acceptait de mettre à son bras le filet à provisions, passait au besoin le balai dans la cuisine.

Mais dès qu'il l'entendait papoter ferme avec ses clientes, il grimpait au grenier qui s'étendait en partie juste au-dessus de la boutique. Il pouvait à peine s'y tenir debout, devait veiller à ne pas en rapporter de la poussière ou des toiles d'araignée collées à ses vêtements. Marie n'aimait pas le savoir là-haut, elle redoutait une chute car le plancher du grenier était incertain et l'escalier fort raide. Elle avait renoncé à deviner ce qu'il cherchait, ce n'était pour elle qu'une triste manie d'homme à l'âme en peine.

Lui le savait. Un lointain souvenir, du temps où il fréquentait Marie, lui était revenu en mémoire et lui tournait et retournait dans la tête. Il ruminait tout seul, à voix basse.

— Il possédait un revolver, le père Vampel. J'en suis sûr et certain. Il me l'a montré, une fois, en cachette des femmes. C'est pas une image qu'on oublie, ça, un beau pétard tout neuf dans la main d'un petit commerçant en blouse grise. Mais pourquoi donc qu'il l'avait acheté, déjà ?

Cela aussi lui revint. Son futur beau-père lui avait raconté que l'année précédente deux détenus en cavale avaient été repérés dans le quartier, ce qui avait fait souffler un vent de panique, si bien que nombre de commerçants avaient jugé prudent de s'armer. Berthe ignorait l'existence du revolver, que Léon avait relégué au grenier après que la police eut procédé à l'arrestation des fuyards, loin de Bruxelles.

Voilà ce qu'il cherchait, Hippolyte, et foi de Tarass-Boulba, il trouverait.

Il avait déjà éventré bien des cartons et retourné quelques malles, en en laissant le contenu épars, quand un après-midi sa main fouillant à tâtons dans un amas de chiffons rencontra quelque chose de dur. Le revolver... entouré d'un vieux lainage graisseux, le père Vampel l'avait soigné avant de le cacher. De l'autre main plongée dans la malle Hippolyte remonta la boîte de balles intacte que dans un geste maladroit il laissa tomber sur le plancher.

Ce soir-là, Marie entreprit de le gronder.

— Qu'est-ce que tu faisais encore au grenier cet après-midi ? J'ai entendu du bruit.

— Un pied de lampe à pétrole que j'ai bousculé.

— Un de ces jours, tu vas passer au travers du plancher et atterrir dans le magasin ! Et toute cette poussière que tu avales, tu crois que c'est bon ? Tu ferais mieux de te promener en plein air, comme le docteur te l'a recommandé.

— Tu as raison, musaraigne, je n'irai plus au grenier. Je te le jure.

Il pouvait se permettre de jurer. Il avait délogé sa trouvaille, dans son emballage, du grenier à la cave, dans un vieux sac de boulets encore à moitié plein. Marie ne risquait pas de mettre la main dessus. Il y avait belle lurette que le chauffage fonctionnait au gaz. Elle ne descendait jamais à la cave, pratiquement désaffectée.

Elle s'étonna de la sagesse de son homme, n'entendit plus ses pas là-haut, il avait totalement déserté le grenier. Devait-elle s'en réjouir ou redouter une autre lubie ?

8

Debout sur la passerelle, manivelle en main, en « bras de chemise », un chapeau de jardinier en paille sur la tête, Louis attendait la péniche, une montante, qui était encore assez loin. Du seuil de la porte, Rose le regardait en souriant. A cause de ce couvre-chef qui selon elle ne lui allait pas et lui donnait prématurément l'allure d'un vieux bonhomme. Mais la chaleur était telle, en cet après-midi de juillet, que sa casquette de toile n'aurait pas suffi à le protéger du soleil. L'été menaçant d'être caniculaire, il avait dépoussiéré ce chapeau du père Maurice, conservé telle une relique, accroché à un clou dans la grange.

Rose était rentrée à l'ombre de la maison. Louis souriait toujours, parce que cette chaleur lui rappelait les recommandations de sa manLéone : elle obligeait Maurice à se couvrir et se fâchait quand il s'avisait de sortir tête nue. Le soleil, prétendait-elle, c'est encore plus traître que le vin, ça peut vous assommer un homme. S'en méfier, c'était une règle à la campagne. Dans les champs et les jardins, hommes et femmes travaillaient couverts, la tête, les bras, les jambes, ce qui les protégeait du même coup des piqûres d'insectes, guêpes, taons et autres, comme des agressions des épines, des éteules et des chardons. Man-Léone se moquait aussi des premiers vacanciers soucieux de leur teint, qu'ils voulaient hâlé, et pour ça s'exposaient au soleil sans bouger. Des moricauds... disait-elle en haussant les épaules.

La péniche s'approchait, le bruit du moteur indiquait qu'elle avait commencé à ralentir, quand Louis fut tiré de ses souvenirs en constatant qu'un petit bateau de plaisance l'avait rattrapée, ce qui était formellement interdit, et naviguait à son côté, chahuté par les remous. Le batelier aussi l'avait vu. Il donna deux coups de corne brefs pour inciter ces imprudents à rejoindre le bord du canal. De son côté, Louis posa la manivelle à ses pieds et de ses deux bras levés, tour à tour écartés et rapprochés, s'efforça à son tour d'attirer leur attention. Furent-ils incompris ou volontairement ignorés ? Le petit bateau resta proche de la péniche, ce qui semblait amuser l'équipage, qui consentit enfin à s'écarter et s'amarrer au bord du canal, tandis que la péniche s'immobilisait. Le batelier invectiva ces inconscients dans un langage des plus virils, prenant à témoin l'éclusier qui ouvrait les vantaux. Dans le petit bateau qui ne brinquebalait plus, les passagers, deux hommes, en short et torse nu, et deux femmes en maillot de bain, se tenaient à carreau. La péniche entra dans le sas, Louis attrapa et fixa les cordes, alla ouvrir les vannes vers l'amont, l'eau commença à monter. Quand elle fut à niveau, le batelier passa à terre, et apparemment peu pressé de continuer son voyage, il se mit à énumérer ses griefs contre ces moussaillons qui se croyaient tout permis, jetaient leurs détritus à la flotte, faisaient la course pour passer les écluses avant ceux qui ne se promenaient pas, mais travaillaient, accompagnant ses paroles de gestes vindicatifs, le poing levé, vers les énergumènes. Sa colère l'égarait, du moins en partie, parce que quelques plaisanciers, en effet, plus par méconnaissance des dangers que par provocation, ne respectaient pas toujours les codes de bonne conduite sur les voies d'eau.

— C'est comme ça que les accidents arrivent, rugissait-il. L'eau c'est l'eau, on ne fait pas n'importe quoi dessus !

Puis il entama la description de son travail et de la vie à bord, que Louis connaissait évidemment par cœur, se plaignit de la difficulté à trouver du fret, exprima sa crainte de l'avenir, le tout dans le but de faire attendre ceux qui l'avaient tellement énervé.

— C'est pas le tout, dit-il tout de même en tendant la main à l'éclusier, faut y aller ! A la prochaine.

Une fois le moteur ravivé et les portes de l'écluse ouvertes, la péniche s'éloigna, et l'homme se soulagea encore par quelques coups de corne rageurs.

Louis dut refaire toute la manœuvre pour les moussaillons, hésita à les sermonner, y renonça, pensant qu'ils avaient compris. Il se trompait, car pendant que l'eau montait dans le sas, les deux hommes ne trouvèrent rien de mieux, pour accentuer les légères oscillations du bateau, que de peser à tour de rôle sur les bords, en cadence. Leurs ho hisse ! et les cris des femmes, plus d'excitation que de peur, résonnaient entre les murs.

— Arrêtez, leur criait Louis, c'est dangereux ! Si vous tombez vous serez collés à la paroi et vous ne pourrez plus remonter !

Ce qui faillit se produire. L'une des femmes perdit l'équilibre et si les deux hommes n'avaient pas eu le réflexe de l'empoigner solidement, elle s'y serait retrouvée, collée à la paroi noire et glissante du sas. Ils émergèrent enfin lorsque l'eau fut à niveau, honteux aussi en face de Louis qui préféra le silence à un jugement de leur conduite dont ils semblaient à leur mine avoir pris conscience. Le reste de la manœuvre s'effectua sans un mot.

De retour à la maison, il enleva son chapeau, but un grand verre d'eau, s'assit à la table. Rose était debout contre l'évier, robe bleue, rubans bleus à ses nattes, les bras croisés autour de la taille, elle souriait.

Contrarié par l'incident à l'écluse, Louis le lui raconta. Puis il dit comprendre la colère du batelier, son inquiétude pour l'avenir.

— Ici dans l'Est, dit-il, ça circule encore pas mal, entre les minerais, le sel gemme, le bois à papier, les céréales. La chance c'est la proximité de la Belgique. Mais pour combien de temps ? Je sais bien que ça ne sert à rien de regarder en arrière, mais quand même, les bateliers, je t'assure, étaient plus heureux avant, et autrement gais.

Il parlait pour se calmer, peut-être serait-il remonté comme il le faisait parfois aux récits de Maurice au sujet des combats que les bateliers avaient dû mener pour défendre leur profession, aux grèves de 36, aux barrages de péniches sur la Seine, aux syndicats... si...

si le petit sourire constant de Rose n'avait pas fini par l'intriguer.

Il était sérieux, et elle souriait, ne l'écoutait pas...

— Ça ne t'intéresse plus, mes histoires ? Tu te moques de moi parce que je rabâche ? C'est ça, Rose ?

Elle faisait non de la tête, souriait toujours, avec un drôle d'air.

— Louis... tu ne devines pas ?

Elle décroisa ses bras, posa ses mains sur son ventre.

Elle répéta, presque tout bas :

— Tu ne devines pas ?

ManLéone, se disait-elle, aurait deviné. Comme Jeannette, à qui elle avait fait la veille la surprise et le plaisir d'une visite.

« Tiens, Rose ! Qu'est-ce qui t'amène ? Attends, laisse-moi te regarder... »

Il ne lui avait pas fallu longtemps. Cette poitrine qui gonflait un peu plus la robe ample, ce sourire, léger et tendre, et cet air d'enfant à la fois heureux et penaud de jouer un bon tour à son entourage...

« Oh, Rose, tu es enceinte ! »

Elles avaient fêté la nouvelle par un doigt de verre de vin de groseille d'abord refusé par Rose.

« Si, si, j'y tiens, parce que je suppose que je suis la première au courant, avant même le père, hein ?

— Oui. On est ensemble, mais on n'a jamais parlé d'enfants entre nous. Je ne sais pas comment m'y prendre. Je crois qu'il ne s'y attend pas.

— Tu sais, les hommes, surtout ceux qui ont été élevés comme lui, je veux dire à l'ancienne, ils ne savent pas parler de ces choses-là, mais ça ne les empêche pas d'être heureux quand elles arrivent. »

— Un enfant, Rose ?

Louis avait enfin compris. Il pensait à des mots, des gestes, qu'il aurait dû dire et faire, et restait muet, figé, dans son étonnement et sa joie. Ce sourire de Rose, comment ne l'avait-il pas reconnu, c'était celui qu'elle avait quand elle regardait le petit de Julie la batelière !

Des idées se bousculaient dans sa tête, des idées d'homme élevé à l'ancienne, Jeannette avait raison. Un enfant sans être mariés... Une telle différence d'âge entre nous... Pour les gens d'ici elle est ma cousine... Puis des idées de l'homme qu'il était vraiment, avec un cœur, des sentiments. Il pensait à manLéone, qui avait dû annoncer à Maurice la venue d'un enfant qui n'était pas de lui, qui avait gardé le souvenir du vrai père. A Marie, la femme dominée, soumise, qui n'avait pas su, pas pu, protéger ses enfants d'un père tyrannique. Quelle chance ils avaient, Rose et lui !

Cependant il se sentait gauche d'avance devant le rôle qui était désormais le sien, de mâle protecteur d'abord pour sa fiancée dont le ventre allait s'arrondir, les seins gonfler. Il se souvenait de son regard de gamin pour les femmes « grosses » dont les garnements de son âge se moquaient par-derrière avec les mots en usage : Elle a gagné le gros lot, elle a un polichinelle sous le tablier, alors que confusément ils ressentaient un respect instinctif mais impossible à exprimer. Oserait-il encore toucher, caresser, aimer Rose ?

Rose ne souriait plus, inquiète de ce silence, de cette absence de réaction de Louis, dont les véritables raisons lui échappaient. Elle non plus n'était pas préparée pour la grande aventure qui commençait, ni physiquement ni mentalement, puisque dans sa famille tout tournait autour du père dont la personnalité ne s'encombrait pas de mièvreries, et que jamais n'avaient été envisagés pour les filles des destins de femmes. Cependant elle n'avait pas peur. L'instinct de femme, de mère, lui était venu en même temps que la possibilité de l'exercer. Elle avait envie d'exploser, de crier sa joie.

— Louis… tu ne dis rien… Tu n'es pas content ? articula-t-elle, au bord des larmes.

— Pas content, moi ? Oh, Rose !

Il se précipita vers elle, l'enlaça, la serra contre lui, elle sentit dans son cou la tiédeur de ses larmes, contre son cœur l'emballement du sien.

— Si vous pouviez trouver un emploi, monsieur, ce ne serait pas incompatible avec votre santé, au contraire. Vous rendre utile, voir du monde, ça vous aiderait à retrouver le moral, et aussi votre force physique, savez-vous. Votre femme a raison.

Hippolyte baissait le nez devant le docteur auprès de qui Marie avait sollicité une deuxième visite.

— Tu entends, Hippolyte ? Tu vas chercher, n'est-ce pas ?

Donner le change. Voilà ce qu'il devait continuer à faire en attendant le jour. Le jour de régler ses comptes avec celle qui roucoulait à la campagne avec son éclusier. Qui ne reviendrait pas se jeter à ses pieds comme prévu. Raté, Tarass-Boulba. C'était dans sa tête, ferme. Mais il avait besoin d'un peu de temps encore pour se préparer à la grande scène finale.

Alors pour faire semblant de rentrer dans le jeu de Marie et avoir la paix, il dit oui, il allait chercher du travail. Comme avant.

— Laisse donc repousser un peu tes cheveux, aussi, et taille ta moustache autrement, ça sera plus convenable si tu es engagé.

Pour qui se prenait-elle, vraiment, la musaraigne, qui ne se contentait plus de régner dans sa boutique, mais qui ramenait à la maison la manie de jacasser, pendant que l'acrobate mettait du rouge à ses lèvres, du rose à ses joues, du vernis à ses ongles ? Et lui impuissant devant cette nouvelle tyrannie féminine.

A l'agence de placement du quartier, Hippolyte releva une adresse, une seule, au hasard, celle d'une papeterie qui recherchait un manutentionnaire. C'est ainsi qu'il se présenta un matin devant un blanc-bec à lunettes assis derrière un bureau.

— Votre âge, s'il vous plaît, monsieur ? lui demanda celui-ci sans préambule.

— Cinquante-trois.

Grimace du blanc-bec.

— Pour faire le travail que nous proposons, il faut être en bonne forme physique, il y a des choses très lourdes à transporter, je ne vous vois pas très bien...

Il le regardait, le jaugeait, le disqualifiait. Hippolyte ne la voulait pas, cette place, l'autre la lui aurait-il accordée qu'il l'aurait refusée. Mais se voir ainsi rabaissé par un gringalet qui trônait derrière un bureau réveillait sa fierté pourtant déjà bien mise à mal. Il se leva, saisit des deux mains le bord du meuble, fit mine de le soulever pour le renverser sur son occupant, puis lâcha prise et quitta la pièce en claquant violemment la porte.

— La place était déjà pourvue, dit-il le soir à Marie sans autre commentaire.

Elle le soupçonna de ne s'être présenté nulle part, mais le voyant jeter son chapeau dans un coin d'un air las, ôter sa veste marron qui cachait l'affaissement de son corps et ouvrir le buffet pour sortir docilement la vaisselle du souper, elle se sentit gagnée par la pitié et pensa : Mon pauvre homme, dire qu'il n'a que cinquante-trois ans...

Elle ne le questionna pas, et se promit de ne plus le harceler. Il était déjà assez malheureux.

Quelques jours plus tard, elle remarqua sur la serviette accrochée près de l'évier où Hippolyte s'était lavé les mains des traces noires. Et le lendemain les mêmes traces sur l'une des manches retroussées de sa chemise. Ça ressemblait à des salissures de charbon.

Il est vrai que la poussière de charbon colle fort aux mains. Surtout quand on la tripote tous les jours. Ce qui était le cas d'Hippolyte qui allait désormais chaque après-midi extraire du sac de boulets le revolver du père Vampel. Il déroulait le chiffon, caressait l'arme, propre, luisante, comme neuve, puis l'enfouissait de nouveau dans sa cachette.

Un après-midi, sachant Marie occupée à recevoir un représentant en articles de mercerie et Violette à remplacer sa mère auprès de la clientèle, il remonta de la cave l'arme à la main et s'enferma dans le cabinet de toilette. Il regarda longuement le revolver qu'il n'avait encore vu que dans la pénombre du grenier et de la cave. Puis il le tendit à bout de bras, en fermant un œil comme s'il visait une cible, un geste qu'il répéta plusieurs fois. Ensuite il se planta devant la glace et le colla contre sa tempe, puis il ouvrit la bouche et en approcha le canon. Enfin il baissa un peu son bras et plaça l'arme sur sa poitrine, au niveau du cœur. Il prit une longue inspiration, ferma les yeux, et tout le temps de l'expiration, lente, il la laissa fermement appuyée. Le revolver n'était pas chargé, Hippolyte avait laissé la boîte de balles à la cave. Il sortit du cabinet de toilette, tendit l'oreille, entendit des bruits de voix, le rire de Violette. Il redescendit à la cave et remit le revolver à sa place. Quand il remonta, il y avait encore du monde à la boutique.

Deux jours plus tard, en fin d'après-midi, à l'heure où elle regagnait l'appartement, Marie constata l'absence d'Hippolyte. Quand il sortait, il passait par le magasin, traversé en quelques enjambées, avec un grognement en guise de salut s'il y avait du monde. C'était sa façon de renseigner la musaraigne sur ses allées et venues. Les clientes ne s'étonnaient plus de ses manières, la mercière ayant confié aux plus assidues d'entre elles que malgré les apparences il était le meilleur des hommes, devenu renfermé et bougon à cause d'une santé chancelante qui l'empêchait de travailler. Les dames lui faisaient un signe de tête discret et hochaient la tête pour exprimer leur compréhension et leur sympathie à l'égard de Marie, si courageuse pour afficher une amabilité sans faille.

Il y avait au fond du couloir de l'appartement une autre porte qui permettait de gagner la rue sans passer par le magasin, qu'Hippolyte avait empruntée au début, mais qui était pratiquement condamnée par les cartons qui débordaient de l'arrière-boutique.

Marie eut un pressentiment, Hippolyte avait filé par là, donc en cachette. En effet, ce jour-là, des cartons avaient été poussés pour laisser un passage.

Le costume marron et le chapeau n'étaient plus à leur place, mais il n'avait rien emporté, à part son portefeuille, pas le plus modeste bagage comme le jour où il avait déclaré aller se changer les idées en roulant vers Anvers ou plus loin.

Marie prépara néanmoins le souper, Violette arriva de son cours de danse.

— Ton père est parti, je ne sais où.

La danseuse eut un geste évasif.

Que faire à la nuit tombée, sinon attendre le lendemain matin, et le lendemain matin passer dans la boutique comme les autres jours, mine de rien, en guettant la porte qui peut-être s'ouvrirait bientôt sur lui, tout en tendant l'oreille au cas où il rentrerait par où il était sorti…

Hippolyte, voyageur sans bagage, voyageur sans retour, avait juste emporté l'argent nécessaire pour payer un billet de train, aller simple, de Bruxelles à Stenay, via Charleville et Sedan, avec dans cette ville changement pour achever le périple par la micheline. Plus un paquet au fond d'une de ses poches, le revolver dans son chiffon, et deux balles dans une autre poche, plus petite, une poche intérieure, au niveau du cœur.

Pas d'hôtel cette fois, pas de repas, pas de chambre. La discrétion absolue. Au sortir de la gare, pour fuir les regards des personnes descendues de la micheline avec lui, il avait pris la direction opposée à celle de la ville, furieux à l'idée que les autres devaient se retourner en s'interrogeant.

A l'entrée du premier village, tout proche, alors que le jour baissait, il avait croisé un gamin qui promenait un chien.

« La route de Martinpré, petit ? »

Il était dans la bonne direction.

« Vous pouvez même couper par la prairie, monsieur, avait ajouté le gamin. Il y a un sentier et vous gagnerez du temps parce que c'est droit, pas comme la route qui zigzague sans arrêt. »

Un bosquet de saules lui avait servi d'abri pour une nuit presque sans sommeil. Il avait eu faim, soif, il avait froissé son costume de velours, mais tout cela n'avait plus d'importance. Son seul souci en début de matinée, alors que se levait sur la prairie et sur la Meuse que suivait le petit chemin le plus radieux des soleils, avait été de n'être vu de personne, de se déplacer d'arbre en arbre, de touffe de joncs en gerbe d'iris d'eau, quitte parfois à s'y enfouir, à se coller à la rive. Un bruit matinal de moteur suivi d'un ululement de corne l'avait fait passer du bord du fleuve à celui du canal tout proche, et caché dans la verdure il avait entrevu la péniche qui fendait l'eau à quelques mètres de lui seulement, et derrière elle les remous avaient éclaboussé son refuge.

La chance était avec lui. En plein été les paysans moissonnaient dans les champs accrochés aux versants des collines, dans les prairies il n'y avait que des vaches. La première borne rencontrée alors qu'il devait se mettre à découvert pour franchir un pont qui enjambait le canal annonçait la proximité immédiate de Martinpré. Revenu à couvert, à travers des branches il en distingua quelques maisons et le clocher, et plus près de lui, sur le bord opposé du canal, l'écluse. Plus prudent que jamais, à toutes petites étapes de quelques pas, rampant davantage qu'il ne marchait, courbé, il progressa jusqu'à se tapir juste en face, à une dizaine de mètres de la rive, protégé par un buisson épais.

Il était dix heures.

Dans sa mercerie Marie déroulait des mètres de tissu, son sourire de commerçante aux lèvres.

Mais sa tête était ailleurs. Où Hippolyte avait-il bien pu passer la nuit ? Conviendrait-il de signaler si tôt sa disparition, alors qu'il pouvait revenir d'un moment à l'autre ? Allait-il désormais falloir vivre avec l'obligation de le surveiller étroitement, au risque de précipiter sa dérive ? Déjà qu'elle remettait de jour en jour sa lettre à Rose, faute de pouvoir lui annoncer qu'elle avait honoré sa promesse, obtenu pour elle le pardon de son père et l'assurance d'une prochaine visite.

La porte de la boutique s'ouvrit sur le facteur qui déposa près de la caisse le courrier du jour. Dès qu'elle eut un moment de battement, Marie s'en empara : deux factures, et une lettre de France. Elle passa rapidement dans la cuisine, ouvrit la lettre, brève, écrite de la main de Rose.

— Oh, mon Dieu, dit-elle en se signant, un enfant…

Puis après l'avoir relue, elle revint au magasin et l'enfouit avec la précédente, apportée par Louis, au fond de son tiroir à factures où Hippolyte n'avait aucune chance de la découvrir.

Un enfant... Pour elle c'était une bonne nouvelle, mais si inattendue que la surprise l'emportait sur la joie, alors que pour lui, s'il venait à l'apprendre, ce serait la preuve que Rose avait définitivement tourné le dos à son ancienne vie. C'était décidément une drôle de journée qui commençait pour Marie. Elle n'en était pas au bout...

A la même heure, à Martinpré, Louis passait une péniche montante.

Une heure plus tôt, alors qu'il était sorti sans autre raison que celle de respirer ce début de matinée, il avait vu bouger le gros buisson d'en face, comme si des bêtes s'agitaient à son pied ou dans son feuillage. Quelles bêtes ? Des renards ? Des blaireaux ? Bizarre, ces animaux-là s'ébattent de préférence la nuit. Des oiseaux ? Non plus...

Quand la péniche fut au niveau de l'amont et que le batelier, un habitué qui ne faisait pas de long cours et passait donc souvent, eut fait viser ses papiers, Louis lui désigna le buisson et lui fit part de ses interrogations. Puis ils passèrent à un autre sujet de conversation, ils évoquèrent Rose, qui était apparue sur le seuil.

— Une belle femme, dit le batelier, en accompagnant sa remarque d'une tape sur l'épaule de Louis, qui se surprit à répondre :

— Elle attend...

— Ah ! fit l'homme. Compliments !

Il connaissait ce sens du mot attendre, quand il se suffisait à lui-même pour exprimer tout ce qu'il supposait d'espoir, de plénitude, de confiance. Ou au contraire d'opprobre, de honte, d'angoisse, quand celle qui attendait le devait à une faute. Tout tenait dans le ton, celui de l'éclusier était sans équivoque.

Rose était rentrée dans la maison. Une fois la manœuvre terminée, Louis plissa les yeux en direction du buisson, et cette fois à travers le feuillage il distingua une masse sombre. Un sanglier ? Ce n'était ni le lieu, les sangliers ne s'approchent qu'exceptionnellement des villages, ni la saison. En période de chasse il arrivait qu'on en trouve, blessés, mais jamais si près. Un chien, peut-être, un gros chien malade, ou heurté par une voiture sur la route, venu crever là... Il lui revint alors le souvenir du vagabond, du trimard, qu'enfant il avait découvert, mort dans un buisson comme celui-ci, qui l'avait tellement fait gamberger.

Il choisit de ne rien dire à Rose, à cause du trimard, justement, qui lui avait mis dans la tête l'idée que la masse sombre là-bas, de l'autre côté, pouvait être un homme. Inutile de la troubler, voire de l'inquiéter. Tout à l'heure, quand elle serait occupée à cuisiner, il prendrait son vélo et irait jeter un coup d'œil sur place pour en avoir le cœur net.

Avant de la rejoindre, décidément intrigué, il reprit encore un peu le guet, cette fois de la grange, dissimulé derrière la porte entrebâillée. Et de là il vit la forme sombre sortir du buisson, se redresser à demi, pendant quelques secondes, puis se fondre à nouveau dans la verdure. C'était bel et bien un homme, qui portait un chapeau aux bords rabattus. Marron, le chapeau, comme ses habits...

Il enfourcha son vélo sans attendre, enfila le chemin de halage, puis le pont qui enjambait le canal. Il ne bifurqua pas aussitôt vers l'autre rive et le buisson suspect, mais continua un peu plus loin pour donner le change, au cas où l'homme l'apercevrait, avec dans l'idée de surprendre celui-ci par-derrière. Il cacha sa bicyclette dans un fossé, et profitant de la protection d'une haie d'aubépine, il réussit à s'approcher du fameux buisson sans attirer l'attention de son occupant. Allongé dans l'herbe, derrière une touffe de rhubarbe sauvage, il n'en était qu'à une vingtaine de mètres. En levant un peu la tête, il pouvait voir aussi, par-delà le canal, l'écluse et la maison.

Pendant ce temps, à la maison, tout en préparant ce qui lui serait nécessaire pour la cuisson du repas, Rose pensait à Julie. La *Pont-de-Loup* ne s'était pas représentée à l'écluse depuis ce jour de février où elle avait frappé à la porte, son enfant dans les bras, et confié ses inquiétudes. La *Pont-de-Loup*, Rose l'avait bien des fois espérée, attendue, guettée, mais peut-être son absence était-elle préférable. Chris avait-il consenti au sacrifice que lui demandait sa femme, s'était-il résolu à se fixer, à renoncer à l'héritage de son père, sous forme d'un métier et d'un bateau ? Déchiré... elle avait retenu ce mot. Y avait-il eu déchirure aussi dans la vie de Chris et de Julie, ou la venue de leur second enfant les avait-elle rapprochés ? Rose calculait, ce petit ne devait pas tarder à naître, peut-être l'était-il déjà. Pourquoi son amie ne lui avait-elle pas écrit, ici, à l'écluse de Martinpré, Meuse ? Comment de son côté la joindre, sans adresse ?

Le buisson s'agita un peu. Prudemment, l'homme s'en extirpa à moitié, mit un genou à terre et s'immobilisa, le dos courbé. Louis replongea le nez dans l'herbe. Quand il le releva, il vit que Rose sortait de la maison, s'en éloignait de quelques pas, regardait des deux côtés sur le chemin de halage, allait voir jusqu'au jardin, sans doute à sa recherche, et revenait s'immobiliser au bord du sas, s'offrant un moment au soleil, les yeux mi-clos.

Hippolyte, puisque c'était lui, la vit aussi. Ce ne pouvait être qu'elle, transformée en une véritable femme par cet homme que de sa cachette il avait entrevu occupé à son travail d'éclusier. Ce voleur de fille, ce briseur de famille.

Toujours dans la même position, mi-agenouillé et mi-recroquevillé, il plongea la main dans une de ses poches, en sortit le revolver, y introduisit deux balles.

— Une pour elle, une pour moi. Tarass-Boulba ne tremblera pas.

C'était ce qu'il avait décidé, parce qu'il était vaincu et ne supportait pas sa défaite. Vaincu par des femmes. Il n'était plus un homme, il n'existait plus. Elles se croyaient plus fortes que lui ? Elles allaient voir ! Marie avait intérêt à bien se démener aujourd'hui au milieu de ses pies de clientes et à bien écouter son tiroir-caisse et les rires de la danseuse, parce qu'elle vivait son dernier jour de triomphe. Et lui vivait son dernier jour pour de bon. Rose, aussi, de l'autre côté du canal.

Comme il l'avait fait dans le cabinet de toilette à Bruxelles, après un regard circulaire qui ne révéla aucune présence, il ajusta son arme pour avoir en ligne de mire la poitrine de Rose. Elle portait une robe à grosses fleurs rouges, dont l'une indiquait juste la place du cœur. Il raidit son bras.

Louis l'avait vu prendre la position, sans en comprendre la raison. Le voyant parfaitement immobile, il se mit à genoux, puis se découvrit complètement. Au bout du bras tendu le soleil fit miroiter un objet métallique, un revolver, pointé vers Rose, la bouche ouverte, les yeux écarquillés, les mains crispées sur son ventre.

Il s'élança et en quelques enjambées fut sur Hippolyte, le déséquilibra d'une forte bourrade dans le dos. Le revolver tomba, il se précipita pour mettre le pied dessus, le ramassa, fit jouer le barillet pour en retirer la balle. Il y en avait deux.

— Une pour elle, une pour moi, dit Hippolyte à demi redressé, à genoux. Mais j'aurais pas tiré, quand j'ai vu ses mains sur son ventre j'ai compris. J'aurais pas tiré, je l'jure, j'voulais pas la tuer.

Puis pris de tremblements et de sanglots, il s'écroula aux pieds de Louis qui murmura :

— Un mal pour un bien, je crois qu'il a enfin compris.

Vite, il fallait vite voler au secours de Rose qui devait être sous le double choc de la surprise et de la peur.

Louis intima à Hippolyte, qui en aurait sans doute été incapable, l'ordre de ne pas bouger jusqu'à ce qu'il revienne. Il récupéra son vélo, pédala comme un fou et déboula dans la cuisine. Rose se précipita vers lui :

— C'était mon père ! Il voulait me tuer !

Louis travestit la vérité :

— Non, Rose, seulement te voir.

— Mais le revolver ?

— Pour affirmer sa force, t'impressionner, te faire plier...

— Il voulait me tuer !

— Non. Le revolver n'était pas chargé. L'important, c'est qu'il soit venu.

Il lui révéla alors comment il avait été intrigué par une ombre et des mouvements dans le buisson, jusqu'à y reconnaître la présence d'un homme, et y découvrir qui il était.

De même que la scène de violence avortée avait eu pour effet inattendu de faire fondre d'un coup la colère d'Hippolyte, redevenant un homme, un père, la version de Louis dissipa la peur de Rose, qui se retrouva en dépit du passé sa fille. Sur son visage se lisait l'émotion, elle respirait longuement, comme soulagée.

— Et maintenant ? demanda-t-elle.

— Ça dépend de toi. Il est anéanti, il pleure. Te sens-tu capable de te retrouver en face de lui ?

Elle réfléchit un peu, puis :

— Non. Ce que je crains maintenant, c'est qu'il me fasse pitié. Je ne veux pas remplacer ma haine par de la pitié. J'ai besoin de temps.

— Alors laisse-moi faire. Tiens, voilà une péniche qui demande à descendre le canal. Pendant que je m'en occupe, prépare de quoi manger, Rose. Pour lui aussi, ajouta-t-il en désignant du menton le buisson de l'autre côté du canal.

— Ça tape ! lança le batelier en guise de salut, un doigt levé vers le soleil.

Il n'était pas loin de midi, et Louis se disait que l'heure et la chaleur allaient l'aider à agir. Plus personne dans les champs, plus personne sur les chemins. Tout le monde à table, à la campagne on respectait encore les horaires des repas et du repos liés aux travaux et aux impératifs de la nature, surtout au plus fort de l'été.

Il mangea rapidement, et repartit cette fois avec sa camionnette, assez rustique pour emprunter le sentier qui longeait la rive du canal, jusqu'au buisson où l'attendait Hippolyte. Celui-ci ne tremblait plus, ne pleurait plus, s'était un peu redressé. Adossé aux branchages, il avait relevé son chapeau, découvrant un visage ravagé aux joues tombantes, au teint grisâtre, marqué de quelques boursouflures rouges. Malgré la chaleur il avait gardé sa veste de velours marron tachée de terre et d'herbes écrasées. Pitié, Rose avait craint la pitié, elle avait eu raison, Hippolyte était pitoyable. Il leva les yeux vers Louis, debout près de lui.

— Je voulais pas la tuer.

— Pas, ou plus ?

Il baissa la tête. Au point où il en était, mieux valait tout avouer.

— J'voulais plus.

Quelques minutes plus tard, Louis roulait vers Stenay. A côté de lui, Hippolyte dévorait un solide casse-croûte de pain et de pâté.

— Vous m'emmenez où ? Pas chez les gendarmes quand même…

Louis haussa les épaules.

— A la gare alors ?

Il comprit comment le bonhomme était venu.

— Y a pas de train ni de micheline à cette heure-ci, mais un car, jusqu'à Sedan. Après…

— Je sais, la correspondance pour Bruxelles.

Il n'avait pas d'argent. Il avait pris juste de quoi payer l'aller.

— Quand on a dans la tête les idées que j'avais…

La camionnette s'arrêta devant la gare de Sedan. Louis tendit quelques billets à Hippolyte, qui ne bougeait pas.

— Le… le… enfin le… vous voyez quoi…

— Le revolver ? Au fond du canal.

Un autre silence, puis :

— Le petiot qu'elle attend, c'est pour quand ?

— L'hiver prochain, février.

Louis tendit la main à Hippolyte, qui la serra dans la sienne, retrouvant pour cette étreinte un geste fort et viril que Louis prit comme un engagement.

Le voyageur sortit de la voiture, et avant de refermer la portière, il se retourna et dit :

— Je dirai à la mère, tantôt, pour le petiot.

Pendant toute la journée, Marie n'avait cessé de s'interroger sur la conduite à tenir à propos de la disparition d'Hippolyte. Un homme malade, aigri, parti comme ça sans prévenir, les mains dans les poches... Le recours à la police ne lui disait rien qui vaille, elle y voyait plutôt de quoi envenimer les choses s'il rentrait. De combien de temps disposait-on pour se manifester en pareil cas ? se demandait-elle.

Comme c'était jour de marché dans le quartier, ce dont profitait beaucoup de femmes pour faire aussi les boutiques, elle n'avait pas manqué d'occupation, mais cette fois son souci n'avait pas échappé à ses fidèles.

— On dirait que quelque chose ne va pas, madame Van de Claess.

— Une migraine, rien de méchant, c'est la chaleur.

— Votre mère était comme vous, elle s'en plaignait aussi des fois.

A qui confier son inquiétude ? A Violette c'était inutile. Elle avait changé, oui, mais pas totalement. Il lui restait du passé, en plus de sa silhouette gracile, une sorte de détachement vis-à-vis de tout ce qui ne concernait pas directement sa personne. La danse, surtout, pour laquelle elle se passionnait, et aussi le contact avec les nombreux trésors de la boutique qu'elle manipulait avec plaisir avaient remplacé ses gesticulations pures. Elle répondait aux sollicitations de Marie, recevait les compliments des clientes avec joie, mais elle demeurait dans une sorte de bulle qui la rendait indifférente à l'ambiance familiale. Elle ne craignait pas son père, qui lui parlait rarement, mais ne cherchait ni à comprendre ni à améliorer ses rapports avec lui, et Marie ne voulait pas compromettre son évolution en lui faisant partager ses tracas.

A l'heure de la fermeture, Violette rejoignit sa chambre pour écouter de la musique. Alors que Marie venait de baisser le rideau de la boutique, elle entendit s'ouvrir la porte du fond dont elle n'avait pas tourné la clé au cas où Hippolyte s'aviserait enfin de rentrer, puis des bruits de pas. Elle se précipita. C'était lui. Elle ne vit d'abord que son visage, sur lequel se lisait une grande fatigue, et dans ses yeux une expression qu'elle ne sut interpréter, du désarroi, à moins que ce ne fût un renoncement, elle y entrevit même une sorte de douceur qu'elle ne lui connaissait pas.

— Hippolyte... Dis-moi...

— Je reviens de là-bas.

Elle devina.

— De Martinpré ?

— Oui. Je l'ai vue... Je les ai vus tous les deux, elle et son éclusier.

Il vit le regard de Marie sur ses vêtements, tachés et froissés.

— Non, il n'y a pas eu de violence. Au contraire...

— Au contraire ?

Il ne pouvait plus parler, elle se demandait s'il n'allait pas être pris d'un malaise et s'écrouler. Elle ne savait que faire, aller vers lui, lui tendre la main, le questionner.

— Marie... Elle attend un enfant.

Il lui tendit les bras, elle s'y jeta.

— Je le savais, murmura-t-elle.

9

Durant toutes ces décennies, de l'entre-deux-guerres à la fin des années soixante, dans chaque village ou presque il y avait un endroit qui, sans comparaison possible avec l'école et l'église, hauts lieux de l'instruction et de la morale, jouait encore un rôle essentiel. Le seul lieu de service et de rencontre de la commune, depuis qu'avaient fermé successivement les ateliers des artisans, forgerons, menuisiers, maréchaux-ferrants, charrons, tonneliers et autres, chez lesquels se mêlaient aux clients en attente du cheval ferré ou de l'outil réparé les inactifs définitifs ou temporaires et les curieux, surtout en hiver où ils venaient se chauffer en discutant. Quand il n'en restait qu'un, c'était le café. Même dans des villages qui dépassaient à peine, ou même n'atteignaient pas, la centaine d'âmes.

Ils se signalaient par une simple enseigne qui ne portait que ce mot : CAFÉ. La plupart, et à vrai dire la quasi-totalité, étaient tenus par des femmes, dont les maris, quand elles n'étaient pas veuves, travaillaient de leur côté, chez les artisans qui avaient tenu le coup et monté des entreprises, ou bien, derniers représentants de la paysannerie à l'ancienne, ils allaient jusqu'au bout en cultivant quelques hectares avec des chevaux qu'ils n'avaient ni les moyens ni l'ambition de remplacer par un tracteur.

Ces femmes n'avaient rien à voir avec les tenancières et les serveuses des « bars » qui s'ouvraient dans les villes, où des hommes de la campagne s'aventuraient parfois avec l'impression, souvent outrée, de s'encanailler un peu. C'étaient des femmes comme les autres, à tous points de vue, qui servaient leur clientèle en blouse ou en tablier, en pantoufles, s'interrompant au besoin pour aller soulever dans leur cuisine un couvercle de cocotte ou de casserole.

Parfois même, cuisine et café se confondaient en une seule pièce, où se côtoyaient meubles et ustensiles ménagers, étagères où s'alignaient les bouteilles de vin, d'apéritifs, Cinzano, Dubonnet, Quinquina, d'alcools forts, rhum, cognac, et les cannettes de bière, plus de quoi contenter les fumeurs, paquets de tabac, du gros gris plutôt que du blond, papier à cigarettes, parce que beaucoup d'hommes les roulaient encore, briquets, allumettes... Ainsi, la plupart des cafés faisaient office aussi de bureaux de tabac, et parfois même de cabines téléphoniques. Il arrivait, à l'heure des repas, que se retrouvent à la même grande table, les uns à un bout et les autres à l'autre bout, la famille et quelques clients attardés, pour lesquels il fallait se lever quand ils demandaient à « remettre ça », ou qu'une conversation téléphonique soit à la portée de toutes les oreilles. Des situations qui n'étaient pas toujours sans inconvénients, mais qui renforçaient encore la familiarité campagnarde jusqu'à une certaine intimité. D'ailleurs, on désignait le plus souvent les cafés par les seuls prénoms de leurs tenancières : on allait chez la Jeanne, ou chez l'Alberte, ou comme à Martinpré chez la Marguerite, qui à leur rôle de commerçante ajoutaient au besoin celui de confidente ou de conseillère. Elles savaient se montrer patientes avec les clients bavards qui s'incrustaient, compréhensives avec ceux qui ne payaient pas comptant, généreuses, capables de tirer un trait sur une « ardoise » quand il y allait de la sauvegarde d'une famille, mais aussi autoritaires, voire brutales, envers ceux qui ne méritaient pas d'égards, les malpolis, les ivrognes, allant jusqu'à leur fermer leur porte, provisoirement, comme un purgatoire, ou définitivement.

Le café de Martinpré, comme bon nombre d'autres, faisait aussi épicerie, avec deux salles distinctes et communicantes. Marguerite avait connu l'époque des tickets de ravitaillement, pendant et après la guerre, où il lui fallait jongler, s'arranger et parfois tricher pour faire en sorte que les plus démunis, ceux qui ne pouvaient pas produire eux-mêmes de quoi nourrir convenablement leur famille, ne meurent pas de faim. Elle avait fait du trafic de lait, de beurre, d'œufs, de viande, pas à son profit, mais à celui des autres, de façon suffisamment habile pour ne pas être inquiétée.

Puis l'approvisionnement redevenu normal, elle avait connu une période de belle activité et de prospérité, toute relative mais suffisante à ses yeux. Du matin au soir, d'une salle à l'autre, elle servait les buveurs, les ménagères et les enfants, manipulait des sacs, des paquets, des caisses de bouteilles, des bocaux de bonbons multicolores. Des camions de livraison venaient l'approvisionner, celui du marchand de vins et spiritueux de Stenay, de l'épicerie en gros. Elle eut un dépôt de pain, de poisson le vendredi. Sa réserve était le garde-manger du village.

Mais dans les années soixante, si les cafés tenaient encore le coup, les petits magasins d'alimentation appartenant à des particuliers faisaient carrément figure d'exceptions, remplacés par des enseignes de distribution qui avaient leurs origines dans des chaînes coopératives. Les plus répandus s'appelaient tout simplement les « Coop », dont en 67 une publicité affirmait que trois millions et demi de familles françaises leur faisaient confiance. Il y avait aussi les Familistère, les Goulet-Turpin, les Comptoirs Modernes, les Prisunic, les Félix-Potin, précurseurs du libre-service, à l'influence plus ou moins grande selon les régions. Les produits s'y diversifiaient, devenaient plus attractifs dans leur présentation. Certains se transformaient déjà en supérettes, préfigurant les supermarchés, les Champion, les Casino, les Auchan, d'abord ouverts dans les grandes villes avant de gagner les moyennes et les petites, jusqu'aux gros bourgs des campagnes.

Comment soutenir une telle concurrence ? Les épiceries indépendantes de villages fermaient les unes après les autres. Certaines faisaient de la résistance, parfois jusqu'à l'extrême. Ainsi, dans un village proche de Martinpré, une vieille femme qui allait sur ses quatre-vingts ans, encore alerte bien que rabougrie et voûtée, mais peu soucieuse d'ordre et de propreté, ne se décidait pas à fermer boutique. Les tables où elle servait à boire portaient les traces des fonds de bouteilles et des verres, sous forme de taches noires et poisseuses. Elle s'en approchait avec sous son bras un torchon de couleur douteuse. Le coin épicerie autrefois étendu au bazar de base était un véritable capharnaüm dont elle était cependant capable d'extraire des produits ou des objets insolites, totalement désuets, des sachets de teinture qui dataient des années quarante, du pétrole pour les vieilles lampes, des fermetures pour les anciens modèles de bocaux à conserves, des attrape-mouches collants qui se fixaient au plafond avec des punaises, des pièges à taupes et autres curiosités... Sa boutique tenait plus du musée que du commerce, au point qu'elle était devenue une attraction, un but de promenade.

Chez la Marguerite, la clientèle masculine ne fléchissait pas. Les hommes avaient toujours envie de boire le coup pendant que les femmes préparaient le frichti, de taper le carton le soir ou le dimanche, ou de venir voir à la télévision, nouvellement installée dans la salle de café, les matchs de catch, soi-disant truqués mais tellement spectaculaires. Les femmes, elles, commençaient à délaisser l'épicerie, se forçaient à venir encore chez elle par sympathie, déjà certaines se laissaient aller à dire qu'elles étaient à court de sucre, ou de vinaigre, et qu'elles venaient se dépanner en attendant d'aller le samedi « au Goulet » de Stenay. Marguerite en ressentait un peu de tristesse, mais ne leur en voulait pas, comprenait que les commerces de campagne, comme le sien, étaient condamnés à mourir à petit feu, même si c'était dommage. De toute façon, Marguerite s'arrêterait quand son mari le cantonnier déposerait définitivement ses outils.

Aussi fut-elle on ne peut plus surprise quand, un jour de mai 69, Rose vint lui demander ce qu'il adviendrait de son commerce qu'elle s'apprêtait à quitter, l'échéance étant arrivée. Elle lui répondit qu'avec son mari ils allaient se retirer dans la petite maison héritée de ses parents.

— Quarante ans, qu'on a passés ici ensemble ! Nos enfants y sont nés et y ont grandi, ajouta-t-elle, dévoilant son émotion, alors qu'elle avait réussi jusque-là à n'en rien laisser paraître. La maison ne nous appartenait pas, mais on se sentait quand même chez nous. On sera bien là où on va s'installer, mais ça me fera quand même quelque chose de partir d'ici, j'aurai une impression d'abandon. Je ne pourrais pas l'avouer à n'importe qui, même mon homme ne me comprendrait pas.

— Et si moi, Marguerite, si moi je la reprenais, cette épicerie, si j'essayais de continuer... pour qu'il reste au moins un commerce ici ?

— Viens donc t'asseoir un moment, Rose, pour qu'on en cause un peu. Ainsi donc tu voudrais venir t'installer à ma place ? C'est vrai qu'un village qui n'a plus un seul commerce est un village qui se meurt. Je me demande si un jour on ne déménagera pas également toutes les écoles vers les villes, et si les enfants ne devront pas aussi se déplacer. J'avais bien pensé à notre Jeannette pour essayer de maintenir quelque chose ici, elle est avenante, elle a du bagout, elle aurait peut-être su retenir un peu la clientèle, mais c'est le contraire qui s'est passé, tu le sais.

Jeannette, en effet, dont les enfants allaient maintenant à l'école et prenaient le repas de midi chez leurs grands-parents maternels, travaillait au Goulet, partageant son temps entre l'approvisionnement des rayons et la caisse où elle relayait le gérant, qu'elle appelait le patron.

— On doit quitter l'écluse dans deux mois, Marguerite, pour laisser la maison au nouveau titulaire, c'est normal. C'était déjà bien de nous avoir laissé un aussi long délai. C'est pour ça que je suis venue aujourd'hui, bientôt le temps pressera.

— Et Louis, comment il va ?

— Il ne souffre presque plus, il remarche mieux, tenez en ce moment il est au bord du canal avec les petits, pour leur montrer les nids. Il restera handicapé à vie, mais il est là, avec nous.

Marguerite prépara du café que les deux femmes burent en silence. Elle devinait à quoi pensait Rose. A ce chemin parcouru depuis son arrivée rocambolesque à Martinpré, il y aurait bientôt huit ans. A tout ce qui avait transformé la fille blessée et farouche qu'elle était en une femme apaisée, épanouie, en une mère heureuse. Aux épreuves aussi, la mort de Léone, l'accident de Louis, qui en dépit de la peine avaient contribué à la renforcer encore.

— Il en est passé de l'eau sous les ponts depuis qu'on a fait ta connaissance, hein... reprit Marguerite.

Puis voulant mettre un terme à l'émotion qu'elle sentait à nouveau l'envahir, elle revint au sujet :

— Pour le bail, tu verras, je t'expliquerai, ce sera facile.

Tout le monde à Martinpré et même au-delà savait désormais que Rose n'était pas la cousine de Louis. Qu'elle ait été accueillie à l'écluse par Léone n'avait choqué personne, qu'elle y soit restée en tête-à-tête avec Louis avait paru plus délicat, mais on leur avait accordé le droit de décider de leur vie. C'est l'arrivée d'un enfant qui avait nécessité l'aveu. Bien sûr, les intéressés avaient la conscience tranquille, mais la situation nouvelle pouvait rallumer les interrogations.

On aimait bien Louis et Rose au village, mais enfin, avaient-ils des liens de famille ou pas ? Oh, bien sûr, ils n'auraient pas été les premiers dans ce cas-là, des mariages entre cousins, beaucoup de gens du pays pouvaient en citer des exemples, surtout parmi les plus âgés. La plupart du temps même ils étaient arrangés par intérêt, pour rassembler des propriétés et reconstituer des patrimoines. A l'inverse, mais aussi sous la pression, des jeunes gens devaient renoncer à leur amour à cause d'un lien familial même lointain. Quand des questions d'intérêt et de consanguinité venaient mettre leur nez dans les histoires d'amour, elles y jetaient toujours une ombre mauvaise.

Aussi Louis avait-il décidé de parler. Mais comment ? C'est Ernest qui lui avait tendu la perche, alors que la grossesse de Rose allait bientôt être visible aux yeux de tous.

Il était arrivé sur son vélo, comme d'habitude. Une visite comme les autres. Mais le regard aiguisé, surtout quand il lorgnait du côté de Rose.

— Dis donc, Louis, ta… ta Rose, elle se porte bien ces temps-ci !

— C'est normal, elle attend.

— C'est bien ce qu'il me semblait. Mais…

— Mais quoi, Ernest ? Ma cousine ? Ben non, vois-tu, tu seras le premier à le savoir, elle n'est pas plus ma cousine que je ne suis ton cousin.

Ernest ne parut pas vraiment étonné.

— Alors pourquoi ?

— On avait nos raisons, tous les deux, parce qu'on n'était pas sûrs.

— Ben j'aime mieux ça. Parce que les enfants de cousins, des fois, ils ne sont pas tout à fait comme les autres.

Louis pouvait être tranquille, l'Ernest ne regagnerait pas son écluse avant d'être allé colporter la nouvelle au village.

Les commentaires avaient révélé plus d'amusement et de sympathie que de critique. Il en avait mis du temps, ce Louis, pour se trouver une femme ! Une qui avait un peu créé la surprise, et pas seulement parce qu'on se demandait où et comment il l'avait trouvée, lui qui menait une vie si tranquille, toujours seul avec sa mère. Mais il s'était montré finalement plus malin que les autres, en se donnant le moyen de l'« essayer », le mot était un peu cru, pour être sûr d'avoir déniché la perle ! Et c'est vrai qu'elle en avait des qualités, sa Rose. Certains, sans aller jusqu'à le jalouser, l'enviaient, au fond d'eux-mêmes, soumis à des maîtresses femmes dont ils n'avaient pas pris le temps de découvrir la vraie personnalité...

Une seule personne savait la vérité. Marguerite, avec laquelle Rose avait noué un lien privilégié, différent de celui qu'elle entretenait avec Jeannette. Après la disparition de Léone, qui lui avait révélé ce que pouvait être une mère, elle avait plus ou moins consciemment cherché la même douceur et la même confiance auprès de Marguerite, jusqu'à lui révéler les conditions de son arrivée à Martinpré. Elle ne risquait pas l'indiscrétion. Celle-ci, en bonne commerçante, savait tout écouter sans jamais prendre parti ou juger, ce qui ne signifiait pas qu'elle n'en pensait rien, et ne se faisait jamais le relais d'aucun ragot. Il y en avait d'autres pour s'en charger. Ce qui tombait dans l'oreille de Marguerite n'en sortait par sa bouche que dans l'intimité, où Rose avait conquis sa place.

L'enfant était venu au monde à la mi-février 64, un petit garçon, né à la maison, recueilli par les mains d'une sage-femme. C'est Rose qui l'avait décidé ainsi, alors que les femmes allaient accoucher à la maternité de Verdun, sauf si elles étaient prises de court. Louis avait attendu le premier cri en repensant à un autre petit garçon qui l'avait fait rêver, né sur une péniche, la *Georgette*, une nuit. Maintenant dans son rôle de père, il se réjouissait que le sien découvre la vie dans le lit où il était né lui-même. Avec cependant un pincement de cœur, en imaginant sa manLéone à la place de Rose, avec son secret, et le père Maurice à la sienne, se préparant à accueillir un enfant dont il ne saurait jamais, heureusement, qu'il n'était pas le sien. Rose voulut prénommer son fils Paul-Louis. Elle aurait ainsi son Poulou, comme Julie dont elle gardait précieusement le souvenir d'une trop courte amitié.

La visite tant attendue de la famille Van de Claess, dans une impatience teintée d'une certaine angoisse, n'avait eu lieu que deux mois après la naissance de Paul. Retardée à plusieurs reprises sous des motifs derrière lesquels Louis et plus encore Rose pressentaient la difficulté d'Hippolyte à accepter un revirement dont il avait pourtant été l'auteur.

Il est vrai que là-haut, à Bruxelles, c'était avec lui-même qu'il s'efforçait de faire d'abord la paix. Reconnaître ses propres erreurs, ses propres faiblesses, sa propre mauvaise foi, est toujours plus long et plus difficile que de faire le procès des autres. Marie ne savait pas, ne saurait jamais jusqu'où il était allé, pas plus que ce qu'il cherchait au grenier et à la cave. Elle serait tombée des nues si elle avait appris que son père, cet homme si discret et tranquille, possédait un revolver, un secret partagé par Hippolyte. Elle n'avait pas douté de la sincérité de son mari de retour de Martinpré, de son émotion, de la chaleur de son étreinte. Il revenait de si loin, et en même temps il chutait de si haut. C'était à nouveau lui qu'elle voulait ménager.

Il fallait lui laisser le temps d'admettre qu'il ne pourrait plus retrouver la vie d'avant, quand il était Tarass-Boulba le tout-puissant. Et surtout, elle en prenait conscience, qu'il n'en avait plus envie, donc qu'il avait déjà renoncé. Elle le voyait devant le miroir, il ne se cachait plus, découvrir, pour l'accepter, son visage de vieil homme dont en s'affaissant les traits perdaient leur arrogance, son corps dont la lourdeur gommait la puissance. Il se regardait devenir un grand-père et s'en étonnait un peu moins chaque jour.

Alors Marie écrivait à Rose qu'elle avait beaucoup de travail avec son commerce, qu'il y avait les commandes, les livraisons, les inventaires... Qu'il fallait vendre la camionnette et la caravane, acheter une nouvelle voiture. Elle recommandait à sa fille de prendre soin d'elle, comme si elle-même, en ses temps de grossesses, pauvre musaraigne, elle avait pu se dorloter. Elle finissait toujours par quelques propos positifs sur le père, et la conclusion ne variait jamais : attendre, attendre encore un peu.

Et puis un dimanche ils étaient arrivés, tous les trois, dans leur voiture. Le petit Paul avait facilité les premiers contacts en mobilisant les bras de sa mère, empêchant des étreintes appuyées où tout excès ou toute maladresse aurait pu sembler déplacé. Ils avaient peu parlé d'abord, s'étaient surtout regardés, et non pas reconnus, mais redécouverts dans leurs nouveaux personnages. Louis se tenait un peu en retrait, Hippolyte coulait des regards vers lui, comme s'il cherchait une aide, une complicité d'homme pour l'aider à retrouver une place, un rôle, aux côtés de ces deux femmes qui avaient tiré toutes les ficelles de sa déchéance.

Ces deux femmes… Violette en effet, gracieuse et souriante, semblait en dehors de cette situation pourtant si particulière. Elle s'était laissé embrasser par Rose comme si elle l'avait vue la veille. Quand celle-ci avait reposé le bébé dans son berceau, elle s'en était approchée et faisait à son intention des gestes avec ses mains en fredonnant.

Deux péniches, ce dimanche-là, étaient passées. Du bord du canal Hippolyte avait suivi le travail de Louis, mais sans un mot. De l'autre côté, le buisson qui l'avait abrité n'était encore couvert que de timides bourgeons qui laissaient voir le bois.

Leur deuxième visite, en juin, avait coïncidé avec le mariage des nouveaux parents. Parmi toutes les raisons d'épouser Rose, en dehors de la première, l'amour, et de toutes les autres dictées par le respect des bonnes mœurs, figurait en bonne place la volonté de donner à sa femme et ses enfants le nom qu'il tenait de son père Maurice. Un passage rapide à la mairie, puis à l'église, devant deux témoins, Jeannette et Ernest, un repas dans le jardin de l'écluse. Marie, déjà familière des lieux, aussi active et efficace que dans sa boutique. Violette, sous le charme des fleurs, des poules, des lapins, des oiseaux, se déplaçait comme si elle foulait à peine le sol de ses pieds. Hippolyte encore dans le sillage de Louis, géant déchu. Mais quand ses yeux croisaient ceux de sa fille aînée, il osait en soutenir un peu plus longtemps le regard, et elle cherchait à se persuader que Louis lui avait dit vrai, que son père n'avait pas voulu la tuer, que le revolver n'était pas chargé.

Treize mois après Paul était née une petite fille, prénommée Léonie, en souvenir de la grand-mère qu'elle ne connaîtrait pas. Tous les deux se révélaient des enfants faciles, à la fois calmes et vigoureux, aux cheveux bruns et drus comme ceux de leur mère. De l'avis général ils lui ressemblaient. La petite avait cependant « des airs de Léone », selon l'expression assez vague pour plaire ou ne pas trop déplaire selon les cas. Rien du père Maurice, bien sûr. Mais de Louis ? Bien qu'un peu jaloux, il admettait que la nature avait bien fait les choses, en ne donnant à aucun de ses deux enfants ces longues mains et ces cheveux sans véritable couleur, son propre héritage du caberlot, sans doute mort lui aussi, et ainsi pour de bon.

Un matin de juin 65, le facteur avait enfin apporté la lettre que Rose attendait, timbrée de Belgique.

— Elle ne vient pas de Bruxelles, celle-ci, dit-il, et c'est la première fois que je vois ça, pas de nom ! Ecluse de Martinpré, Meuse, France, c'est tout !

Julie ! Les nouvelles étaient mitigées. La *Pont-de-Loup* avait eu raison de son couple. Malgré la naissance à l'automne 63 d'une fillette, une petite... Rose-Marie. Chris avait vendu la péniche, pour la casse, et comme il n'envisageait pas sa vie ailleurs que sur l'eau, il était parti pour Anvers, où il avait trouvé facilement une place de matelot sur un cargo qui faisait des allers et retours entre l'Europe et l'Amérique. Julie vivait chez ses parents, travaillait à Charleroi, dans une maison de placement pour personnes âgées, sa mère gardait les enfants. Chris leur rendait visite quand il le pouvait, mais chaque fois, écrivait-elle, ils se sentaient de plus en plus étrangers l'un à l'autre. Elle avait rencontré un autre homme, elle envisageait de refaire sa vie... Elle finissait par des mots chaleureux, un rappel des instants partagés, courts mais intenses, du réconfort qu'ils lui avaient apporté.

Une correspondance annuelle s'était alors établie entre Rose et Julie, qui avait toujours matière à raconter, entre ses démêlés avec Chris qui prétendait l'aimer encore, son remariage, son installation à Charleroi, la naissance d'un troisième enfant... A part la première, où elle avait fait le point, les lettres de Rose se ressemblaient toutes. Tout allait bien. Paul et

Léonie grandissaient. Elle peinait un peu à les écrire, réfléchissait... Si, il y avait quelques nouvelles, l'achat d'un téléviseur, d'une machine à laver, la camionnette de Louis hors d'usage remplacée par une Renault 4L. Elle avait appris à conduire, passé le permis. Des nouvelles de gens simples et heureux...

Puis il y avait eu l'accident...

Mars 68. Les travaux étaient prévus depuis longtemps.

Les voies d'eau nécessitaient en effet une surveillance et un entretien qui avaient pour but de faciliter la navigation et de protéger les berges, et les écluses celui de garantir la sécurité. Les travaux étaient effectués par des équipes d'ouvriers spécialisés dans différents domaines, qui allaient de l'élagage le long des rives et des chemins de halage aux réparations des dégâts du temps, en passant par la pose ou le remplacement des bouées et des dispositifs divers de signalisation. Enfant, dès qu'il le pouvait, Louis s'échappait pour aller les regarder travailler, aussi était-il familiarisé depuis longtemps avec les termes techniques : palplanches, gabions, fascines, enrochements. Une seule chose freinait son enthousiasme : les envols d'oiseaux et la fuite des rongeurs des rives chassés de leur territoire. Mais il connaissait la constance dont ils faisaient preuve pour se le réapproprier.

Beaucoup plus rare, mais plus spectaculaire, était la mise en chômage du canal, qui lui donnait des envies de surprise, de préférence dramatiques, depuis que le père Maurice lui avait raconté qu'une fois, non loin d'ici, des ossements humains en avaient été retirés... Lui, quand il était encore au temps des rêves, n'avait eu droit qu'au repêchage d'un vieux vélo archirouillé jeté là par un riverain sans scrupule.

Il n'avait revu le canal vidé de son eau que beaucoup plus tard, après la guerre, après la noyade du père Maurice. Il ne rêvait plus, surtout de découverte macabre au fond.

Le nettoyage des écluses était aussi une grande affaire, en raison de la complexité de tout ce qui devait être inspecté, ausculté, réparé, remplacé, ce qui était en bois, en métal, en pierre.

L'écluse de Martinpré se trouvait donc en chômage ce jour de mars où, comme les jours précédents, Louis avait accueilli le matin les ouvriers du service de la navigation. Les éclusiers, privés de leur travail dans ce cas-là, n'étaient pas pour autant en congé, ils devaient s'intégrer à l'équipe. Depuis que le chantier avait été ouvert, Rose surveillait de très près Paul et Léonie, qui suivait partout son frère. En temps ordinaire déjà il fallait bien veiller sur eux. Mais ils avaient vite compris qu'ils ne devaient pas s'approcher seuls du bord du sas, mais seulement avec leur papa ou leur maman. Les hommes, le bruit des outils, intensifié par la résonance, l'espèce de grand trou noir qu'était devenu le sas vidé de son eau, tout aurait pu contribuer à exciter leur curiosité. L'écluse vide était plus dangereuse encore que pleine.

Selon leurs compétences, les ouvriers s'activaient, les uns à la vérification méticuleuse des organes des passerelles, des vantaux, des crics de manœuvre, des joints, des vannes, d'autres au nettoyage et au ravalement des bajoyers, des murs de garde et de chute. Le fond du sas, une fois l'eau évacuée par pompage, avait été recouvert d'un caillebotis métallique.

Il s'avérait que la paroi demandait à être particulièrement renforcée aux points d'attache de l'échelle qu'empruntaient couramment les bateliers pour passer à terre ou au contraire rejoindre leur péniche descendue au niveau de l'aval. Mais les dégâts devaient apparaître moins graves qu'ils ne l'étaient en réalité, parce que cette échelle ne semblait pas encore dangereuse au point d'être condamnée, si bien que les ouvriers l'empruntaient toujours pour aller chercher du matériel dans les voitures de service stationnées au ras de l'écluse. Ou Louis, dont le rôle consistait davantage à leur faciliter le travail qu'à y participer lui-même.

Il descendait, une caisse d'outils sur l'épaule maintenue d'une main, il n'était pas à mi-hauteur quand il sentit l'échelle amorcer un léger mouvement vers l'arrière, accompagné de la chute de quelques gravats. Il voulut accélérer sa descente, mais son pied glissa et il bascula, entraîné par le poids de la caisse que par réflexe il avait essayé de retenir. Mais ils tombèrent ensemble, la caisse et lui, le bruit de la chute amplifié par celui des outils dispersés sur le caillebotis et la résonance dans le sas. Il était sonné. Tous les ouvriers ne l'avaient pas entendu, mais bientôt, alertés par ceux qui étaient les plus proches, ils se rassemblèrent autour de l'éclusier inerte et l'un d'entre eux, perché sur l'échelle de service pour les besoins de ses travaux, s'empressa d'aller prévenir Rose. Elle ne voulut pas attendre la remontée de Louis par des moyens qu'il allait falloir improviser, elle descendit au fond du sas. Agenouillée sur le caillebotis humide elle se pencha vers lui, il venait tout juste de reprendre connaissance. Il lut dans ses yeux une force qu'elle lui communiqua d'emblée. Une force d'amour, une force de vie.

Quelle affaire que cet accident à l'écluse de Martinpré ! La famille Champart, décidément, était marquée par le sort. Il est vrai que pour ceux qui refusaient le hasard, si frustrant parce qu'il coupe court à toute interprétation, et lui préféraient des analyses plus subjectives, où la fantaisie l'emportait sur le rationnel, la noyade de Maurice, les conditions de la mort de Léone, et pour finir l'accident de Louis, tous liés à cette écluse à laquelle ils avaient consacré leur vie, avaient de quoi les troubler et les inspirer. Même s'il se répétait à chaque mort, à chaque accident, que c'étaient toujours les meilleurs qui partaient, qu'il n'y avait pas plus averti que celui qui s'était fait prendre, pas plus prudent que celui qui avait commis une imprudence, le destin des Champart sortait de l'ordinaire.

Rose n'avait pas perdu de temps à se lamenter et à disserter sur ce nouveau coup dur, elle avait agi. Elle n'avait guère eu le loisir au cours de ce printemps d'en apprécier les charmes. Louis, emmené en ambulance à l'hôpital de Verdun, avait été déclaré atteint de plusieurs fractures, opéré. Elle lui rendait visite, emmenait parfois les enfants. Sinon elle les confiait à Marguerite, qui s'arrangeait facilement de leur présence avec sa clientèle raréfiée. Paul et Léonie la considéraient comme une grand-mère, celle qu'aurait été pour eux Léone, peu prodigue en caresses, mais bienfaisante et généreuse. De même son cantonnier de mari, avec sa brouette et son élevage de lapins dans la cour, évoquait tout à fait leur vrai-faux grand-père. Les autres grands-parents, ceux de Bruxelles, n'étaient encore que des visiteurs rares, dont ils devinaient l'étrangeté, mais sans avoir ni la capacité ni la curiosité de chercher à la comprendre. Aussi manifestaient-ils envers eux une réserve instinctive. Avec le temps les liens se renouaient lentement, marqués par quelques visites, dans un sens ou dans l'autre, mais le contentieux entre le père et la fille était si fort qu'ils se demandaient toujours s'il convenait de crever l'abcès, donc d'évoquer le passé, ou d'étendre par-dessus le voile apaisant d'un oubli forcément factice, ou d'un pardon si difficile à exprimer. Dans le doute abstiens-toi... Ils s'abstenaient, n'échangeaient entre eux que des banalités limitées à quelques mots.

Rose l'apprit bientôt à l'hôpital, Louis remarcherait, mais il garderait de son accident des séquelles invalidantes. Pas question pour lui de reprendre son travail à l'écluse à son retour, avec la jambe gauche un peu raccourcie, l'épaule du même côté ayant perdu une part de sa mobilité. Accident du travail, invalidité partielle, pension...

Sitôt achevée la remise en état de l'écluse et la navigation rétablie, l'administration envoya un remplaçant. Un jeune homme, qui habitait Stenay et terminait sa formation, qui arrivait chaque matin et repartait chaque soir sur sa moto. Un nouvel éclusier en titre serait nommé au terme du délai accordé à Louis, qui perdrait ainsi le bénéfice du logement.

L'idée de Rose de succéder à Marguerite lui trottait dans la tête depuis quelque temps, la fatalité ne fit donc qu'accélérer sa démarche.

10

Le village de Martinpré a toujours ressemblé aux autres villages de Lorraine, avec ses rues aux petites maisons mitoyennes, ses fermes devant lesquelles s'élevait le tas de fumier, ses jardins par-derrière. Il a évolué comme eux. Il s'est donc enrichi de quelques maisons individuelles, pompeusement baptisées « pavillons ». Ses paysans, à l'étroit dans des bâtiments exploités par plusieurs générations avant eux, « font construire » en dehors, et les tas de fumier disparaissent progressivement des usoirs. Ses enfants ne passent plus le « certif », mais la scolarité allongée de deux ans les envoie tous au collège le plus proche.

Mais si la modernité gomme certains aspects typiques de ces villages, il en est qui parviennent à conserver leurs particularités liées à la nature, à la structure du terroir. L'un étale ses quelques rues en arcs de cercle autour d'une colline, un autre les tasse au pied d'une véritable côte sur les flancs de laquelle s'accrochent encore des arpents de vigne, un autre ailleurs fait figure d'îlot au cœur des champs et des prairies.

Martinpré, c'est ce qui fait son charme, est logé dans une belle boucle de la Meuse qui flirte avec le canal. L'abord facile du fleuve, des bouquets d'arbres, des espaces envahis de sable, d'autres de joncs et autres plantes aquatiques en font un lieu de pêche idéal, reconnu et apprécié. Martinpré a eu ses « pêcheurs de Meuse », des professionnels, qui de leurs barques attrapaient, à la ligne, dans des filets et des nasses tendus aux meilleurs endroits, des brochets, des truites et autres poissons qu'ils vendaient ensuite, réservant les plus beaux et les meilleurs pour des restaurants, situés parfois à plusieurs dizaines de kilomètres.

Il n'y a plus de pêcheurs de Meuse. Rien que des amateurs. Des retraités qui trompent le temps, des travailleurs qui se détendent, des gamins qui se lassent vite quand ça ne mord guère. Et de plus en plus nombreux des vacanciers, des gens du Nord ou de la région de Longwy, des ouvriers des mines quand elles existent encore, des aciéries quand elles fument toujours, des filatures. Martinpré leur offre son hospitalité, ils dressent leur tente ou calent leur caravane au bord de l'eau ou dans un coin de prairie. Ils ne suscitent plus la curiosité. Certains apprécient tellement le village, et plus largement cette partie de la vallée de la Meuse, que de petites maisons laissées vacantes par de vieilles personnes non remplacées ou des départs deviennent ce que les notaires et les agences qui les leur vendent qualifient de résidences secondaires. Résidences… le mot est pompeux, il faudra s'y habituer. Pour eux, ce ne sont encore que de modestes pied-à-terre, où ils viennent respirer, se reposer, on ne dit pas encore se ressourcer.

Martinpré possède maintenant un autre avantage d'importance. Un petit commerce tout à fait sympathique et pratique, qui s'appelle simplement : Chez Rose. C'est un café, mais pas seulement.

Les cafés ont beau avoir mieux résisté que les épiceries, comme si boire était plus nécessaire que manger, certains ne peuvent plus tenir et ferment. A moins d'avoir un moyen, ou une raison, d'attirer la clientèle. Une ambiance par exemple.

L'un d'entre eux a ainsi tenté sa chance. Dans un village distant de Martinpré d'à peine dix kilomètres. Montry. A une vieille dame comparable à la brave Marguerite a succédé au début de l'année dernière, 1970, un couple composé d'un homme qui portait couramment le costume rayé et la cravate, des chaussures blanches, des rouflaquettes et des grosses bagues aux doigts, et d'une femme rousse d'une beauté rare, en tout cas autre qu'une beauté campagnarde. On apprit bientôt qu'elle avait été Miss. Miss quoi ? Miss France ? Non, quand même pas, mais Miss d'un grand concours de beauté. L'homme tenait le bar, la femme faisait la salle. Ce fut une ruée vers le café de Montry. On y servait du whisky, du champagne. La femme bichonnait les clients, s'approchait avec un briquet pour allumer leur cigarette, répondait aux plaisanteries, se penchait vers les tables, largement décolletée. Bien des hommes du canton, pour ne pas dire tous, y mirent au moins une fois les pieds, beaucoup y retournèrent, certains s'y incrustèrent. Les mères tentaient d'en dissuader leurs fils, les femmes leurs maris. Ceux-ci pour leur défense plaidaient la seule curiosité, le coup d'œil, ce qui était souvent la vérité. Mais il y fut organisé quelques soirées spéciales, la gendarmerie alertée s'en mêla, des produits prohibés furent saisis, la licence retirée. Montry n'a plus de café.

Chez Rose aussi il y a une ambiance. Tout autre, on s'en doute.

Ce qui était la salle de café du temps de Marguerite l'est resté. Elle y a tout laissé, hormis sa télé, présente maintenant dans de nombreux foyers. Rose vend du champagne, du whisky, mais seulement dans des occasions exceptionnelles, par exemple la conclusion d'une affaire qui s'arrose, l'achat d'une voiture neuve, une transaction entre un maquignon et un paysan. Sa clientèle habituelle, consommatrice ordinaire, est celle de Marguerite. Elle n'a rien contre les vieux joueurs de belote et de manille qui tapent du poing sur la table, répètent toujours les mêmes plaisanteries sur les vaincus, la hèlent pour qu'elle remplisse leurs verres de vin rouge ou de bière. Elle a simplement poussé leurs tables vers le fond de la salle, pour faire de la place pour quatre autres petites tables, couvertes de nappes qu'elle a coupées dans les tissus de Léone, c'est joli, ça met de la couleur. Pour des clients de passage, qui s'arrêtent pour boire un verre et s'avisent qu'il est l'heure de manger, pour des pêcheurs qui se sont levés aux aurores et ont un petit creux sur le coup de neuf heures, pour des campeurs qui n'ont pas de quoi se cuire un repas chaud, elle prépare à la demande, dans sa cuisine, quelques plats simples et rapides, des omelettes, des pâtes, des crêpes, des tartes.

Dans l'ancienne épicerie elle a installé son commerce à elle. Il n'a pas de nom parce qu'il s'agit d'une sorte de bazar. Elle vend des articles de pêche, des gaules, des lignes, des hameçons, des filoches. Elle vend des bonbons parce qu'elle aime les enfants, qui sont toujours les bienvenus chez elle, ceux qui fréquentent l'école de Martinpré et ceux qui prennent le car pour le collège. Elle leur fait crédit s'ils ont les poches vides, en offre aux tout-petits, aux camarades de sa Léonie qu'elle surprend souvent la main dans un bocal. Il n'est pas rare que quand une odeur sucrée s'échappe de sa cuisine, elle les invite à s'approcher. Dépositaire du journal, elle vend aussi des cartes postales et des timbres, de petits articles de papeterie, des illustrés pour les enfants. Enfin elle a conservé le bureau de tabac.

A Martinpré on allait chez la Marguerite, on va maintenant chez la Rose. Il ne faut pas croire que l'article dévalue la personne. Au contraire. Son emploi signifie une forme de reconnaissance, réservée à ceux et celles qui sont issus du même terroir, en connaissent les codes, les valeurs. Ou bien, et c'est le cas de Rose, qui ont su s'intégrer au point d'y avoir leur place. Ils le savent bien, les gens de la campagne, ils ont appris la grammaire comme les autres, ce qui distingue les noms propres des noms communs. Mais ils savent aussi que toute règle a ses exceptions, et que si certaines ne semblent avoir été inventées que pour compliquer l'apprentissage de la langue, d'autres se sont chargées de sens et de sentiments au gré des coutumes, variables selon les époques et les milieux.

Quitter l'écluse... Louis s'étonne de n'en avoir pas autant souffert qu'il l'avait craint. Maurice l'aurait vécu comme un déchirement. Fallait-il y voir une différence de plus entre eux ? Un effet de l'évolution des mentalités ? Des fils de paysans désertent maintenant les fermes familiales au profit d'autres voies sans provoquer de drames ; parmi ceux qui restent, certains épousent des institutrices, des infirmières ou des employées de bureau.

Il y a de tout cela, sans doute, mais encore et surtout la présence de Rose. Tout en lui apportant l'aide et les soins qu'il a nécessités dans les premiers mois, jamais elle ne s'est apitoyée sur son sort d'homme que d'autres auraient qualifié de « diminué », jamais elle ne s'est apitoyée sur elle-même. Elle avait partagé son domaine de l'écluse en y participant selon ses compétences, il ferait de même dans le sien.

Pendant son hospitalisation, à celles et ceux qui prenaient un air et une voix de condoléances pour demander à Rose des nouvelles du blessé et s'interroger sur leur avenir comme s'il s'annonçait sombre, elle répondait avec un sourire qui les désarmait :

« Mais il n'est pas mort, mon Louis ! Un bras et une jambe affaiblis empêchent de manœuvrer une écluse, pas de continuer à vivre ! »

Depuis qu'elle habite la campagne, elle a remarqué que personne n'y est entièrement désœuvré, qu'il subsiste toujours des occupations à la portée de tous. Même des éclopés. Comme le père Hubert surnommé

« quatre pattes » à cause d'un déambulateur avec lequel il a appris à biner les plates-bandes de son jardin. Jusqu'au « Tintin », un simplet dont l'espèce tend à disparaître dans les villages, un phénomène auquel ceux qui s'interrogent attribuent des causes plus ou moins rationnelles. Le Tintin sait très bien bêcher, charrier du bois, rendre toutes sortes de services.

Louis n'est ni un infirme ni un Tintin. Sa place s'est dessinée d'elle-même. S'occuper des enfants, leur faire connaître et aimer la nature n'en est pas la part la plus négligeable.

« Un commerce, ma fille tient un commerce ! » s'est réjouie Marie quand elle a appris la nouvelle.

Un commerce bien différent du sien, a-t-elle constaté sur place, pas de spécialité définie, pas d'horaires précis, et surtout une clientèle en majorité masculine, et quels hommes, pour la plupart… Mais elle reconnaît volontiers que le café de Rose est un endroit chaleureux qui ne manque pas de charme.

En matière d'horaires, elle-même s'est alignée sur les magasins qui ferment le lundi, si bien que désormais la famille Van de Claess peut descendre plus souvent vers la France. Chez Rose, il y a plus d'espace qu'à l'écluse, et dans les chambres du haut, Marguerite a laissé des meubles qui permettent d'héberger les visiteurs.

Marie, Hippolyte et Violette sont en passe de devenir des familiers à Martinpré. Les samedis soir et les dimanches où ils sont présents, Rose met plus de temps à compter la recette après la fermeture.

Le principal artisan de ce succès est bien entendu Hippolyte. Tarass-Boulba a beau être loin, il lui reste ce fond d'originalité et ce goût de paraître, d'étonner, qu'il a dû ravaler pour redescendre au rang d'homme ordinaire, et même pire, d'homme soumis, vaincu, résigné. Mais le naturel ne demande qu'à refaire surface. Il trouve au contact des clients du café de Rose l'occasion et les moyens de le dévoiler. Le café lui plaît beaucoup plus que la mercerie, ici au moins il y a des hommes. Les femmes ne disent pas à Rose ma chère ou ma bonne dame, elles la tutoient, parlent fort, rigolent franchement.

Une fois passé le temps de l'observation réciproque, Hippolyte a senti qu'ici il allait redevenir quelqu'un.

C'est parti doucement. De quelques questions banales posées autant par sympathie que par curiosité.

Et puis c'est venu petit à petit. Il prenait place avec deux ou trois vieux autour d'une table, leur offrait un verre.

« Je suis belge… oui, mais pas d'origine. J'ai des ancêtres asiatiques. D'ailleurs si vous regardez bien la forme de mon crâne… »

Ils ne s'y connaissaient guère, les bonshommes, ignoraient totalement la génétique, même le mot, mais appâtés par l'attrait du personnage, ils acquiesçaient à tout ce qu'il leur disait.

Certains soirs les deux salles sont pleines, des joueurs de cartes, des mangeurs d'omelette, des pêcheurs, des jeunes qui jouent au baby-foot nouvellement installé. Hippolyte aide au service, Louis derrière le comptoir remplit les verres de bière, lui passe les bouteilles de vin. Dans la cuisine Marie s'affaire avec Rose. A l'aise comme elle l'est partout, jamais dépaysée ni étonnée, souriante mais comme absente, Violette déambule entre les tables, puis va s'adosser près du baby-foot. Elle ressemble si peu aux autres filles qu'elle intimide les garçons, ils n'osent pas encore lui parler. Elle leur sourit, esquisse pour eux quelques pas de danse en faisant tournoyer sa jupe.

Hippolyte a repris du poil de la bête, il se tient plus droit, bombe à nouveau un torse qui a été plus glorieux, mais qui ainsi requinqué n'est pas tout à fait dépourvu d'allure. Ses moustaches ont repoussé, et le contraste avec son crâne chauve impressionne. Ses yeux ont retrouvé de l'éclat, sa voix de l'assurance. Il se remet à rouler les *r*, à la russe. On voit qu'il y prend du plaisir.

Il saisit au vol dans une conversation un mot qui l'inspire et prend la parole. Il ramène tout à lui, mélangeant allègrement des faits réels et imaginaires. On le ferait bondir en le soupçonnant de mentir, quand il parle il croit à nouveau tout ce qu'il assure. Avoir fait un voyage en Russie, par exemple, au temps de sa jeunesse, au temps de Staline, dont le nom ferait presque frissonner encore ceux qui l'écoutent. Une autre fois, avoir embarqué sur un cargo vers la colonie, le Congo !

« Ton père, Rose, il revient quand ? » demandent les clients entre deux visites.

A chaque retour à Bruxelles, il remporte avec lui un peu de cette nouvelle énergie, de ce moral ragaillardi, de cette bonne humeur. Ainsi qu'une sorte de chaleur dont il connaît la double cause. Ce sont ses conversations avec Louis qu'il tutoie, à qui il raconte ses différents métiers, sauf le dernier. Il se doute que son gendre en connaît davantage que ce qu'il lui confie, et apprécie sa discrétion. Un jour, c'est sûr, ils pourront parler à cœur ouvert. Ce sont aussi les petites mains des enfants qui se glissent maintenant dans la sienne, les petites voix qui l'appellent grand-père. D'abord apprivoisés, Paul et Léonie sont aujourd'hui conquis.

A Bruxelles il élabore des projets, tous concernent Martinpré. Comme au temps où il préparait ses tournées de saltimbanque il fait des plans, des calculs. A quoi bon chercher du travail puisque personne ici ne veut de lui. L'été prochain il ira passer un mois entier là-bas, le temps d'aider son gendre à aménager convenablement les dépendances du café, où se côtoient encore les clapiers et les nichoirs à poules déménagés de l'écluse, les réserves de toutes sortes et le tas de bois. Puis il dit qu'il a fait le tour du village, qu'il a repéré une jolie maison vide. Il a bien envie de l'acheter, tout seul, sans toucher à l'argent que gagne Marie, avec ce qui reste du temps de la roulotte et de la caravane. S'il s'y prend sans trop attendre, il l'aura pour une bouchée de pain. Et il la retapera petit à petit, avec Louis, une semaine par-ci, un mois par-là.

« Hein, musaraigne… Qu'est-ce que t'en penses ? »

Elle pense, la musaraigne, que si son homme va jusqu'au bout, autant qu'elle aime sa boutique elle la quittera pour le suivre à Martinpré. Elle a rencontré récemment le professeur de danse de Violette. La sylphide ne progresse plus, elle est trop absente pour intégrer les notions d'effort, de progrès. Elle ne danse plus avec nous, a dit la dame, elle danse toute seule.

S'ils vont un jour s'installer à Martinpré, elle ne changera pas de monde, puisque pour elle il est le même partout.

Un soir d'automne 71. Un samedi. Il y a affluence au café : Rose a pour la première fois organisé un concours de belote. Dix tables de quatre joueurs, plus les curieux qui regardent et retiennent leurs conseils. Cette fois c'est sérieux, il y a même des récompenses prévues pour les meilleurs, dont un jambon, exposé sur le comptoir !

Les Van de Claess sont venus. Entre les parties, Hippolyte s'active.

Depuis qu'ils sont arrivés, il semble à Rose qu'il la regarde autrement que d'habitude, même s'il ne lui parle pas plus. Elle devine une question dans ses yeux, et même une invite : Si on faisait la paix tous les deux, pour de bon ?...

Faire la paix, ce serait pouvoir rappeler le passé sans colère, et aussi sans tristesse. Que son évocation n'amène pas des larmes, mais du rire. C'est aussi ce que souhaite Rose. Elle ne doute plus de cette issue, elle n'a plus à l'espérer, elle y croit, elle l'attend. Elle n'a plus de haine envers son père, plus de honte de ce qu'elle a été par sa volonté. Elle n'a même plus de pitié envers lui, elle est prête à l'aimer. Reste à franchir le pas.

Le concours est fini, Rose annonce les vainqueurs, bruyamment applaudis, puis récompensés. Sur les tables, les verres et les bouteilles remplacent les cartes,

Marie a confectionné des gâteaux qu'elle apporte de la cuisine tout tranchés. La soirée va se prolonger dans la bonne humeur.

Hippolyte s'est accoudé au bout du comptoir, qui se termine par une sorte de colonnade qui rejoint le plafond. La Marguerite y avait entortillé une fausse plante grimpante plus gênante que décorative.

Un peu tassé, le visage fermé, on dirait qu'il n'est pas dans son assiette, ou alors qu'il fomente quelque chose.

Parmi les buveurs restés attablés, Ernest s'en aperçoit le premier. Lui aussi a quitté son écluse, pas pour la même raison que Louis. A cause de l'âge. Il est retraité. Il en a de la veine. Pas tant que ça à son goût. Parce que la Félicie a voulu qu'ils aillent « en ville ». C'est-à-dire à Stenay, où ils louent un appartement dans les anciennes casernes reconverties en logements. Au rez-de-chaussée, à cause de l'état de ses jambes. Elle dit aussi qu'ils n'auront qu'une rue à suivre et une place à traverser pour aller à la maison de retraite quand il le faudra. Une perspective qui ne réjouit guère l'Ernest. Pour entendre autre chose que les jérémiades de sa pauvre Félicie, au volant de sa 4L il prend souvent la route de Martinpré pour se retremper dans une atmosphère plus réjouissante, et évoquer avec Louis les longues années passées au bord de l'eau, dont il a la nostalgie.

« Ton beau-père, lui dit-il souvent, c'est pas n'importe qui ! »

La personnalité d'Hippolyte lui a plu dès qu'il a fait sa connaissance.

Ce soir il voit bien que celui-ci rumine.

— Eh ben quoi, Hippolyte, lui lance-t-il, ça ne va pas ? Notre compagnie ne te plaît pas ?

Toute l'assistance se tourne vers le père de Rose.

— Je pense à un ami.

— Il ne devait pas être drôle, cet ami-là, à voir ta tête quand tu penses à lui. Ou alors il est mort...

— T'as sûrement raison, Ernest, depuis le temps il doit être mort. Un singe, même un grand, vit moins longtemps qu'un homme. Surtout s'il est prisonnier.

Rose a sursauté. Un singe... Mais à son propre étonnement elle n'a pas peur.

— Un singe ! s'exclame l'Ernest. C'était un singe, ton ami ? Tu perds le nord ou quoi, Hippolyte ?

Il commence à rigoler. Tout le monde regarde Hippolyte. Et voilà qu'il se transforme, il se penche un peu en avant, balance un bras presque jusqu'au sol, la main de l'autre côté toujours accrochée à la colonnade comme au barreau d'une cage. Il fait saillir sa mâchoire inférieure, rouler ses yeux. Dans la salle c'est l'hilarité générale. L'Ernest se tape sur les cuisses.

Le samedi soir Paul et Léonie ne sont pas envoyés au lit comme les veilles d'école. Le gamin suit les jeux de cartes, parfois un vieux le prend sur ses genoux et le fait jouer à sa place. Léonie veut aussi grimper sur les genoux des clients. Quand elle s'endort il n'y a plus qu'à la porter dans son lit. Mais quand le grand-père de Bruxelles est là, les deux petits n'ont d'yeux que pour lui.

Ce soir eux aussi s'amusent. Ils s'approchent d'Hippolyte qui fait mine de vouloir les embrasser avec ses grosses lèvres de singe. Léonie fait semblant d'avoir peur et se réfugie près de Rose.

— Maman, grand-père il est rigolo quand il fait le singe.

Rose sourit.

Hippolyte se redresse, redevient un homme, se rapproche des tables occupées.

— Je vais vous apprendre une chose pas banale. J'ai travaillé au zoo d'Anvers, le plus grand d'Europe. J'ai eu là-bas un ami. Un soigneur comme moi ? Non. Un grand chimpanzé solitaire qui ne supportait aucune compagnie. Sauf la mienne.

On ne rit plus. On l'écoute. Il est sérieux ou il se fiche du monde ?

Rose s'est approchée, pas trop près, mais assez pour pouvoir interpréter ses regards. Lui teste le sien. Elle sourit. Il lui fait un clin d'œil. Non, il n'ira pas jusqu'au bout. Il ne dira du chimpanzé que ce qu'il peut en dire en public.

— Tu lui parlais, à ton copain ? reprend l'Ernest.

— Oui.

— Et il te répondait ?

— A sa manière.

— Ça veut dire que tu comprends le chimpanzé ! T'es fort, y a pas de doute !

Les rires reprennent de plus belle.

— Je lui avais même donné un nom !

Paul trépigne d'excitation, attrape et secoue la main d'Hippolyte.

— Y s'appelait comment ? Dis, grand-père, y s'appelait comment ?

Hippolyte a toujours su ménager ses effets. La réponse se fait attendre, tombe enfin.

— Ernest !

Alors là quelle rigolade ! Il n'y a plus un héros ce soir, mais deux. Tout le monde rit aux éclats. Hippolyte. Tous les clients, même l'Ernest, bien qu'il comprenne qu'il n'a pas fini d'en entendre, avec cette histoire. Louis. Les deux petits, qui sautent à pieds joints. Marie. Violette, de son rire de clochette.

Et Rose. Elle en pleure. De joie. Elle n'a plus peur. De rien. Ni du chimpanzé dont son père rêvait de faire son partenaire. Ni de la roulotte. Ni de la caravane. Ni des poids à soulever. Ni du fouet. De rien. Elle est une femme heureuse, enfin totalement heureuse.

Romans « Terres de France »

Jean Anglade
Un parrain de cendre
Le Jardin de Mercure
Y a pas d'bon Dieu
La Soupe à la fourchette
Un lit d'aubépine
La Maîtresse au piquet
Le Saintier
Le Grillon vert
La Fille aux orages
Un souper de neige
Les Puysatiers
Dans le secret des roseaux
La Rose et le Lilas
Avec le temps…
L'Ecureuil des vignes
Une étrange entreprise
Le Temps et la Paille
Les Ventres jaunes
Le Semeur d'alphabets
La Bonne Rosée
Un cœur étranger
Les Permissions de mai
Les Délices d'Alexandrine
Le Voleur de coloquintes
Des chiens vivants
Sylvie Anne
Mélie de Sept-Vents
Le Secret des chênes
La Couze
Ciel d'orage sur Donzenac
La Maîtresse du corroyeur
Un horloger bien tranquille
Un été à Vignols
La Lavandière de Saint-Léger
L'Orpheline de Meyssac
Le Pain des Cantelou
Jean-Jacques Antier
Tempête sur Armen
La Fille du carillonneur
Marie-Paul Armand
Le Vent de la haine
Louise
Benoît
La Maîtresse d'école
La Cense aux alouettes
L'Enfance perdue
Un bouquet de dentelle
Au bonheur du matin
Le Cri du héron
Le Pain rouge
La Poussière des corons
Nouvelles du Nord
La Courée
Victor Bastien
Retour au Letsing
Henriette Bernier
L'Enfant de l'autre
L'Or blanc des pâturages
L'Enfant de la dernière chance
Le Choix de Pauline
La Petite Louison
Petite Mère
Françoise Bourdon
La Forge au Loup
La Cour aux paons
Le Bois de lune
Le Maître ardoisier
Les Tisserands de la Licorne
Le Vent de l'aube
Les Chemins de garance
La Figuière en héritage
La Nuit de l'amandier
La Combe aux Oliviers
Patrick Breuzé
Le Silence des glaces
La Grande Avalanche
La Malpeur
La Lumière des cimes
Nathalie de Broc
Le Patriarche du Bélon
La Dame des Forges
La Tresse de Jeanne
Loin de la rivière
La Rivière retrouvée
La Sorcière de Locronan
Annie Bruel
Le Mas des oliviers
Les Géants de pierre
Marie-Marseille

Michel Caffier
Le Hameau des mirabelliers
La Péniche Saint-Nicolas
Les Enfants du Flot
La Berline du roi Stanislas
La Plume d'or du drapier
L'Héritage du mirabellier
Marghareta la huguenote
Le Jardinier aux fleurs de verre
Porte-plumes au vent
Daniel Cario
La Miaulemort
Jean-Pierre Chabrol
La Banquise
Claire Chazal
L'Institutrice
Didier Cornaille
Les Labours d'hiver
Les Terres abandonnées
Etrangers à la terre
L'Héritage de Ludovic Grollier
L'Alambic
Georges Coulonges
Les Terres gelées
La Fête des écoles
La Madelon de l'an 40
L'Enfant sous les étoiles
Les Flammes de la Liberté
Ma communale avait raison
Les blés deviennent paille
L'Eté du grand bonheur
Des amants de porcelaine
Le Pays des tomates plates
La Terre et le Moulin
Les Sabots de Paris
Les Sabots d'Angèle
La Liberté sur la montagne
Les Boulets rouges de la Commune
Pause-Café
Anne Courtillé
Les Dames de Clermont
Florine
Dieu le veult
Les Messieurs de Clermont
L'Arbre des dames
Le Secret du chat-huant
L'Orfèvre de Saint-Séverin
La Chambre aux pipistrelles
Paul Couturiau
En passant par la Lorraine
L'Abbaye aux loups
Annie Degroote
La Kermesse du diable
Le Cœur en Flandre
L'Oubliée de Salperwick
Les Filles du Houtland
Le Moulin de la Dérobade
Les Silences du maître drapier
Le Colporteur d'étoiles
La Splendeur des Vaneyck
Les Amants de la petite reine
Un palais dans les dunes
Renelde, fille des Flandres
Les Jardins du vent
Alain Dubos
Les Seigneurs de la haute lande
La Palombe noire
La Sève et la Cendre
Le Secret du docteur Lescat
Constance et la Ville d'Hiver
Marie-Bernadette Dupuy
L'Orpheline du bois des Loups
Les Enfants du Pas du Loup
La Demoiselle des Bories
Le Chant de l'Océan
Le Moulin du Loup
Le Chemin des Falaises
Les Tristes Noces
Elise Fischer
Trois Reines pour une couronne
Les Alliances de cristal
Mystérieuse Manon
Le Soleil des mineurs
Les cigognes savaient
Confession d'Adrien le colporteur
Le Secret du pressoir
Sous les mirabelliers
Laurence Fritsch
La Faïencière de Saint-Jean
Alain Gandy
Adieu capitaine
Un sombre été à Chaluzac
L'Enigme de Ravejouls
Les Frères Delgayroux
Les Corneilles de Toulonjac
L'Affaire Combes
Les Polonaises de Cransac
Le Nœud d'anguilles

L'Agence Combes et Cie
Suicide sans préméditation
Fatale Randonnée
Une famille assassinée
Le piège se referme
Gérard Georges
La Promesse d'un jour d'été
Les Bœufs de la Saint-Jean
L'Ecole en héritage
Le Piocheur des terres gelées
Les Amants du chanvre
La Demoiselle aux fleurs sauvages
Jeanne la brodeuse au fil d'or
Les Chemins d'améthyste
Denis Humbert
La Malvialle
Un si joli village
La Rouvraie
L'Arbre à poules
Les Demi-Frères
La Dernière Vague
Yves Jacob
Marie sans terre
Les Anges maudits de Tourlaville
Les blés seront coupés
Une mère en partage
Un homme bien tranquille
Le Fils du terre-neuvas
Hervé Jaouen
Que ma terre demeure
Au-dessous du calvaire
Les Ciels de la baie d'Audierne
Les Filles de Roz-Kelenn
Ceux de Ker-Askol
Michel Jeury
Au cabaret des oiseaux
Marie Kuhlmann
Le Puits Amélie
Passeurs d'ombre
Les Filles du pasteur Muller
Guillemette de La Borie
Les Dames de Tarnhac
Le Marchand de Bergerac
La Cousette de Commagnac
Le Double Secret de Bigaroque
Gilles Laporte
Le Loup de Métendal
Jean-Pierre Leclerc
Les Années de pierre
La Rouge Batelière
L'Eau et les Jours
Les Sentinelles du printemps
Un amour naguère
Julien ou l'Impossible Rêve
A l'heure de la première étoile
Les Héritiers de Font-Alagé
Hélène Legrais
Le Destin des jumeaux Fabrègues
La Transbordeuse d'oranges
Les Herbes de la Saint-Jean
Les Enfants d'Elisabeth
Les Deux Vies d'Anna
Les Ombres du pays de la Mée
Eric Le Nabour
Les Ombres de Kervadec
Louis-Jacques Liandier
Les Gens de Bois-sur-Lyre
Les Racines de l'espérance
Jean-Paul Malaval
Le Domaine de Rocheveyre
Les Vignerons de Chantegrêle
Jours de colère à Malpertuis
Quai des Chartrons
Les Compagnons de Maletaverne
Le Carnaval des loups
Les Césarines
Grand-mère Antonia
Une maison dans les arbres
Une reine de trop
Une famille française
Le Crépuscule des patriarches
La Rosée blanche
L'Homme qui rêvait d'un village
L'Auberge des Diligences
Le Notaire de Pradeloup
Dominique Marny
A l'ombre des amandiers
La Rose des Vents
Et tout me parle de vous
Jouez cœur et gagnez
Il nous reste si peu de temps
Pascal Martin
Le Trésor du Magounia
Le Bonsaï de Brocéliande
Les Fantômes du mur païen
La Malédiction de Tévennec
L'Archange du Médoc
Louis Muron
Le Chant des canuts

Henry Noullet
La Falourde
La Destalounade
Bonencontre
Le Destin de Bérengère Fayol
Le Mensonge d'Adeline
L'Evadé de Salvetat
Les Sortilèges d'Agnès d'Ayrac
Le Dernier Train de Salignac
Michel Peyramaure
Un château rose en Corrèze
Les Grandes Falaises
Frédéric Pons
Les Troupeaux du diable
Les Soleils de l'Adour
Passeurs de nuit
Jean Siccardi
Le Bois des Malines
Les Roses rouges de décembre
Le Bâtisseur de chapelles
Le Moulin de Siagne
Un parfum de rose
La Symphonie des loups
La Cour de récré
Les Hauts de Cabrières
Les Brumes du Mercantour
La Chênaie de Seignerolle
Bernard Simonay
La Fille de la pierre
La Louve de Cornouaille
Jean-Michel Thibaux
La Bastide blanche
La Fille de la garrigue
La Colère du mistral
L'Homme qui habillait les mariées
La Gasparine
L'Or des collines
Le Chanteur de sérénades
La Pénitente
L'Enfant du mistral
L'Or du forgeron
Jean-Max Tixier
Le Crime des Hautes Terres
La Fiancée du santonnier
Le Maître des roseaux
Marion des salins
Le Mas des terres rouges
L'Aîné des Gallian
L'Ombre de la Sainte-Victoire
Brigitte Varel
Un village pourtant si tranquille
Les Yeux de Manon
Emma
L'Enfant traqué
Le Chemin de Jean
L'Enfant du Trièves
Le Déshonneur d'un père
Blessure d'enfance
Mémoire enfouie
Une vérité de trop
Louis-Olivier Vitté
La Rivière engloutie
L'Enfant des terres sauvages
L'Inconnue de la Maison-Haute
Le Secret des trois sœurs
Colette Vlérick
La Fille du goémonier
Le Brodeur de Pont-l'Abbé
La Marée du soir
Le Blé noir

Cet ouvrage a été imprimé en France par

CPI
BUSSIÈRE

à Saint-Amand-Montrond (Cher)
en mai 2010

Composé par Nord Compo Multimédia
7, rue de Fives, 59650 Villeneuve-d'Ascq

N° d'édition : 8096 – N° d'impression : 101528/1
Dépôt légal : mai 2010